도화연가

윤서하 장편소설

단글

도화연가 3

초판 1쇄 인쇄 2018년 10월 16일
초판 1쇄 발행 2018년 10월 23일

지은이 윤서하
발행인 오영배
기획 박성인
책임편집 박주애, 성하림
디자인 권지연
일러스트 laphet
제작 조하늬

펴낸 곳 (주)삼양출판사 · 단글
주소 서울시 강북구 도봉로 173
대표 전화 02-980-2112 **팩스** / 02-983-0660
편집부 전화 02-980-2116 **팩스** / 02-983-8201
블로그 blog.naver.com/dan_gul
출판등록 1999년 3월 11일 제9-00046호

ISBN 979-11-283-9568-0 (04810) / 979-11-283-9565-9 (세트)

+ 이 도서의 국립중앙도서관 출판시도서목록(CIP)은 서지정보유통지원시스템홈페이지(http://seoji.nl.go.kr)와 국가자료공동목록시스템(http://www.nl.go.kr/kolisnet)에서 이용하실 수 있습니다. (CIP제어번호: 2018031173)

단글 은 (주)삼양출판사의 로맨스 문학 브랜드입니다.

윤서하 장편소설
도화연가 3
단글

| 차 례 |

10장 열매달 · 007

11장 하늘연달 · 049

12장 미틈달 · 093

13장 매듭달 · 189

14장 열세 번째 보름 · 275

15장 도화연가 · 333

10장
열매달

연화는 눈을 깜빡였다.

방금 전에 자신이 무엇을 한 것인지, 아니 무슨 일이 일어났는지 도무지 알 수가 없었다. 미르를 탐내고 노리는 놈들에게서 그를 가리고 지키기 위해 앞으로 나섰고, 이 도화 단도로 그들을 겨냥했다. 그리고…….

"사라…… 졌어?"

단도를 한번 힘껏 휘두른 순간 자신에게 달려들던 악령들이 씻긴 듯 사라졌다. 말 그대로 '지워진' 것이었다. 연화는 멍하게 앞을 바라보았다.

그녀 앞에 한바닥 가득 시꺼멓게 눌어붙어 있던 먹물 같은 것이 일직선 부분만 새하얗게 뚫려 있었다. 너무도 하얘서 이질감이 느껴질 정도였다.

자신이 하고도 믿기지가 않아서 연화는 얼떨떨한 표정으로 악령들과 자신의 손을 번갈아 보았다. 그리고 도화 단도에 시선을 두었다.

"이것, 때문인가?"

하지만 그렇다고 보기에는 이제까진 너무 조용했는데. 신검이라고 듣기는 했지만 하현과 가까이 있을 수 있게 해 준 것, 그 외에 특별한 것은 없었다.

'지난번 습격 때 악령들을 겁박한답시고 내 이 심장을 겨누자 놈들과 하현이 보이셨던 반응으로 보아서는 무언가 큰 힘이 있는 것 같긴 하지만.'

하지만 그 힘이라는 것이 어떻게 발동이 된 건지, 혹은 진짜 이 검의 힘이 맞기는 한 건지 도무지 영문을 알 수가 없어서 고개를 갸웃거리는데 그녀와 마찬가지로 놀란 듯 얼어 있던 악령들이 잠시 후 다시금 슬금슬금 움직이기 시작했다. 그들 역시 믿을 수가 없었던 것이었다. 게다가 검을 휘두른 본인 스스로가 긴가민가한 표정을 짓고 있었기 때문에 더 그랬다.

하지만 악령들 역시 선불리 움직이지 못했다. 방금 전 본 장면이 몹시 충격적일 터였다.

그래서 그들은 잠시 머뭇거리다가 결국 그녀가 아닌 다른 것을 노리기로 했다.

츠으으으—

한데 뭉쳐 있듯 고여 있던 검은 물이 아주 천천히 흘러오기 시작했다.

이제 미르의 결계는 거의 반파되어 반으로 뜯기듯 나뉘어 있었는데 그 틈새를 노리고 흘러오는 듯했다. 그리고 이번에도 역시 그들의 목적은 미르였다. 천천히, 하지만 확실히 다가오는 그 모습을 본 연화의 눈이 다시금 분노로 희게 빛났다.

"……한 번 말해선 못 알아듣나 보구나."

그에 죽어서일까, 아니면 인이 박혀서일까. 연화의 붉은 입매가 일자로 굳게 다물어졌다. 화가 나서 견딜 수가 없었다. 비겁한 놈들, 못된 것들.

"하늘로 올라가지 못하고 구천을 떠도느라 사람 말을 잊은 것이냐."

연화는 손에 움켜쥔 단도를 다시 한번 고쳐 잡으며 앞을 노려보았다. 생전 은장도는커녕 과도 하나 잡을 일 없던 손이었건만 나무로 만든 것이더라도 이리 검의 모양을 한 것을 단단히 잡게 되니 기분이 이상했다.

'하지만 그래, 나쁘지는 않아.'

연화는 두 손으로 되잡으며 미르 앞을 단단히 가로막았다. 더 이상 아무것도 두렵지 않았다. 만약 아까 그 빛과 힘이 우연이라고 해도, 객기라고 해도 물러설 곳도, 물러설 수도 없었다.

그렇게 생각하며 연화는 정신을 잃고 쓰러져 있는 미르의 앞을 반듯하게 가로막았다.

"도령께 가기 이전에 먼저 나를 누르고 가야 할 터, 내 살점과 뼈를 모조리 잡아먹히는 한이 있더라도 네놈들을 보내진 않을 것이야."

그에 말하며 흰 손이 재차 나무 단도를 횡으로 휘둘렀다. 그리고—

"……!"

다시금 세상이 지운 듯 하얘졌다.

* * *

뚜르르르— 뚜르르르—

"제발, 제발 받아. 제발."

몇 번째 거는 전화인지 몰랐다. 몇 번이나 걸었는지 모른다. 하지만 수없이 신호음만 갈 뿐이었고, 미치도록 바라는 목소리는 들리지 않았다. 받지 않았다.

그리고 하현은 아까 전 자신에게 수차례 전화를 걸었던 할머님의 마음을 십분 이해할 수 있을 것 같았다. 젠장, 젠장, 젠장!

"좀 받으라고!"

이제 너무 많이 들어 익숙한 기계음이 흘러나오자 하현은 종료 버튼을 거칠게 눌러 껐다. 택시 기사가 의아한 눈으로 쳐다보는 게 느껴졌지만 상관없었다. 하지만 뒷자리에 앉아 있는 은 교수가 곧바로 백미러를 통해 보이자 하현은 살짝 고개를 숙이며 사과했다. 어쩌면 자신보다 더 마음이 복잡할 사람이었기 때문이었다.

"죄송합니다, 교수님."

"아니, 됐어. 나도 그러고 싶으니까."

무엇에 사과하고 무엇에 괜찮다고 하는 것일까. 너무나도 복합적인 심정에 하현은 입술을 깨물었다.

사실 은 교수도 정신이 없어 보이기는 마찬가지였다. 그도 그럴 게, 아까의 사건으로도 정신이 없을 텐데 하현이 정리되지 않은 연구실에 다시 뛰어들어 같이 가야 할 것 같다며 다짜고짜 데리고 나왔기 때문이었다.

은 교수 역시 당황스러워하면서도 하현이 허튼 행동을 할 사람이 아니라는 것을 아주 잘 알고 있었기에 순순히 따라 나왔다.

그런 그에게 하현은 택시를 잡아타며 짤막하게 설명해 주었다. 할머님께 연락이 왔다는 것, 미르가 행방불명이라는 것, 그리고 왠지 자신의 집에 가 있을 것 같다는 것.

마지막은 예측이 아니었다. 확신이었다. 녀석은, 자신의 집에 있는 게 분명했다.

"젠장……."

하현은 거칠게 앞머리를 헝클어트렸다.

이제까지 단 한 번도 자신의 전화를 받지 않은 적이 없던 녀석이었기에, 그리고 할머님께 들은 말 또한 있어서 마음이 무거웠다. 초조해서 견딜 수가 없었다.

'녀석의 초가 미친 듯이 타고 있다고?'

그 말 한마디로 하현의 이성은 이미 끊겼다. 그 초가 무슨 초인지 모를 리가 없었다. 모를 수가 없었다.

가주는 정씨 집안에 소속되어 있는 모든 사람들의 생년월일시는 물론이고, 더 깊은 것에 대해 알고 있었다. 그리고 그들의 안녕과 신체 무탈, 액막이를 하기 위하여 여러 가지 장치를 해 두었다.

그리고 지금 말하는 '초'는 그것 중 하나였다. 평소에는 무던하게 타오르지만 주인의 안위에 무슨 문제가 생기거나 급작스러운 사고가 나거나 하면 심상치 않은 모양으로 그 사람의 위험을 알려 주는 것이었다.

하현은 자신이 그날 보았던 부모의 부러진 초 두 자루, 그리고 그 이후에 온 연락을 잊을 수 없었다. 아직도 똑똑히 기억했다. 그런데 이번엔 미르의 초가 타고 있었다.

"젠장!"

주홍빛 눈동자가 괴롭게 일그러졌다. 깊이 후회했다. 주소를 알려 준 게 잘못이었다.

'알려 주지 말걸. 아무리 서운하다고 해도, 알려 달라고 해도 말하지 말걸. 괜히 말했다. 괜히 알려 줬어. 괜한 짓을 했어.'

그 전으로 시간을 되돌리고 싶었다. 녀석에게 집 주소를 알려 준 게 너무나도 후회되었다. 알려 주기 직전이라도 좋으니 제발 돌아가고 싶었다. 꼬리에 꼬리를 무는 지독한 상상에 결국 그의 두 눈이 질끈 감겼다.

만약 미르에게 무슨 일이라도 생긴다면, 정말이지 상상도 하기 싫지만 만약 그런 일이 생긴다면 평생 후회할 것 같았다.

“제발, 미르야. 제발 좀 받아라. 제발.”

하현은 떨리는 손으로 수없이 눌렀던 통화 버튼을 다시 눌렀다. 드디어 그의 바람이 닿았을까, 통화음이 몇 번 울리더니 달칵, 건너편에서 작은 소리가 들렸다.

‘받았어?’

하현은 휴대폰을 거의 잡아먹을 듯 귀에 가까이 붙였다. 됐다, 받았어!

“미르야, 미르니? 내 말 들려?”

그의 다급한 목소리와는 다르게 건너편은 아주 고요했고, 그에 하현이 다시 달려들려고 할 때였다. 침착한 목소리가 수화기 너머에서 건너왔다.

“하현.”

“……!”

하현의 눈이 순간적으로 커다랗게 확대되었다. 익숙한, 하지만 이렇게 들을 일 없을 거라고 생각했던 사람의 목소리였다.

연화였다.

*　　*　　*

그다음에는 어떻게 되었는지 솔직히 잘 기억이 나지 않았다. 연화의 전화가 곧바로 끊어졌기 때문이었다. 전화가 끊기자마자 하현이 택시에서 뛰어내리려고 했지만 은 교수가 가까스로 붙잡고 택시 기사에게 빠르게 운전해 달라고 부탁해 그나마 날아오듯 도착할 수 있었다.

그리고 하현은 차가 현관 앞에 멈추자마자 곧바로 뛰어내렸다. 어떻게 연화가 전화를 받은 건지, 그리고 미르는 어떻게 된 건지, 전화는 왜 끊겼는지 모두 다 알고 싶었다. 알아야 했다.

그래서 급하게 계단을 둘러 올라가는데 그의 다리가 일순 우뚝 멈추었다.

"……잘못 올라왔나?"

눈앞에 보이는 집의 문이 마치 이사하는 집처럼 전체가 뜯어져서 바닥에 널브러져 있었던 것이다.

게다가 그 안쪽으로도 찢어진 벽지와 부서진 바닥재가 이리저리 나뒹굴고 있어서 하현은 계단 복도에 쓰여 있는 층을 다시 한번 확인했다. 2층, 201호. 맞는데.

'……맞다고? 저게? 내 집이라고?'

하현은 좀 전과 다른 이유로 급하게 계단을 마저 올라왔다. 그리고 집 안을 보고서 경악했다.

"이게 뭐야!"

"뭐긴 뭐냐, 이 녀석아. 집 꼴이 이게 뭐냐. 대체 이 쓰레기통에서 어찌 굴러먹고 사는 것이야?"

"……."

하현은 대답 대신 입술만 벙긋거렸다.

할 말이 없었다. 아니, 너무 많아서 고를 수가 없었다. 언제 왔는지 가주가 매서운 눈으로 그를 보고 있었다.

언제 오셨느냐, 제집은 원래 깔끔하다, 나도 왜 집이 이 모양이 되었는지 모르겠다, 등등 할 말이 아주 많았지만 일단 멘탈을 다잡는 게 우선이었다. 난데없이 뒤집어진 집 안을 본 집주인의 심정은 황당함과 억울, 그리고 현실 부정이었다.

'아침에 출근할 때까지만 해도 거의 새집이었는데.'

속으로 망연하게 중얼거리던 하현은 복도 정중앙에 누워 있는 문짝을 보고서 입을 다물었다. 문에는 커다란 구멍이 뚫려 있었고, 그도 모자라 이곳저곳이 험하게 찌그러져 있었다. 마치 무언가 날카로운 것으로 여러 번 난도질당한 것 같은 모습이었다.

'혹시 강도라도 당한 건가?!'

그렇다면 조금 이해가 가긴 하지만, 하고 잠시 납득하던 하현은 다음 순간 다급하게 집 안으로 뛰어 들어왔다. 그렇다면 진짜 큰일이잖아!

"그럼 미르 녀석은 강도에게 당한 겁니까? 다쳤어요?"

그리고 그대로 굳어졌다. 나뭇조각과 콘크리트 조각으로 가득한 바닥에 미르, 그리고 연화가 나란히 누워 있었기 때문이었다. 핏기 없이 새하얀 얼굴을 본 순간부터 아무것도 보이지 않았다. 오직 그 둘의 모습만 눈에 들어왔다.

"연화 씨!"

"목소리 좀 낮춰, 아가 놀란다."

곁에서 가주가 핀잔을 주었지만 하현의 귀에 제대로 들릴 리가 없었다. 하현은 급히 두 사람에게 다가와서 무릎을 꿇고 그들을 내려다보았다. 둘 다 얼굴은 아주 창백했다. 하현이 하는 꼴을 물끄러미 내려다보던 가주가 천천히 입술을 뗐다.

"일단, 결론부터 말하면 다행히 두 사람 모두 다친 곳은 없다. 단지 지쳤을 뿐인 게지."

지친 거라고?

하현이 표정으로 물으며 고개를 돌리자 가주가 천천히 고개를 끄덕이며 자리에 앉았다. 주름이 거의 없는 그녀의 얼굴과 달리 손은 굵은 주름이 깊게 파여 있었다.

그제야 그녀의 나이가 비로소 생생하게 닿아 와 하현의 눈빛이 조금 묘해졌다. 그것을 알까, 새하얗게 탈색한 미르의 긴 머리카락을 가주가 천천히 쓰다듬었다. 그 손길이 꽤 상냥해서 하현이 못내 놀랄 정도였다.

"이 미꾸리는 그간 내내 막거나 달아나기만 했을 게다. 성격도 성격이고 마음도 유약해서 치고 나가지를 못했던 게지. 하나 이번에는 이야기가 달랐을 게야. 치지 않는다면 당하는 게 불 보듯 뻔한 상황이었기에 녀석답지 않게 손을 쓴 게지."

손을 썼다면, 이라고 중얼거리던 하현의 눈빛이 바로 달라졌다.

"미르가 공격을 했다고요?"

미친 거 아냐? 라는 말이 목 끝까지 올라왔다.

그도 그럴 게, 미르는 완벽한 방어형이었다. 애초에 수련한 것도 다 방어 쪽이었고, 하현 자신이 알기로 공격 쪽은 쳐다보지도 않았다.

누군가를 아프게 하는 것, 다치게 하는 것을 극히 싫어했기 때문이었다. 그렇기에 이번 역시 방어와 보호 결계였으리라.

게다가 공격은 방어를 할 때보다 신경이 예민해지고 힘이 많이 들었다. 아마 제대로 수련하지 않았다면 체력과 정신력이 굉장히 많이 소모되었을 게 분명했다. 하지만 그게 끝이 아니었다.

"방어와 공격 둘 다."

나직하게 나온 가주의 대꾸에 이번에야말로 하현의 입이 다물어지지 않았다. 미쳤네.

'방어만 하는 것도 힘든데 공격까지 했다고? 공격하면서 결계를 유지했다고? 이제까지?'

하현은 이번에야말로 미르를 새삼스럽게 바라보았다. 매번 느꼈지만 정말 신기한 놈이었고, 정상은 아닌 놈이었다.

'하긴, 그러니까 내 대리 후계로 생각하는 거지만.'

하현의 큰 그림은 미르를 자신의 후계, 또는 대리자로 올리는 것이었다. 하현 자신은 추호도 가업을 이을 생각이 없으므로 미르에게 그것을 넘기고 싶었다. 그 때문에 파도 함께 넘길 생각을 하고 있는 것이었다.

물론 업을 이으려면 양자로 들어가야 할지 어떨지도 따로 생각해야 하지만, 여하튼 그의 계획 중 하나는 그것이었다. 어렸을 적부터 이 가문에서 수련한 미르 정도라면 다른 사람들도 쉬이 납득할 테고 실력 또한 다른 사람들보다 월등하니까.

솔직히 말해서 방어에만 치중하는 그동안의 모습 때문에 걱정이 되긴 했지만.

"제법인데?"

이 정도면 이제 걱정하지 않아도 되잖아.

하현 자신도 연구실에서 싸웠을 때 은 교수를 보호하면서 공격을 함께 했지만 그것은 어느 정도, 아니 상당수 파의 도움이 있었기 때문에 가능한 일이었다.

자신이나 은 교수에게 달려드는 영가가 있을 때마다 파가 귀신같이 날아와 모두 제거했고, 덕분에 하현은 마음 편히 공격에만 집중할 수 있었다. 하지만 미르는 달랐다.

"……고생 좀 했겠네."

고생이라는 말로 끝나지 않을 정도였을 것이었다. 정신력과 체력이 모조리 바닥났을 테니까. 하현이 기특하다는 눈빛으로 그 말간 얼굴을 바라보자 가주가 옆에서 한마디 거들었다.

"그러니까 기가 쪽 빨려 저 모양인 게지. 아마 못해도 삼 일 밤낮은 꼬박 누워 있어야 원기가 회복될 게다."

목소리는 핀잔과 타박으로 가득했지만 미르의 머리를 쓰다듬는 손길은 그와 달리 따뜻하기 그지없었다. 그래서 하현은 조금 웃고 말았다. 하여튼, 손해 보는 성격이시라니까. —가 아니라!

하현의 눈이 급하게 그 옆을 향했다.

"그럼 연화 씨는……"

"저는 무탈합니다."

나직하게 들려오는 목소리에 하현의 눈이 순간 커졌다. 방금 전까지만 해도 두 눈을 꼭 감은 채로 미르 옆에 나란히 누워 있던 연화가 상체를 일으키고 있었다.

하지만 평소와 달리 몸이 무거워 보여서 하현은 무릎을 굽혀 앉은 채로 걱정스럽게 바라보며 두 팔을 뻗어 연화가 제대로 앉을 수 있게 도와주었다. 그리고 곧바로 입술을 깨물었다.

'몸이 너무 찬데.'

영가이되 영가 같지 않은 영가, 그것이 연화였다. 연화는 산 사람처럼 따뜻했고, 언제나 보드라웠다. 하지만 지금 닿아 오는 몸은 너무나도 차가웠다. 마치…….

'젠장, 그건 좀 심하잖아.'

해부 실습 때 마주한 시체 같았다. 그녀와 연결 지어 생각하기도 싫은 생각에 하현은 고개를 내저었다. 왜 갑자기 지금 그게 떠오르는 건데.

"연화 씨, 정말 괜찮은 것 맞습니까? 어디 아프거나 그렇지는 않아요?"

"아뇨, 아프진 않습니다. 힘 또한 들지 않아요. 모두 다 미르

도령께서 보호해 주신 덕입니다."

연화는 그렇게 말하며 미르를 바라보았지만, 가주는 그렇게 생각하지 않는 모양이었다.

"아가, 겸손이 지나쳐도 흠이 되는 법이란다."

하현은 그 말에 고개를 끄덕이려다가 흠칫한 표정으로 고개를 들었다. 그녀가 연화의 말을 '들은 것'처럼 대답했기 때문이었다. 연화의 모습이야 신물 거울을 통해 볼 수 있었지만 그녀의 목소리는 오직 자신만 들을 수 있었다.

고개를 들자 코앞까지 다가온 가주의 모습이 보였고, 하현의 몸이 빳빳하게 경직되었다. 아니, 단지 가까워서가 아니었다. 그녀의 눈 때문이었다.

'……할머님?'

하현은 곧바로 정정했다. 단정했다. 저것은 가주가 아니었다. 저 모습은…….

"하늘…… 할머니?"

연화의 머뭇거림 섞인 목소리에 가주가 잔잔하게 웃으면서 고개를 끄덕였다.

"잘 버티고 있구나, 아가."

가주의 몸을 빌려 내려온 신이었다.

* * *

잠시간 그 누구도 말하지 않았다. 아무 말도 할 수가 없었다.

하현은 오래도록 가주와 함께 지내 왔지만 그녀가 이렇게 신에 몸을 넘겨준 것을 본 것은 처음이었다. 그녀 자체로도 신력이 넘치는 사람이었기에, 그리고 웬만한 큰일이 아니고서는 힘을 쓰는 모습을 드러내지 않는 사람이었기 때문이었다.

큰 굿을 하거나 행사가 있으면 외부로 나가서 하곤 했기에 볼 일이 그렇게 많지 않았다. 또한 하현이 그 모습을 피하는 것도 있었다. 그 장면을 보면 자신의 안에 움트고 있는 힘을 자각할 것 같아서, 느껴 버릴 것 같아서.

그래서 하현도 가주의 이런 모습은 거의 처음 보는 것이나 다름없었다.

한편, 연화는 얼어붙은 듯 아무 말도 못 하고 있었다. 마치 예기치도 못한 선물을 받은 것 같은 모습이었다. 그리고 점차 까만 구슬이 말갛게 흐려지기 시작했고, 이내 투명한 눈물이 큰 눈 가득 차올랐다.

"하늘 할머니!"

그러고서 와락 던지는 몸에 하현은 그녀가 가주를 통과해 그대로 쓰러질까 잠시 걱정했지만 기우였다. 가주가 연화의 몸을 다정히 받아 따뜻하게 안아 주었기 때문이었다.

많이 힘들었지, 많이 고생했다 그런 마음이 느껴지는 듯한 다독거림에 연화의 어깨가 계속 들썩였다.

"할머니, 저 너무…… 너무 무서워요. 무서웠어요. 정말 너무 무서웠어요."

연화는 왈칵 쏟아지는 눈물을 그대로 내보이며 따뜻한 품에 얼굴을 묻었다.

너무, 너무 무서웠다. 두려웠다. 아직도 그때만 생각하면 몸이 덜덜 떨리는 것 같았다. 그래서 마치 아기 새가 파고들 듯 그녀의 가슴에 뺨을 기대는데 가주가 다정하게 그 등을 쓸어 주었다.

"뭐가 그리 두려웠니, 아가."

"악령에게, 흑, 검은 물에 그대로 휩쓸릴까도 무서웠고, 하현, 하현에게 마지막 인사를 하지도 못하고, 흑, 이대로 갈까 봐 무서웠어요."

무서웠다.

사실 악령에게 당하는 것은 큰 두려움이 아니었다. 어차피 가는 것은 정해져 있었으니까, 날은 받아 뒀으니까 그것이 좀 더 당겨지는 거라고 생각하면 되었다. 무섭지만, 그렇게 생각하고 마음을 단단히 먹을 수는 있었다.

하지만 그보다도 더 큰 두려움이 있었다. 하현에게 아무 말도 하지 못하고 갈까 봐, 그를 다시 보지 못하고 사라지게 될까 봐 무서웠다.

이제야 마음을 전했고, 이제야 함께할 수 있게 되었는데 이리 떠나게 된다면 마음이 얼마나 아플까. 그게 무서웠다.

"그래, 그리고 또?"

"지키지 못할까 봐."

곧바로 나온 대답에 대답한 연화도, 지켜보던 하현도 놀랐다. 지킨다는 말이 그녀의 입에서 나온 것이 생소했기 때문이었다. 연화는 고개를 끄덕였다.

"미르 도령을 지키지 못할까 봐 두려웠어요. 저는 이미 죽은 몸, 다시 한번 어둠이 닥친다 해도 감내하고 받아들일 수 있어요. 하지만 도령은 아니에요. 산 사람이고, 저를 지키려다가 온몸의 힘을 모두 잃고 이리 쓰러졌어요. 그런 도령을 지켜야 했고, 또 지키지 못할까 봐 무서웠어요."

그래서 나섰고, 검을 꺼내 들었고, 앞을 겨누었다.

어느새 품 안에 넣어져 느껴지는 단단한 그 느낌에 연화가 한 손으로 자신의 가슴팍을 조심히 만져 보았다. 단단한 촉감, 도화 단도였다.

그리고 가주가 그런 그녀를 가만히 내려다보았다.

"해서, 네 힘으로 이 아이를 이리 무사히 지켰잖니."

그 말에 연화가 잠시 대답을 하지 못하고 가주를 올려다보았다. ……지켰다고.

가주가 천천히 고개를 끄덕이며 말을 이었다.

"아무리 엄한 하늘이라 하더라도 새하얀 백지를 지상으로 그냥 내려보내지는 않는단다, 아가. 그 백지를 각종 색의 얼룩으로 물들이고 싶어 하는 악한 것들이 세상 그득할 텐데 어찌 가만히 둘까."

"해서 하현이 계신 곳을 제게 일러 주시지 않았습니까."

"그게 끝이 아니란다."

연화는 눈을 깜빡였고, 그들의 대화를 조용히 듣고 있던 하현도 궁금한 표정으로 가주를 바라보았다. 끝이 아니라고?

"아가 네가 그 검을 놈들에게 겨누었을 때 무슨 일이 일어났지?"

"아무것도…… 남지 않았어요. 마치 지워진 것처럼요."

지워진 것처럼 아무것도 남지 않았다고? 하현의 눈에 의문이 떠올랐다. 벤 것도 찌른 것도 아닌데 사라졌다고? 도망간 건가? 하지만 연화는 뭔가 깨달은 것 같은 표정이었다.

'잠시만.'

그때 자신이 수없이 되뇌었던 말을 똑똑히 기억했다.

왜 나는 항상 보호를 받지, 왜 나는 항상 도움을 받지, 왜 내가 할 수 있는 일은 없지, 왜 나는 항상 이 등 뒤에 있는 거지. 나도 내 사람들을 지켰으면, 지킬 수 있었으면, 도움이 되었으면!

수없이 그 생각을 했다. 마음에 외쳤다. 그렇다면, 그게 우연이 아니었다는 걸까?

연화의 표정이 다급해졌다. 말간 얼굴에 화색이 돌았다.

"그건가요? 제가 한 게 사실인 건가요? 끝이 아니라는 말이……."

그걸 말씀하시는 건가요, 라고 하려던 말을 잇듯이 가주가 천천히 말했다.

"하늘에서 네게 숨겨 둔 힘은 정화란다, 아가."

하현과 연화 두 사람의 눈이 나란히 가주를 향했다. 아니, 하현의 눈길은 다시 곧 연화에게 닿았다. 그러나 놀라움보다는 근심이 어린 것 같은 눈빛이었다.

어느새 연화는 자신의 손을 멍하니 바라보고 있었다.

"정…… 화?"

그 말에 대답하듯이 가주가 천천히 말을 이었다.

"그러나 그것은 네가 누군가를 보호할 때에만 발현되지. 너 자신을 지키기 위해서가 아니라 누군가를 지키고자 할 때 나오는 것, 더 이상 뒤에 숨지 않고 드디어 앞으로 한 발을 떼었을 때에 나타나도록 숨겨져 있단다. 그리고 넌 사자 녀석들도 잡지 못한 것들을 몇 번이나 정화시켰지. 이제는 알잖느냐, 흰빛이 바로 그것이란다."

"……!"

연화의 눈빛이 달라졌다.

자신 앞에 뿜어지듯이 펼쳐지던 흰빛을 기억했다. 겨눈 도화단도 그 검 끝에서 나와 검은 물결 사이사이를 파고들던 빛줄기가 생생했다.

그게 내 힘이었구나, 내게 숨겨진 힘이었구나. 중얼거리며 손을 내려다보는데 가주가 주름진 손으로 연화의 새까만 머리를 가만가만히 쓰다듬으면서 말을 이었다.

"하지만 이것은 반드시 기억하거라. 네가 물들어 버리면 끝이야, 세상에 다시 내려보낸 이유가 없단다. 또한 이미 죽은 몸 다시 죽어도 상관없다는 그런 마음은 상처밖에 남지 않을 뿐이니 하지 않는 게 좋겠구나. 그 말을 듣는다면 네 앞에 있는 이의 심정이 어떠하겠니."

"……네."

짧았던 생각이 왠지 부끄러워져서 연화는 고개를 끄덕였다. 그리고 뭐라고 말을 하려던 때였다. 다정하게 연화를 다독이던 가주의 눈이 순간 불을 뿜듯 번뜩였고, 그와 동시에 아이보리색 벽의 한구석에서 검은 연기가 피어올랐다.

도망칠 틈을 노리고 내내 숨어 있던 악령이 모습을 들킨 것이었다. 들킨 것을 눈치챈 듯 악령은 모습을 드러내자마자 곧바로 쏘아지듯 날아왔다.

연화와 하현의 몸이 빳빳하게 경직되었다.

"……!"

그것이 곧바로 미르를 노렸기 때문이었다.

평소 같았으면 무방비한 연화에게 달려들었을 테지만 지금 그녀 곁에는 이 공간에서 누구보다도 강한 신이 버티고 있었고, 하현 또한 그와 맞먹지는 못하지만 나름대로 강한 힘이 있었다. 그래서 이번 역시 악령은 정신을 잃고 있는 미르를 노리고 달려들은 것이었다.

연화는 아무런 망설임 없이 그쪽으로 몸을 던졌다. 어느새 그녀의 손에는 도화 단도가 쥐어져 있었다.

"어딜……!"

하지만 그녀보다 빠르게 움직인 다른 사람이 있었다. 순식간에 눈앞을 가로막는 하현의 넓은 등에 연화는 그대로 밀려나듯 뒤로 물러났고, 그와 거의 동시에 눈앞이 시뻘게졌다.

뜨거운 바람이 훅 불어와 얼굴이 화끈거렸다. 엄청난 화염이었다.

"하현!"

연화의 안색이 새하얗게 질렸다.

"어리석은 사람, 이제까지 무얼 들었습니까!"

연화는 급히 두 손으로 검을 힘껏 내뻗었다. 하지만 이번에는 아무런 소용이 없었다. 새하얀 빛이 나오지 않은 것이었다. 그래서 당황해서 어쩔 줄을 몰라 하는데 가주가 그녀의 어깨를 가만히 잡더니 손을 들어 훑듯이 허공을 손으로 흩었다.

그러자마자 그녀의 손이 스치고 지나간 자리에 바람이 강하게 불어 불을 흐트러뜨렸고, 연화는 있는 힘껏 몸을 앞으로 내밀어 하현을 찾았다. 그리고 가주의 손을 뿌리치고 곧바로 앞으로 달려 나갔다.

"하현!"

하현이 미르의 앞을 가로막고 서 있었다. 연화는 왈칵 올라오는 눈물과 화를 삼키며 입술을 세게 깨물었다.

'바보, 바보 같은 사람. 보호할 수 있는데 왜 내 앞을 가로막습니까. 나도 힘이 있는데!'

연화가 그에게 닿자마자 그것을 기다린 것처럼 불이 일시에 훅 꺼졌고, 순식간에 새까맣게 변한 사위에 연화의 얼굴에 당황이 어리더니 곧장 책망의 빛이 떠올랐다. 하현이 깊은숨을 내쉬며 자리에 스르르 주저앉았기 때문이었다.

다행히 결계를 편 듯 그의 주위에 자잘한 얼음 알갱이들이 바닥에 반쯤 녹아 있었다. 하지만 하현에게로 다가가는 연화의 표정은 여전히 얼음장처럼 차갑게 굳어 있었다.

연화는 그의 앞에 가서 섰고, 하현은 그녀의 발을 보고서 천천히 고개를 들었다.

"연화……."

"왜 그리하셨습니까?"

이전에 없던 차가운 목소리, 그리고 책망하는 듯한 표정에 하현이 잠시 멈칫했다. 그리고 그의 표정 또한 딱딱해졌다. 왜, 그랬냐고?

"나야말로 묻습니다. 왜 그랬습니까?"

"무엇을요."

"왜 미르 앞을 가로막은 겁니까? 녀석 옆에는 내가 있었다고요."

"그러니까요!"

곧바로 되돌아오는 단호한 대답에 하현은 대답을 하지 못했다. 그리고 입을 다물었다. 연화의 어깨가 잘게 떨리고 있었기 때문이었다.

순간 하현의 손이 연화를 향해 올라갔지만 연화는 점점 차오르는 눈물을 손등으로 쓱 닦아 내면서 하현을 곧게 바라보았다. 그녀의 입술이 바람 앞에 놓인 여린 잎사귀처럼 파들거리고 있었다.

"할머님께 듣지 못하셨습니까? 저는, 저에게는 정화의 힘이 있습니다. 이제는 미르 도령을, 그리고 당신을 지킬 수 있다는 말입니다. 그럼 더 이상 당신의 등에 숨지 않아도 된다고요!"

터져 나오는 토로에 하현은 가만히 듣기만 했고, 연화는 그런 그를 원망스럽게 바라보았다. 어느덧 그녀의 뺨은 눈물로 잔뜩 젖어 있었다. 화가 났고, 걱정이 되었고, 원망스러웠다. 마음이 메고 속이 탔다.

"제가 이제껏 당신께 얼마나 빚진 줄 아십니까? 늘 마음이 불편했고, 못내 죄송했습니다. 한데 이제야 좀 도움이 되려 하는데 왜 자꾸 막으십니까. 왜 또 제 앞에 서십니까. 왜요!"

"연화 씨!"

"저에게는 그저 당신만 있으면 됩니다. 다른 것은 일절 필요 없습니다. 한데 당신을 잃다니요, 또다시 제 앞을 가로막아 저 대신 화를 당하다니요. 있을 수 없습니다, 싫습니다. 그러지 마세요, 관두세요. 직전에도 이렇게…… 위험했는데!"

연화는 몸을 떨었다. 방금 전에 그 화염이 닥쳤을 때에는 정말이지 심장이 이 발등으로 떨어지는 것만 같았다. 검을 들이밀어도 새하얀 빛이 나오지 않아 얼마나 당황했는지 모른다.

그 불바람을 잠시 쐬었는데도 곧바로 뜨끈해지는 뺨에 저 앞은 얼마나 뜨겁고 지옥 같을지 가늠이 되지도 않아 심장이 떨렸다. 보통 사람이었다면 분명 그 불에 쓸려 죽고 말았을 터, 생각하기도 싫었다. 그렇게 심장이 떨어질 일을 다시는 당하고 싶지 않았다.

하지만 하현의 대답은 간단하고, 단호했다.

"싫습니다."

"하현!"

연화가 달려들듯이 불렀지만 하현은 단호한 표정으로 고개를 저었다.

"당신에게 능력이 생겼다 해도, 그것을 사용하는 것은 이번처럼 미르가 정신을 잃었을 때 같은 위기 상황에서만입니다. 당신보다 내가 강하고, 내게 힘이 있는 이상 당신이 내 앞에서 힘을 사용할 일은 없습니다."

"하지만, 하지만 제 힘은 다른 이를 보호할 때 나옵니다. 그렇기에 당신을 보호하고자……."

"게다가 그간 몰랐는데, 연화 씨 잔인합니다."

잔인? 연거푸 말을 쏟아 내던 붉은 입술이 허공에서 멎었다. 내가 방금 무슨 말을 들은 거지?

연화의 표정이 차갑게 굳어졌다.

"무어라 하셨습니까, 지금?"

하지만 하현 또한 조금도 밀리지 않았다.

"나는 당신을 사랑하고 곁에 두고 지키고 싶습니다. 또한 나에게는 그럴 만한 충분한 힘이 있고요. 힘이 있는데 손 놓고 있으라는 것은 너무 가혹한 일이 아닙니까? 나에겐 왜 이리 잔인한 겁니까, 당신?"

연화는 잠시 말을 할 수 없었다. 문장 중에 자신에게 깊이 닿아 오는 단어가 너무도 여럿이라 무어라 반응을 해야 할지 몰랐기 때문이었다. 그래서 가까스로 항변을 하기 위해 입술을 떼려고 하는데 하현이 그 말을 잡아채듯이 이어 말했다.

"혹여라도 당신께도 힘이 있다는 말은 하지 마십시오. 내 힘이 다하여 손을 쓸 수 없을 때 그때 하라고 이미 분명하게 말했으니까요. 그 정도도 난 최대한 양보한 겁니다."

연화의 표정이 불퉁하게 변했다. 저게 양보라니, 있을 수 없었다. 불공평했다.

"하면 당신께서 제게 하신 일은 잔인한 게 아닙니까? 잔인이라는 말을 짚자면 외려 당신은 제 앞에서 꿀 먹은 벙어리가 되셔야만 할 것입니다. 저는 이제껏 당신 등 뒤에 있던 것도 모자라, 방금 전에는 두 눈 뜨고 당신이 불에 타는 것을 보았단 말입니다. 한데 앞으로도 계속 이러라고요? 계속 마음을 졸이라니, 너무한 것 아닙니까."

"타지는 않았는데요."

"어찌 되었든요!"

그게 그렇게 중요합니까, 따라 나온 뾰족한 투정에 하현은 조금 웃었고, 연화는 자기가 또 하현에게 말려들었다는 사실을 깨닫고 말았다. 그녀의 얼굴에 잠시 낭패가 어렸다가 또다시 단단해졌다. 그리고 하현은 이번에야말로 바짝 긴장했다.

"하면 하나만 말씀드리지요."

"말씀하시지요."

그 어느 때보다 단호해 보이는 그녀의 표정에 하현이 대꾸했고, 곧바로 나온 대답에 진심으로 기겁하고 말았다.

"만약, 만약 당신께서 저 대신에 화를 당하시면 저는 진정 이 단도로 예를 확 찔러 죽고 말 겁니다."

"연화 씨!"

"그러니까요!"

정말 이게 그 사람이 맞는 건지, 하현은 속으로 중얼거렸다. 그동안 미처 몰랐던 연화의 새로운 모습을 계속 알아 가고 있었다. 새롭다기엔 너무나도 무서운 모습이었지만.

그가 그러든가 말든가 연화는 결코 이것만은 밀리지 않을 것이라는 듯 다부진 표정으로 이어 말했다. 그녀의 손안에 있는 도화 단도는 아직도 자신의 심장을 똑바로 겨눈 상태였다.

"그러니까 당신은 반드시 언제나 무사해야 합니다. 제가 힘을 쓰는 일이 없도록, 심장을 졸이지도 않도록 내내 안녕하셔야 합니다. 그렇지 않다면 이 검이 겨누는 것은 밖이 아닌 이 안일 테니까요."

"……."

"아시겠지요?"

하현은 이번만큼은 어떻게 하지 못한다는 것을 깨달았다. 만약에 여기서 한 마디라도 더했다가는 그때에는 무슨 말이 나올지 무섭기까지 했다. 그래서 하현은 결국 어깨를 축 늘어뜨리며 머리를 휘저었다. 정말, 정말이지 당신은.

"……지금 날 협박하는 겁니까?"

"소녀의 말이 겁박으로 들리십니까?"

하지만 본전도 찾지 못했다. 연화가 오히려 눈을 동그랗게 뜨며 되물었기 때문이었다. 그 와중에 아직도 검은 살벌하게 스스로의 심장을 똑바로 겨누고 있었고, 그 모양에 결국 하현은 두 손을 들며 항복 선언을 했다.

그리고 그런 두 사람에게 뭉근한 목소리가 닿았다.

"해서, 사랑 다툼은 이제 끝난 것이냐?"

"사랑 다……!"

다툼이라니요, 라고 말하려던 입술이 멎었다. 어느새 다가온 가주가 그들을 보고 있었다. 그녀의 눈은 평소처럼 잔잔했고, 하현은 신이 돌아갔음을 깨달았다. 그런 그에게 가주가 살짝 고개를 끄덕였다. 그리고 곧장 하현의 어깨 너머를 바라보았다.

"미르 녀석은 잠만 자고 있을 뿐이니 큰 걱정하지 않으셔도 됩니다. 조금 쉬면 될 테니 염려 마시지요."

아, 교수님.

하현은 급히 고개를 돌렸다가 은 교수와 눈이 마주쳤다. 언제부터 왔는지, 어디서부터 어디까지 봤는지 가늠도 되지 않아서 표정 관리가 되지 않았다.

은 교수는 하현에게인지 가주에게인지 모를 눈인사를 하고서 미르를 둘러업고 밖으로 나갔고, 가주는 그런 은 교수의 등을 미안한 눈으로 바라보고 있는 하현을 툭 치며 손짓했다. 따라오라고?

"어, 어디 가시게요?"

"어디든 거실이 아닌 곳. 현관문이 너무나 뻥 뚫려 있으니 원, 집 같지가 않구나."

"……."

그제야 다시 들어오는 집 안 꼴에 하현의 표정이 매우 슬퍼졌다. 아까는 그래도 비교적 모양은 멀쩡했는데 이제는 불에 다 그슬려서 화재 현장이 따로 없었다. 정말이지 믿고 싶지 않은 슬픈 현실이었다.

* * *

불행 중 다행이라고 해야 할지, 집 구조상 가장 안쪽에 위치한 하현의 침실은 그나마 (다른 곳에 비해서는) 온전한 편이었다.

하지만 한 걸음 한 걸음 디딜 때마다 바닥에서는 타다 남은 재가 팔랑거렸고, 벽에서는 거의 녹아내린 벽지가 너덜거렸다. 그리고 한 번도 제대로 써 보지 못한 부엌도 다른 곳과 마찬가지로 말 그대로 잿더미가 되어 버렸다.

"……내 집……."

반 폐허가 되어 버린 그 모양을 침울하게 바라보던 하현은 냉큼 문 닫고 들어오지 않고 뭣하냐는 가주의 따끔한 말에 입만큼이나 문을 꾹 단단히 닫고서 몸을 돌렸다. 그러다가 무언가 생각난 듯 반쯤 몸을 틀어 문손잡이에 한 손을 올렸다.

스으으으—

하현의 손이 닿자마자 문 전체에 일순 푸른빛이 어른거렸고, 그의 손이 떨어지자마자 곧 다시 원래의 모습으로 돌아갔다. 그리고 하현은 그 문을 손으로 다시 한번 쓸어내린 다음 방 안쪽으로 걸어 들어갔다.

"둘러보고 오느라 늦었습니다."

"오냐, 어서 예 앉거라."

안쪽에는 침대를 등지고 가주가 앉아 있었고, 그 반대편에 연화가 다소곳하게 앉아 있었다.

곱게 앉아 펼쳐진 그녀의 치맛자락 모습이 마치 연분홍색 꽃잎같이 보였고, 게다가 저 위에 바로 보이는 침대에 이불이 흐트러져 있는 상태로 놓여 있는 것이 자꾸 눈에 보여서 하현은 의식적으로 고개를 돌려 그것을 애써 외면했다.

'젠장, 자꾸 생각나잖아.'

어젯밤, 아니 오늘 아침만 해도 함께 누워 있었던 자리였으니 눈에 안 보일 리가 없었다. 게다가 함께 누운 것 그 이상의 것을 했으니 머릿속에 살색이 펼쳐진 것은 어찌 보면 가혹하리만치 당연한 일이었다.

그리고 이내 하현의 눈빛이 깊이 가라앉았다. 가주의 손에 들려 있는 푸른 검 때문이었다.

아까 상황이 정리가 되자마자 하현은 가주에게 곧장 파를 넘겼고, 그 이후로 그녀는 줄곧 파를 돌보고 있었다. 하지만 상황이 좋지 않은 듯 지금도 가주의 얼굴은 그다지 밝지 않았다. 그 모습에 심장이 납처럼 무거워지는 것 같아서 하현은 조심스레 연화의 옆에 앉았다.

'……어?'

하현은 문득 고개를 돌려 연화를 바라보았다. 자리에 앉다가 살짝 손이 스쳤는데 그녀의 손이 아직도 얼음장처럼 몹시 차가웠기 때문이었다.

마치 오래도록 찬물에 손을 담그고 있던, 혹은 냉방이 아주 잘되어 있는 방에 장시간 있었던 것 같은 냉기였다. 순간적으로 소름이 끼칠 만치 서늘한 그 느낌에 하현의 눈빛이 흔들렸다.

'그 이후로 시간이 좀 지났는데 왜 아직도 이렇게 차갑지?'

그래서 뭐라고 말을 하려던 차였다. 파를 두 손바닥에 올려둔 채 눈을 지그시 감고 있던 가주가 고개를 느리게 내저었고, 동시에 쯧, 짧은 혀 차는 소리가 났다.

"어렵구나. 도통 깨지를 않아."

처마 밑에 길게 달려 있던 고드름이 떨어지듯 툭, 나온 가주의 말에 고개를 갸웃거리던 하현의 얼굴빛이 달라졌다. 깨지를, 않는다고?

"잠시만요. 설마 파가 반응하지 않는다는 말씀입니까?"

"뭐라고요?"

그 말에 연화도 놀라서 두 사람을 번갈아 보았다.

'파가 깨지를 않는다고? 반응을 하지 않는다고?'

하현은 거의 반쯤 무릎을 세우고 일어나 있었고, 가주는 그런 그를 천천히 바라보았다. 그리고 두 사람에게는 그녀가 입술을 떼는 그 짧은 순간이 마치 억겁처럼 길게 느껴졌다.

하현은 빨리 말해 달라고 재촉하고 싶었으나 가주가 하는 모든 일에 이유가 있을 거라고 스스로를 다독이며 기다렸다.

과연 그 시간 동안에도 가주는 자신의 손바닥에 무겁게 놓여 있는 파를 가만가만히 손가락 끝으로 쓰다듬었고, 연화에게는 그게 마치 '일어나, 일어나렴' 하고 다독이는 것만 같아 보였다. 그래서 다시금 입술을 꾹 깨무는데 가주가 검에게서 무거운 시선을 떼고 하현을 바라보았다.

"일단, 검의 결계가 아주 많이 무너져 있는 상태다. 이걸 뭐라 해야 할까, 무너진 정도랄지…… 큰 구멍들이 사방으로 숭숭 뚫려 있어. 게다가 보아라, 이 표면이 하얗게 세지 않았느냐."

하현과 연화 두 사람의 시선이 푸른 검에 닿았다. 그리고 하현은 입술을 지그시 깨물었다.

"……파."

그녀가 굳이 짚지 않아도 보였다. 푸른 검의 날 부분은 성에

가 낀 것처럼 온통 새하얗게 되어 있었다. 손가락으로 문지르면 금방이라도 원래의 푸른 검신이 모습을 드러낼 것 같은 모습이었지만 하현은, 그리고 연화는 알고 있었다.

'저것은 파의 살이 깎인 거야.'

그때, 본가에서의 첫 습격 때 새하얗게 드러난 파의 상처는 그 이후로 연화와 하현이 지극정성으로 돌보았음에도 불구하고 조금도 나아지지 않았다. 시간이 조금 흘렀지만 파이고 점점이 희게 물든 그대로였다.

그래서 그 모습을 볼 때마다 연화는 울기도 많이 울었다. 자신을 막다가 생긴 상처니까, 지키다가 당한 고통이니까 그게 몹시도 고맙고 미안하고, 아팠다.

그때마다 파는 괜찮다며, 어차피 껍데기 아니냐며 신경 쓰지 말라고 했지만 그렇게 할 수 있을 리가 없었다. 파는 어떻게 봐도 예쁘고 고운 푸른 검이었으니까. 단 하나의 흰 반점마저 아까울 만큼 아름다운 모습이었으니까.

하지만 지금은…… 그 푸른빛을 거의 찾아볼 수가 없었다.

'젠장.'

그때보다도 훨씬 더 참혹해진 모습에 하현은 결국 두 눈을 질끈 감고 말았다.

'오늘 아침에 나오기 전까지만 해도 멀쩡했는데, 단단했는데. 이런 모습은 아니었는데!'

지금은 검 자루를 제외한 날의 모든 면이 전부 하얗게 바래져 있었다. 볼 때마다 새로이 참혹한 그 모습이 마음 아파서 쉽게 입술을 떼지 못하고 있는데 가주가 한숨을 가만히 내쉬었다. 이전에 없던 몹시 무거운 한숨이었다.

"……이 정도로 결계가 엉망으로 무너졌다면 안에 들어 있는 그 알맹이가 무사할 리가 없지. 균열인 게야."

균열이라는 말에 하현의 표정이 한층 더 창백해졌다.

"깨어나지 않는 게 전부가 아니라는 말씀이십니까?"

연화가 특별한 경우인 것이지, 기본적으로 영가는 잠들지 않는다. 그에 파는 언제나 깨어 있었다. 연화와 하현이 자는 시간에는 검에 들어가 나오지 않을 뿐이었다.

그런데 지금 파는 가주의 말에 반응을 보이지 않았다. 아니, 불러도 나오지 않는 것에서 그치는 것이 아니라 균열, 즉 검과 영 사이에 분리가 진행되고 있다는 말이었다.

생각보다도 충격적인 말에 사실이 아니길, 잘못 들은 것이길 간절히 바라고 있는데 가주는 하현의 시선을 어슷하게 흘리며 천천히 손가락으로 하얀 검신을 쓰다듬었다.

"아마 스스로도 알고 있을 게다. 아무리 작은 구멍이라 해도 안에서 새어 나오는 것을 완벽히 막을 수는 없는 법, 한데 그 구멍이 한둘이 아닌 데다가 이리 결계가 엉망이라면……."

"그만하세요!"

하현은 더 견디지 못하고 자리에서 벌떡 일어났다.

감히 가주가 말하는데 도중에 자르고 일어나다니 평소에는 생각도 못 했을 일이었다. 하지만 지금은 어쩔 수 없었다.

지금 그의 얼굴은 창백하게 질려 있었다. 가주의 말을 들을수록, 그녀의 말이 귀에 꽂히고 마음에 들어찰수록 아까 보았던 그 장면이 계속해서 머리에서 재생되었다. 반복되었다.

검은 물결 사이에 파가 갇혀 있는 모습, 힘겹게 버둥거리다가 결국에는 서서히 밑으로 가라앉아 버리는 모습, 바닥에 무겁게 떨어지는 모습, 모습, 모습.

하현의 표정이 결국 괴로움으로 가득 물들었다. 검고 검은빛, 자책이었다.

"그 틈을 막을 방법이 있을 수도 있잖습니까……."

마음이 아팠다. 심장이 무거웠다. 주인이라면서, 맹약자라면서 대체 내가 그간 해 온 게 무엇일까. 난 언제나 네게 기대기만 했어.

"무엇이라도 좋습니다. 어떤 것이라도 좋습니다. 가능성이 희박해도 좋으니 뭐라도 말씀해 주세요."

왜 생각하지 못했을까, 왜 걱정하지 않았을까.

글쎄, 왜인지 모르겠다. 파는 언제고 그 자리에 계속 있을 거라고, 다치지 않을 거라고 생각했다. 무적일 리가 없는데, 누군가를 상처 내고 아프게 할 수 있다면 그 자신도 상처받고 아플 수 있을 거라는 것을 왜 몰랐을까. 하현은 얼굴을 손바닥으로 세게 쓸었다.

'바보 같은 자식, 무정한 자식.'

그리고 스스로도 알았다. 지금 말하는 게 억지라는 것을 아주 잘 알고 있었다. 아무리 밖에서 막는다손 쳐도 내부의 균열까지는 어찌할 수 없었고, 방법이 없었다. 검과 영이 분리되고 있다는 말은 파의 소멸이 다가오고 있다는 것, 그것을 어떻게 막을 수 있을까. 그걸 어떻게…… 멈출 수 있을까.

그리고 그것에 답을 내리는 것처럼 가주가 천천히, 하지만 확실하게 맺었다.

"없다."

"……!"

마치 사형선고를 내리는 것 같은 모습에 하현은 다시 자리에 주저앉듯이 앉았다. 다른 사람은 몰라도 가주에게 그런 말을 들으니 모든 희망과 혹시, 라는 생각이 모조리 다 잘려 나가는 듯한 느낌이었다. 안 돼, 안…… 돼.

"파."

하현은 중얼거리듯 검의 이름을 불러 보았다.

이게 진짜 네 이름이 맞을까, 아버지가 부르던 대로 그 이름을 따라 부르는 것이지만 이게, 이 단어가 진짜 네 이름이 맞는 걸까. 하지만 언제고 파는 이 짧은 이름을 부르면 자리에서 떠올라 자신을 바라보곤 했다. 그런데 이제는 그러지 않아.

한편, 연화의 얼굴은 눈물로 온통 젖어 있었다.

믿기지 않았다. 믿고 싶지 않았다. 새침한 표정을 하고서 자신의 곁을 지키던 파를 기억했다. 그 여린 등이 아직도 선연했다. 그런데 이제 보이지 않는다니, 깊이 잠들어 있다니, 믿을 수 없었다. 아니, 안 돼. 안 돼요.

"나랑 약속했잖아요!"

하현이 고개를 들었고, 가주가 천천히 눈을 떴다. 연화의 눈에서 눈물이 뚝뚝 떨어지고 있었다. 두 뺨을 흘러내리던 물줄기는 이내 붉은 입가, 턱을 지나 밑으로 수없이 떨어지고 있었고, 연화는 젖은 얼굴을 닦지도 못한 채 가주의 손에 놓여 있는 파에게 매달리듯 달려들었다.

파, 파. 들어 봐요. 들어 줘요.

"하현과 그때 약속했잖아요. 일 년 동안 나 잘 지켜 준다고, 털끝 하나 다치지 않게 돌보아 준다고요. 이것도 계약인데, 약속인데 왜 안 지켜요. 왜 나오지 않아요. 피로 한 계약인데, 맹약인데!"

"……."

기어이 터지고 만 울음에 하현은 결국 시선을 떨어뜨리고 말았다.

마음이 먹먹했다. 아직도 자신의 손바닥에는 미세하게 붉은 줄이 그어져 있었다. 파의 날로 벤 흔적이었다. 그것이 유독 지금 너무나도 잘 보여서 하현은 손을 꽉 말아 쥐었다.

'정말, 정말 어쩌면 좋을까. 이런 마음을 어떻게 하……면…….'

그때였다.

"파?"

연화가 파를 불렀다. 이제까지 부르던 것과는 사뭇 다른 어투였다. 마치 정말로 '부르는 것' 같은 느낌에 하현은 고개를 들었다가 그대로 굳어졌다. 파가 가주의 손으로부터 그 위 허공으로 천천히 떠오르고 있었기 때문이었다.

그 믿기지 않는 모습에 하현이 급히 가주를 바라보았다. '가주께서 하신 겁니까?', 라고 물어보려고 한 것이었다. 하지만 가주 역시 놀란 기색이 역력했고, 하현은 급히 다시 파를 바라보았다. 도대체 이게 어떻게 된 건지 알 수 없었다.

연화가 환호하듯 다시 파를 불렀다.

"파!"

[시끄러워 못 살겠네, 정말. 이게 뭔 난리라니?]

검신 위로 떠오른 파의 얼굴에는 피곤한 기색이 역력했다. 마치 그래, 누구의 말마따나 깊은 잠에 빠져 있었던 것 같은 그런 모습이었다. 그녀는 그렇게 말하면서 입술을 삐죽였지만 그 말을 연화와 하현이 들을 수 있을 리가 없었다. 그녀의 말을 들을 수 있는 사람은 단 한 사람이었으니까.

연화는 기뻐서 어쩔 줄 몰라 하며 펑펑 울고 있었고, 하현은 얼떨떨한 표정으로 파를 멀거니 바라보기만 했다. 그 눈빛이 꽤나 뜨거워서 파는 두 귀를 꼭 막았던 손을 내리며 괜히 팩 고개를 돌려 버렸다.

[뭘 그렇게 보는 거야, 마음 이상해지게.]

그 말과 함께 파는 가주를 빤히 바라보았다. 그녀의 다독거림, 따뜻한 손 덕분에 언 몸이 조금 풀리는 느낌이었다. 덕분에 나올 수 있기도 했고.

'고맙…… 다고 해야 할까.'

사실 그녀는 다 듣고 있었다. 저 안에서, 검 안에서 지금까지의 대화 전부 다 들었다. 그래서 지금 자신이 어떤 상황에 놓였는지, 왜 마음대로 몸을 움직일 수 없는지, 나가려고 할 때마다 자꾸만 튕겨 나가는 것 같은 느낌이 드는지 다 알 수 있었다.

그리고…… 자신의 소멸이 가까워지고 있다는 것도.

파는 쓰게 웃으면서 머리카락을 귀 뒤로 넘겼다.

'이제 와서 아쉬워진다고 하면, 그건 너무 욕심이려나.'

꽤 오랜 세월 살아왔으니까. 게다가 이 이상으로 더 생각하면 정말로 기분이 이상해져 버릴 것 같아서 파는 바르르 몸을 떨고서 하현과 연화를 바라보았다. 말과는 다르게 그녀의 얼굴과 눈은 많이 붉어져 있었다.

[큼, 그놈의 계약이 뭐라고 이렇게 자던 사람을 두드려 깨우니? 이래 봬도 약속 지키는 데에는 일가견 있으니까 먹고 튀지는 않아, 걱정 마.]

새초롬하게 톡 말했지만 사실 파는 연화에게 고맙다고 생각했다. 눈을 떠 보니 새까만 어둠 가운데 자신이 있었고 어디로 가야 하는지, 어디가 출구인지, 자신이 왜 여기에 있는지 알 수 없어서 당황했었다. 이전에는 눈 뜨면 항상 밖이었기에 '나간다'

라는 개념 자체가 없었기 때문이었다.

그 와중에 들리는 자신을 부르는 저 할머니의 목소리를 따라서 길을 찾았고, 그제야 하현과 연화의 목소리가 들렸다.

밖으로 나오라고 자신을 부르는 목소리, 자신을 찾는 목소리. 그리고 조곤조곤 말하는 가주의 목소리. 그 대화들을 모조리 다 듣다가 '나 여기에 있는데 저게 무슨 헛소리람'이라고 생각하면서 바로 나오려고 했었다.

'하지만 좀처럼 나올 수 없었어.'

무언가 막는 것처럼, 잡는 것처럼, 혹은 거부하는 것처럼 자신을 튕겨 냈었다. 수없이 시도했지만, 수없이 밀려났다.

마치 거부당하는 느낌이었다. 이전에 단 한 번도 없었던 일, 그리고 생각조차도 안 했던 일이라서 마지막에는 화도 났고 무섭기까지 했다.

어떻게 해야 할지 몰라 답답해서 견딜 수 없을 즈음에 연화가 불을 질렀다. 계약을 잊었냐고, 약속을 잊었냐고, 피로 약속하지 않았냐고.

그리고 그 말에,

'속에 확 불이 붙어서 곧바로 튀어나왔지.'

당연히 지키지, 날 대체 뭐로 보는 거냐! 라며 튀어나온 걸 들었다면 아마 미르 그 사람은 뭐라고 했을까.

"……."

곧바로 자연스럽게 떠오르는 얼굴에 파의 표정이 순간 묘해졌다.

[그 사람은 괜찮은지 모르겠네.]

들을 사람이 없으니 말해도 상관없겠지, 싶어서 파는 소리 내어 중얼거렸다. 하지만 뭐, 저렇게 연화가 무사한 걸 보면 별일은 없는 모양이었다.

"읏……."

점점 창백하게 얼굴이 질려 가던 연화가 짧은 신음을 흘리며 크게 비틀거렸다. 잠깐, 비틀거렸다고?

파는 거의 반사적으로 가주를 돌아보았고, 하현은 급히 팔을 뻗어 그녀를 부축했다. 그러고서 그는 경악한 표정으로 가주를 향해 외쳤다.

"연화 씨 몸이 너무 차요!"

"이리, 이리 앉히거라. 네가 붙잡아 줘. 네가 아가의 몸을 받쳐 주어야만 해!"

하현은 연화의 몸을 끌어안으며 그녀의 어깨를 두 손으로 잡았다. 아까부터 내내 이상하다고 생각했다. 정상이 아닌 것 같았다.

연화는 언제나 몸이 따뜻한 사람이었는데 아까 이곳에서 마주한 이래로 그녀의 몸은 차가웠다. 그래도 좀 더 있으면 나아지겠지, 괜찮아지겠지, 더워지겠지 했는데 덥혀지기는커녕 오히려 더 차게 식어 버린 것이었다.

하현은 맞닿고 있기만 하는데도 소름이 돋을 정도로 차가운 그 몸을 자신의 품으로 보듬어 안으며 연화를 내려다보았다.

"연화 씨, 연화 씨 괜찮습니까? 말해 봐요, 어디가 아픈 겁니까?"

그럼에도 연화는 말을 하지 못했다. 고통을 참느라 입술을 앙다문 것 같은 모습이었다. 이제까지 지내면서 단 한 번도 보이지 않았던, 고통을 견디는 듯한 그 괴로운 모습에 하현이 놀라 어쩔 줄 몰라 하고 있는데 가주가 자리에서 벌떡 일어나더니 하현 곁에 무릎을 꿇고서 연화를 똑바로 바라보았다.

"아가."

그 목소리가 혼란스러운 정신 가운데 제대로 들렸을까, 질끈 감겨 있던 눈꺼풀이 파들거렸다. 눈을 뜨려는 필사의 노력 같았다.

"할머, 할머……."

하지만 다음 순간, 연화는 비명을 지르는 것처럼 눈을 꽉 감았다. 지금 그녀는 하현의 가슴에 매달리듯 기대어 그의 팔을 잡고 있었다.

그리고 다시금 쿵, 찾아오는 고통에 연화는 결국 고개를 내저으며 고통으로 가득 찬 비명을 지르고 말았다.

"연화 씨!"

마치 폐부를 찢는 듯한 비명 소리에 하현이 당혹스러운 목소리로 그녀를 불렀지만 연화는 대답할 수 없었다. 눈앞이 흔들거렸다. 아득했다.

'아파요, 아파요, 아파요! 하현, 나 아파요. 왜 아프지, 왜 또 아프지, 왜 여기가 또—'

또 찾아온 쿵, 그 익숙한 죽음의 고통에 연화는 결국 정신을 놓아 버리고 말았다.

"연화 씨!"

하현은 속절없이 무너져 내리는 연화의 몸을 꽉 껴안아 붙잡으며 그녀의 얼굴을 내려다보았다. 연화가 정신을 잃기 전까지 고통스럽게 쥐어뜯듯 짚은 그 자리는, 그녀의 가슴팍이었다. 도화 단도가 들어 있는 곳, 심장이었다.

11장
하늘연달

하현은 머리를 짚었다. 하나가 겨우 해결되었다 싶었는데 또 하나가 터져 버린 것이다. 그가 천천히 고개를 내저었다.

'아니, 하나도 해결되지 않았어.'

미르 녀석은 적어도 일주일은 요양하면서 푹 쉬어야 한다고 들었다. 몸에는 이상이 없이 기력만 좀 쇠해진 거라고 했지만 그래도 몹시 큰일이었다. 아마 은 교수도 이번에 많이 놀랐을 것이었다. 이곳이 이렇게까지 위험하고 치열한 세계라는 것을 몰랐을 테니까.

'……아니, 아시려나.'

그와 미르가 아주 어렸을 적, 미르에게 들러붙었던 악귀들을 떨쳐 내기 위해 이리로 직접 둘러업고 왔었으니까 위험한 일이라는 건 아셨을 수도 있겠네.

그럼에도 불구하고 미르의 선택과 결정을 지지해 준 은 교수가 새삼 대단해 보였다. 굉장히, 몹시 어려운 일이었을 텐데. 그렇게 생각하며 하현은 두 손으로 얼굴을 쓸었다.

'그리고 파…….'

가주가 분명히 말했다. '균열'이라고 했다. 그 말이 내포하고 있는 의미가 너무 무거워서 현실로 믿고 싶지 않았다. 하지만…… 언제까지고 외면할 수 없는 일이기도 했다.

"균열, 균열이라고."

솔직히 언제부터 파가 전해 내려왔는지는 모른다. 아버지께 그 이상의 이야기는 못 들었으니까. 아버지는 언제나 '나중에 때가 되면 이야기해 줄게'라고 하셨지만 그 '때'는 오지 않았다. 제대로 파를 전달받은 게 아니라 유품으로 받은 것이었기 때문이었다. 아마, 당신도 이렇게 될 줄은 결코 모르셨겠지.

그래서 하현은 파를 잘 몰랐다. 검날 위로 떠오르는 그녀의 모습에 성별과 대략적인 나이 정도만 추측할 수 있었다. 그러나 그 나이도 최근에는 조금씩 달라 보이는 것 같기도 했다. 그런데 그런 그녀에게 균열이 생겼단다. 다시 말해, 검과 분리되고 있는 것이라는 말이었다. 그렇게 된다면 검은 그저 골동품에 불과했다. 아니, 그마저도 다 삭고 낡았으니 아무런 효용 가치가 없을 것이다. 그리고 파는…… 사라지겠지.

'젠장.'

하현은 거칠게 머리를 헝클어뜨렸다.

파가 사라지다니, 없어지다니 말도 안 됐다. 상상해 본 적도 없었다. 게다가 자신의 계획에도 큰 차질이 있었다. 미르에게 주기로 했는데, 소중하게 넘겨주기로 했는데. 또한 계약으로 인해 파에게 넘어가기로 한 자신의 힘은 어떻게 되는 거냔 말이다.

계획대로라면 파를 넘기며 그 힘도 미르에게 넘기려고 했었는데 이제는 어떻게 해야 할지 도무지 판단이 서지 않았다. 그저 멍할 뿐이었다. 그리고 거기에 더해서…….

"할머님."

하현은 생각을 멈추고 자리에서 일어났다. 굳게 닫혀 있던 신당 문이 열리고 가주가 나왔기 때문이었다.

연화가 고통을 호소하며 쓰러지자마자 가주는 그녀를 신속히 신당 안으로 옮기도록 명령했고, 하현은 그 즉시 가주와 함께 본가로 이동해서 연화를 그 방에다가 눕혔다.

어떻게 택시를 잡았는지, 어떻게 길을 안내했는지 하나도 기억이 나지 않았다. 하현의 모든 정신은 온통 품에 안긴 연화에게 쏠려 있었다.

그리고 그가 마지막으로 본 연화는, 붉은 천 위에 누워 있던 연화는 투명했다. 안 그래도 창백한 그녀의 얼굴은 핏기 하나도 없이 새하얗게 질려 있었고, 정신을 잃은 중에도 고통이 느껴지는지 표정이 괴로움으로 짙게 물들어 있었다.

'대체 왜, 왜 이런 일이 생기는 걸까. 악령들 때문인 걸까?'

가주의 말을 기다리던 하현의 표정이 참담해졌다. 혼자 두는 게 아니었다, 위험한 일이 생기더라도 자신의 곁에서 일어나는 편이 나았다, 수없이 자책했다. 파도 그렇고 연화도 그렇고 미르도 그렇고 자신이 곁을 비워서 그런 일이 일어났다는 생각이 자꾸만 들어서 괴로웠다. 물론, 당사자들이 알면 절대 아니라고 말할 일이었지만 적어도 하현이 느끼기에는 그랬다. 멀쩡한 것은 오직 자신뿐이었으니까.

가주는 하현에게 손짓했다.

"……예?"

하현은 얼떨떨하게 되물었고, 가주는 재차 그에게 들어오라고 손짓했다.

'저 안으로 들어가라고?'

쭈욱 늘어서 있는 커다란 신상들도, 벽에 가득 걸려 있는 괴이한 그림들도, 그리고 방 전체에서 풍기는 향 내음도 모두 다 꺼림칙해 저 안으로 들어가는 일은 정말이지 마뜩잖은 일이었지만 방법이 없었다.

하현은 군말 없이 그녀를 따라서 방 안으로 들어섰고, 곧바로 보이는 장면에 급히 발걸음을 옮겼다.

"연화 씨!"

신당 방 가장 앞쪽에 곱게 깔려 있는 두툼한 주단 위에 연화가 누워 있었고, 그녀 주위로 향로 여러 개가 놓여 있었다. 그 향로에서 새어 나오는 흰 연기 때문에 연화는 마치 구름 위에 떠 있는 듯한 모습이었다. 영가를 보는 자신이 하는 말치고 우스울 말이지만, 정말이지 현실감이 없는 장면이었다.

하지만 연화는 하현의 목소리를 듣지 못한 듯 여전히 눈을 감고 누워 있었고, 혹시 뭔가 잘못된 게 아닐까 싶어 하현은 점점 초조해지기 시작했다.

연화가 왜 고통을 호소했는지, 그것이 무엇 때문인지, 또 그녀에게 무슨 영향을 미치는지, 그리고 이제는 괜찮은 것인지 전부 다 궁금했다. 그래서 결국 다시 가주를 바라보는데 그녀가 생각을 알 수 없는 표정으로 천천히 자리에 앉았다.

"그런 눈으로 볼 것 없다. 다 이야기해 줄 테니 그리 매달리듯 보지 말고."

"……."

그에 하현이 괜히 머쓱해져서 '그리 말씀하실 건 없잖습니까', 라며 조그맣게 투덜거리는데 가주가 한쪽 무릎을 세우고 자세를 고쳐 앉았다. 그리고 연화를 바라보았다.

"아가."

하현은 그녀의 말에 곧바로 연화를 바라보았다. 하지만 핏기 없는 그녀의 얼굴에는 조금도 변함이 없었고, 잠을 자는 듯 정신을 잃은 듯 눈을 감고 있는 그 모습을 하현은 기도하듯 바라보았다.

가주가 다시 그녀를 불렀다.

"아가, 일어날 수 있겠니?"

반상 저 한쪽에 놓여 있던 푸른 검에서도 어느샌가 파가 떠올라 있었다. 그녀도 연화가 갑자기 비명을 지르고 정신을 잃은 게 못내 충격적인 모양이었다. 파도 하현과 같이 숨을 죽이고 연화를 바라보았고, 세 사람의 긴장된 시선 속에서 연화는,

"후……."

길고 깊은 한숨을 내쉬었다. 마치 석고 인형이 생명을 얻어 처음으로 숨결을 내뱉는 듯한 그런 모습이었다.

하현은 발등에 내려앉은 듯 납덩이처럼 무겁게 짓눌려 있던 심장이 그제야 제대로 뛰는 것 같다고 생각했다.

이제껏 쉬지 않았던 모든 숨을 한번에 몰아쉬는 듯 긴 한숨을 내쉰 연화는 천천히 눈을 떴다. 가주는 드러난 그 검은 눈동자에 옅은 미소를 보내며 하현에게 눈짓했다. 가주가 뜻하는 바를 빠르게 알아챈 하현은 곧바로 연화의 상체를 안듯이 잡고 천천히 일으켰고, 가주가 내민 붉은 방석을 그녀의 등에 받쳐 주었다.

그리고 가주는 그 모습을 다 보고 나서야 천천히 입술을 떼었다.

"고통은, 아직 여전하니?"

"한결 괜찮습니다."

하지만 연화의 목소리는 금방이라도 꺼질 듯 가라앉아 있었고, 그녀를 안 이래로 처음 보는 그 모습에 하현은 불안한 표정으로 그녀와 가주를 번갈아 보았다.

연화는 자신의 몸 상태를 돌아보기 이전에 더 할 말이 있는 듯

했다.

“할머님, 저는 그 고통을 잘 압니다.”

고통을 잘 안다고?

하현의 얼굴에 의아한 빛이 떠올랐다가 곧바로 표정이 바뀌었다. 연화의 말인즉 이 고통의 원인도 안다는 뜻이었다. 그러나 가주는 아무 말도 하지 않고 가만히 연화를 바라보기만 했고, 연화는 조금 숨을 고른 다음 하나하나 되짚듯이 말했다.

“한두 번 겪은 것도 아니고 수없이 반복되었던 고통이니까요. 하여 이 고통은 아주 잘 압니다. 소녀를 결국…… 죽음으로 이끈 아픔이지요.”

“……!”

하현은 놀란 표정으로 연화를 바라보았다. 죽음으로 이끈 아픔?

그에게 덧붙이는 것처럼 연화가 천천히 이어 말했다.

“하나, 소녀가 궁금한 점은 그것이 아니어요. 이미 죽은 몸에 왜 생전에 겪었던 그 아픔을 다시 겪어야 하는지 의아합니다. 또 반복될까 두렵습니다. 단지 그뿐이어요.”

“아니, 잠깐, 잠깐만요, 연화 씨.”

하현은 급히 끼어들었다. 지금 연화 말대로라면, 죽기 전에 겪었던 그 고통이 지금 다시 찾아왔다는 말이었다. 그리고 영가가 신체의 고통을 느낀다는 것은 이제껏 본 적도, 들은 적도 없었다. 연화를 통해 매번 새로운 경험을 하는 중이었다.

그와는 다르게 가주는 조금도 놀란 표정이 아니었다. 오히려 자신의 짐작이 맞았다는 듯 담담한 얼굴이었다.

"하면 좋은 소식을 먼저 알려 주랴, 아니면 나쁜 소식을 먼저 알려 주랴."

하현의 표정이 이상해졌다. 이 상황에서 좋은 건 뭐고 나쁜 것은 뭐란 말인가. 그가 애매한 표정으로 바라보고만 있자 연화는 주저 없이 말했다.

"좋은 소식이요."

옛 속담에 '매도 먼저 맞는 게 낫다', 라는 말이 있지만, 연화는 맛난 것을 먼저 먹는 편이었다. 그녀의 선택이 재밌었는지 가주는 작게 웃고서 천천히 깍지 낀 손을 풀었다.

"네가 아픈 것은 악령 때문이 아니란다. 외부적인 문제가 아니에요, 아가 네 문제 또한 아니고. 또한 그 능력이 사라지지도 않을 것이야."

그 말에 연화의 얼굴이 대번에 환해졌다. 안 그래도 내내 걱정스러웠다. 혹시 악령을 정화했던 그것 때문일까, 그리고 그 힘이 사라졌을까 두려웠다. 하지만 그렇지 않다는 말에 얼굴이 환해지는데 그것을 가만 잡듯이 가주가 곧바로 이어 말했다.

"하지만 그 고통은 이번이 끝이 아닐 게야. 외려 시작일 테지."

"예?"

오히려 이번이 시작이라는 말에 연화의 안색이 하얗게 질렸다. 하현도 놀란 표정이었다.

“왜, 왜지요? 고통으로써 죽었고, 죽음으로써 그 고통 또한 끝일 거라 생각했습니다. 한데 어째서 그 고통을 다시…… 다시 겪는 건가요. 싫습니다, 아파요. 정말…… 아파요.”

“……연화 씨.”

하현은 진저리치듯이 고개를 저으며 떠는 연화를 안쓰럽게 바라보았다. 어느 정도의 고통이면 저렇게 두려워할까, 무서워할까. 그 고통으로 죽음까지 이르렀다 하니 오히려 더 가늠이 되지 않았다. 아마 짐작하지 못할 정도로 극한의 고통이겠지.

그에 반사적으로 하현은 연화의 손을 가만히 잡았다. 발작이 찾아올 때면 있는 힘껏 손을 말아 쥐어 손톱에 여린 손바닥 살이 다 찢어졌다던 그 말이 생각나서였다.

연화는 하현이 자신의 손을 잡자 조금 움찔한 모양으로 그를 올려다보았고, 이내 조금씩 숨이 침착해졌다. 점점 안정되는 듯한 모습이었다. 하현은 이번에는 조금도 찢기지 않은 그 손바닥을 다독이듯 가만가만히 검지로 쓸어 주었고, 한결 누그러진 듯한 그 모습에 가주가 천천히 말했다.

“아가, 내 눈을 보아라.”

“……?”

뜬금없는 그 말에 연화는 의아한 표정으로 가주를 바라보며 고개를 갸웃했다. 가주가 아무 말도 없이 그저 물끄러미 자신을 보고 있었기 때문이었다.

뭐라 말도 하지 않고 가만히 바라보고만 있는 모습에 도통 이해를 할 수가 없어서 뭐라고 하려던 차, 가주가 조금 웃었다. 입꼬리만 올라갔으나 눈이 따뜻해서 퍽 다정해 보이는 미소였다.

"이상한 점을 모르겠나 보구나. 보렴, 지금 내가 거울로 너를 보고 있느냐?"

"아!"

연화가 탄성을 지르듯 짧게 외쳤다. 그리고 하현도 놀란 표정으로 그녀와 연화를 번갈아 보았다. 이제까지 연화는 자신에게만 보였고, 가주는 거울이라는 신물을 통해야만 보였다. 그런데 지금은 거울 없이 그녀를 볼 수 있는 것이었다. 이게 가주에게만 한정되는 것일까? 하현이 물어보려던 차, 마치 그것을 미리 짚은 것처럼 가주가 하현에게 눈짓했다.

"반달이 네 녀석이 짐작한 것처럼 이제 아가는 네게만 보이는 것이 아니란다. 어느 정도의 신기를 가진 이에게는 보이게 되었지. 그리고 그것에 아가 네가 겪은 고통이 연관되어 있단다."

고통이 연관되어 있다고? 도통 이해를 할 수 없는 말에 온점을 찍듯 가주가 단정 지어 똑똑히 말했다.

"아가 네게 육신이 입혀지고 있는 것이야."

* * *

"……."

연화는 방 안에 오도카니 앉아서 자신의 손을 내려다보고 있었다. 참으로 새하얀 손바닥이었다. 앞뒤로 여러 번 뒤집어 보았지만 앞면 뒷면 상관없이 핏줄이 보이도록 희기만 했다.

차라리 이 푸른 게 붉은기였으면 좋으련만, 하는 그런 생각까지 들 정도라서 연화는 자신의 흰 손을 재차 팔랑이며 내려다보았다. 그리고 고개를 들어 눈앞에 놓인 커다란 전신 거울을 보았다.

"……아직은 안 보여."

거울에 자신의 모습이 비쳐 보이지 않는 게 하루 이틀 일도 아니건만 연화는 진심으로 안도했다. 그리고 한편으로는 염려스러웠다.

"계속 안 보였으면 좋겠는데……."

하현의 집이 습격당했던 그때. 연이어 나오는 충격적인 말들에 더 놀랄 일도 없어 보이는 하현과 연화 두 사람에게 가주는 방문을 닫으며 한 마디 더 얹었었다.

'그 거울에 아가의 모습이 보이는 날, 마지막 위험이 닥칠 게다.'

그 말인즉슨, 그때에는 연화가 확실한 육신을 가지게 될 거라는 말이었다. 그에 연화는 '그럼 더 이상 영가가 아니게 되지 않습니까'라고 물어보려 했지만 가만히 참았다. 어련히 알려 주려고, 때가 되면 가르쳐 주겠지 싶어서였다.

하현은 '지금도 충분히 위험한데 이 이상으로 얼마나 더 위험하려고요'라고 투덜거리면서도 알겠다며 고개를 끄덕였고, 연화 역시 긴장된 빛으로 입술을 다물었었다. 가주, 그녀가 위험하다고 할 정도면 정말로 반드시 그럴 테니까.

그래서 연화는 지금 저 거울에 자신의 모습이 비치지 않는 것에 안도하고 감사했다. 그리고 앞으로도 그러길 바랐다. 하늘에 돌아갈 그날까지 부디.

"연화 씨."

그리고 한 마디 뒤늦게 똑똑, 울리는 노크 소리.

이제는 몹시 익숙한 그 중저음 목소리에 연화는 고개를 돌렸고, 저 문가에서 자신을 가만히 바라보고 있는 하현과 눈이 똑 마주쳤다. 언제부터 그리 지켜보고 있었던 것일까, 기척도 없이 가만히 서 있는 모습이 새삼스러워 연화가 얼핏 작게 웃었다.

"영가에게 귀신같다, 라는 말을 들으면, 기분이 참으로 이상하시겠지요?"

그 말에 하현이 큭, 작게 웃으며 "하도 들어서 괜찮습니다."라고 대꾸하고서 천천히 걸어왔다. 그리고 그녀가 앉아 있는 소파 등받이에 손을 올렸다.

"옆에 앉아도 될까요?"

연화는 과연 하현답다고 생각했다.

'이제는 괜찮습니까?'라는 말이 아니라서 다행이라고 생각했고, 고맙다고 생각했다. 아까의 그 기억은 되짚는 것만으로도 고통스러운 일이었으니까.

자리를 같이해도 되겠냐는 정중하고도 다정한 요청에 연화는 고개를 끄덕이며 기꺼이 곁을 내주었고, 하현은 연화 옆에 가만히 앉았다.

소파 가장자리에 앉은 그의 무게에 매트가 출렁, 하면서 연화의 몸이 위아래로 흔들렸다. 그리고 자연스레 흐트러지는 긴 머리카락이 눈에 들어와 하현은 반사적으로 손을 들어 그녀의 얼굴 가까이 가져갔고, 다가오는 그의 큰 손에 연화가 자연스레 눈을 감았다.

"……."

하현은 잠시 갈등했다. 이거, 초대는 아니겠지. 하지만 여기서 입을 맞추었다간 이후의 이야기들을 못 할 것 같아서 일단은 참기로 했다.

그동안 연화는 아무것도 모른다는 듯 여전히 가만히 눈을 감고 있었고, 하현은 고운 머리 타래에서 빠져나온 잔머리 몇 가닥을 손가락으로 살살 모았다. 그에 간지러운 듯 연화가 살짝 어깨를 움츠렸다.

"이렇게나 사람 같은데."

흘러내린 잔머리를 손가락으로 잡아 하얀 귀 뒤로 넘겨 주면서 하현이 입 안으로 얼핏 중얼거렸다. 이리도, 사람 같은데.

하현은 머리카락을 넘겨 주고서 반질한 머릿결을 가만가만히 쓸었다. 손바닥에 닿는 머릿결의 느낌이 좋았다. 마치 아주 예전에 키우던 고양이의 그것같이 아주 매끄러웠다. 하현은 계속해서 천천히 연화의 머리를 쓰다듬었다.

"그거 압니까? 당신은 내게 처음부터 사람이었어요."

사람의 손이 머리에 닿으면 몸이 노곤노곤해진다는데 과연 그래서 그런 걸까, 하현이 머리를 쓰다듬을 때마다 심장이 뛰었다.

온기가 좋았고, 촉감이 좋았고, 묵직한 무게가 좋았다. 그래서 연화는 눈을 감으며 가만히 그것을 느꼈다. 조금, 더운 것 같았다.

"처음이라 하시면?"

"당신이 신당으로 처음 들어왔을 때, 처음 내 손을 잡았을 때, 하나로 이어졌던 날 이후의 그 모든 순간 전부 다."

그 말에 그득 담긴 진심에 연화는 천천히 눈을 떴고, 자신을 묵묵히 바라보고 있는 하현과 눈을 마주했다. 설명이 부족하다고 스스로도 생각했을까, 하현이 잇듯이 재차 입술을 떼었다.

"이미 아실지 모르겠으나, 저는 가업을 이을 생각이 없습니다. 가문 대대로 내려온 이 피의 힘 때문에 어쩔 수 없이 영가들을 보고 살 수밖에 없었으나 마주할 생각은 절대 없었지요. 영가를 보는 것, 그것은 제가 선택을 할 수 없는 불가항력이지만 그들을 무시하는 것, 피하는 것, 내 인생을 새로 개척하는 건 내 마음이라고 생각했습니다. 그리고 여전히, 난 그게 맞다고 생각해요. 이기적으로 볼 수도 있지만."

그 말에 연화는 고개를 즉시 끄덕였다. 가업이라는 게 얼마나 중하고 얼마나 큰일인지 잘 알았다. 또한 그간 봐 온 걸로 보아 하현에게 얼마나 큰 능력이 있고 그것을 부러워하고 시기하는 이가 많은지, 그리고 그런 그가 당연히 이 집의 대를 잇는 게 맞다고 생각하는 이가 있는지도 알았다.

'하지만 그건 이 사람의 길이 아닌걸. 하현이 원하는 길이 아닌걸.'

가업이라는 굴레에 걸려 날개를 펼치지 못하는 것은 슬픈 일일 게 분명했다. 그런 그녀의 표정을 어떻게 보았을까, 하현이 가만히 웃으며 외려 위로하듯 그녀의 흰 뺨을 손등으로 쓰다듬었다.

"그래서 전 그 능력을 굉장히 싫어했습니다. 살면서 도움이 된 적도 없고 오히려 귀찮은 일을 끌고 오기만 하는 걸림돌이었으니까요. 하지만 이제는 아닙니다."

"예?"

이제는 아니라는 그 말의 무게가 다른 말보다 한 끗 더 무거워 연화가 고개를 갸웃하자, 여전히 흰 뺨에 손을 올린 그대로 하현이 손가락만 살짝 움직이며 말했다.

"덕분에 이렇게 당신을 만나게 되었고, 당신을 지킬 수 있었으니까요."

"……."

지킨다, 라는 말에 곧바로 지난번 검은 물과 화염이 떠오른 연화의 눈동자가 아프게 흔들렸다. 그래서 뭐라 하려던 입술을 하현이 손가락으로 가만히 눌러 막았다. 쉬이, 계속 들어 봐요.

"잘 생각해 봐요, 연화 씨. 난 당신에게 내 등을 맡긴 겁니다. 등이 얼마나 중요한지 알아요? 앞에 보이는 건 내가 막을 수 있지만 내가 귀신이 아닌 이상, 아니 귀신도 뒤는 못 보니까 못 막는 겁니다. 그러니까 등을 내줬다는 말은 그냥 모든 것을 준 거라고 생각하면 되는 거예요."

"하지……"

"그러니까 지금은, 나에게 당신 입술을 줄래요?"

"……!"

연화의 얼굴이 확 달아올랐다. 정말이지, 가끔 보면 하현은 정말 생각도 할 수 없는 말을 하곤 했다. 자신으로서는 상상도 할 수 없는 말을 활자로 만들어 내고 말로 만들어 내어 귀에 사근이는 것이다. 마치 지금처럼. 이리 부끄럽고 달콤한 말을 어떻게 저렇게 깔끔하게 하는 것일까.

어떻게 대꾸할 말이 생각이 나지 않아 입만 벙긋이는데, 어느새가 가까이 고개를 기울인 하현이 "응?" 하며 눈을 맞춰 왔고, 연화는 말 대신에 행동으로 대답을 해 주었다.

"……!"

하현은 놀란 눈으로 자신의 어깨 부근을 바라보았다. 연화가 두 팔을 뻗더니 자신의 목을 그러안았기 때문이었다. 이전에 없던 적극적인 모양에 웬일이지, 과연 현대에 날아온 영가는 적응 또한 빠른 건가 싶어 연화의 얼굴을 생경하게 바라보는데 곧 풋, 웃음 뺀했다.

연화의 얼굴이 정말 말로 표현하기가 미안할 정도로 새빨갛게 달아올라 있었다.

그리고 과연, 그것을 눈치챘는지 빨갛던 얼굴이 재차 더 붉게 달아올랐다.

"우, 웃지 마시어요!"

"안 웃었습니다."

"거짓말, 웃었으면서!"

"원래가 휘어 있는 눈매라서요. 더 가까이에서 볼래요?"

"이이가 정말!"

연화는, 진심 더워 죽을 것 같았다. 예전 살아 있을 당시 읽었던 연서와 서책에 나와 있던 것들을 하나하나 달성해 나가고 있는 중이었는데, 사내의 목에 두 팔을 걸고 당기는 모습은 그녀 기준으로 몸을 섞는 것과 거의 엇비슷할 정도로 농밀하게 생각되었다.

그래서 가까이 다가오는 하현의 눈을 똑바로 바라보지 못하고 재차 꾹 감는데 뜨거운 것이 입술에 가만히 닿아 왔다.

"……!"

그에 반사적으로 눈을 뜨게 된 것은, 아직은 익숙하지 않은 감촉과 온도 때문이었다. 하현이 매트를 짚고 있던 손으로 연화의 시야를 가렸다.

가려지기 전 연화가 마지막으로 본 장면은 눈을 감은 하현, 그리고 높게 솟은 콧대였다.

그리고 연화의 등이 매트에 닿았다. ……닿았다고? 연화가 기겁하며 파닥거렸다.

"자, 잠깐만요. 도—"

"더 이상은 도령이라고 하지 않겠다면서요."

급하면 이리 튀어나온단 말입니다, 급한 와중에도 대꾸할 것은 다 하는 모양에 하현이 픽 웃었다.

"그래서, 무슨 말을 하려고 했습니까?"

"……."

연화는 이건 정말 불공평하다고 생각했다. 자신은 이렇게나 새빨갛게 달아올라 있는데 저이는 새하 고, 자신은 온몸이 둥둥둥둥 울릴 정도로 심장이 거세게 뛰고 있는데 이이는 숨소리마저도 차분했다.

그게 왠지 억울할 정도가 되어, 연화의 얼굴이 불퉁해졌다.

"설마, 예서 하시려고요?"

그러자 하현이 재미있다는 듯 입매를 올렸다.

"뭘요?"

"무어라 하시면!"

발끈한 것일까, 아니면 당황한 것일까. 그 모습이 귀여워 다시 한번 뭘요, 라고 물었다. 그리고 그 짓궂게 되묻는 모양이 얄미울 정도라 연화는 홱 고개를 들었다가 곧바로 그의 입술과 어슷하게 스쳤다.

그럼에도 느껴지는 후끈한 그 온기에 잠시 멈칫하는데 하현이 그 순간을 놓치지 않고 입술 가까이에 자신의 것을 가까이 대고 놀리듯 천천히 속삭였다.

"내가 뭘 할 거라고 생각……"

연화는 눈을 감았고, 하현은 눈을 떴다. 늘 반대였는데 이번에는 뒤바뀐 것이었다.

그녀의 입술이 맞물리듯 닿아 있었다. 그리고 하현은 순순히 눈을 따라 감았다. 그리고 연화의 목 뒤를 가만히 잡아 자신에게로 깊이 당겼다.

"……하아."

연화는 작게 소리를 흘리며 숨을 들이쉬었다. 토하는 것은 이리 많은데 들이쉬는 것이 상대적으로 적어 마음과 숨이 가빴다.

그녀는 잠시 주어진 틈에 하악, 달게 숨을 들이마시고서 얌전히 기다리고 있는 하현의 입술을 재차 찾았고, 천천히 그의 입술을 안에 한껏 담았다.

기억을 더듬는 것일까, 예전의 감각을 되새겨 보는 것일까. 연화는 살짝 다물어져 있는 하현의 입술 사이를 조금 헤매듯 돌아다니다가 잠시 실례하겠노라고 말하는 것처럼 톡톡 두드렸고, 문이 열리듯 기꺼이 벌어지는 그 사이로 조심스레 들어가 그의 것을 찾았다.

이내 뭉근하게 닿아 오는 따뜻하고 촉촉한 것에 하현의 짙은 눈썹이 순간 움찔했다.

"읏……."

하현은 인상을 찡그렸다. 어떻게 하나 보자, 라는 마음으로 가만히 내버려 둔 것인데 의외로 연화가 차근차근 자신에게 다가왔기 때문이었다.

그와 동시에 몸 아래에서 느껴지는 뜨거운 기운, 그리고 맞닿은 그녀의 몸, 상체, 가슴에서 느껴지는 커다란 심장박동이 너무나도 자극적이라서 머리가 점점 하얘지는 것 같았다.

그사이에 연화는 안쪽에 숨어 있듯 들어가 있는 도톰한 혀를 찾아내었고, 마치 숨바꼭질에서 이긴 술래처럼 그것을 짙게 톡, 치고서 입술을 떼었다.

그리고 두 사람은 자신들의 입술 사이로 길게 늘어진 은실을 자연스럽게 정리했다.

"하아, 하아……."

사람이 변하는 것일까, 원래 이런 사람이었던 걸까. 하현은 어느 쪽이든 상관없다고 생각했다. 그 전도, 지금도 다 좋았지만 굳이 고르라면 지금이 더 좋았으니까.

연화가 조금 의기양양한 표정으로 하현을 올려다보았다. 지금은 또, 고양이인가.

"소녀의 팔에 아직 당신의 목이 걸려 있다는 걸 잊으신 것 같아서요."

하현은 하마터면 웃음을 터뜨릴 뻔했다. 그 말을 하면서 아주 당당한 표정으로 연화가 자신의 손을 팔랑거렸기 때문이었다. 목에 손에 걸려 있어서 당겼다, 이건가?

하현은 가까스로 표정으로 정리하면서 짐짓 놀란 양 자신의 어깻죽지를 매만졌다.

"그, 목이 걸려 있다는 말이 왠지 의미심장합니다만."

"설마요."

제가 생각하고 있는 그것을 말씀하시는 건 아니겠지요, 하는 새초롬한 말에 하현이 결국 소리 내어 웃었다.

정말, 이 사람이 이런 모습을 보여 줄 줄이야. 그토록 얌전하고 토끼 같던 사람이 이제는 여우가 되어 가고 있었다. 그렇다면, 나도 슬슬 수위를 올려야 하지 않을까.

하현은 자신의 팔 안에서 눈을 깜빡이고 있는 연화의 턱을 손가락으로 가만히 들어 자신을 바라보게 했다. 그리고 아까와 똑같이 입술을 가까이 대고 소곤거렸다.

"하지만 아직 서투릅니다."

"예?"

"한참 멀었어요. 제대로 배우세요, 이제 매일 확인할 테니까."

그리고 다시 기울어진 고개에 연화가 간지럽다며 즐겁게 웃음을 터뜨렸다.

그들의 밤은 이제 시작이었다. 파가 다른 방에 있는 것이 아주 다행인 밤이었다.

* * *

"그런데 말입니다."

방 안은 뜨거운 숨이 재차 밸어져 후끈했다. 침대도 아닌 나지막한 소파에 겹쳐져 있던 몸이 움찔하더니 연화가 천천히 눈을 떴다.

하현이 거의 다 풀린 모양새로 흰 어깨에 늘어뜨려진 그녀의 검고 긴, 흑단 같은 머리카락을 손가락으로 만지작거리면서 말했다.

"이제 당신의 모습이 다른 사람들에게도 보인다고 했죠?"

"할머님의 말씀대로 라면요. 전부는 아니고 영 능력이 있는 사람에게만 보인다고 하셨습니다."

순순히 대꾸하던 연화의 시선이 순간 맞은편 벽에 기대듯 놓여 있는 커다란 전신 거울에 닿았다.

"……저것에 비치게 되면 다른 이들도 모두 다 볼 수 있게 된다는 말이겠지요."

그 말에 하현의 표정이 조금 굳어지더니 이내 무너지듯 연화의 위로 몸을 숙였다. 그에 연화가 기겁했다. 이제는 밤이 아니라 새벽이라고요.

"왜, 왜요. 또 왜요."

"그럼 미르에게도 당신이 보인다는 거 아닙니까."

"그렇겠지요."

그 도령 역시 영 능력이 넘쳐나니까. 내음도 그리 잘 맡는데 자신의 모습을 못 볼 리가 없었다. 그래서 순순히 고개를 끄덕이니까 하현의 표정이 서늘하리만치 더 어두워졌다.

"안 되는데."

그러자 겁이 덜컥 나는 것은 연화였다. 아까부터 자꾸만 무슨 소리시람, 계속 보인다 보인다를 연거푸 말해서 이제 아예 마음에 걸릴 지경이었다. 그래서 왜 그러냐며 다시 재촉하자 하현이 어깨를 축 늘어뜨리며 중얼거렸다.

"나만 보고 싶단 말입니다."

"……예?"

"평소의 예쁜 모습도, 이렇게 흐트러진 모습도 다 나만 보고 싶은데 이제 나만의 사람이 아니게 되어 버렸잖아요. 아쉽다고요."

"……."

연화는 입을 딱 벌렸다. 자신이 알던 그 사람이 맞는지 의심스러울 만한 발언이었다. 행동도 그때랑 몹시 다르긴 했지만…… 이렇게 야살스럽고 낯부끄러운 말을 아무렇지 않게 하는 사람일 줄이야.

하지만 그녀는 몰랐다. 만약에 지금 이 자리에 가주나 미르, 아니면 파라도 있었다면 그야말로 난리가 날 만한 발언이라는 것을, 그래서 그의 어깨를 재차 탁탁탁 손바닥으로 두드리는데 여전히 연화 위에 엎드려 있던 하현이 문득 중얼거렸다.

"그럼 그 여자에게도 보이겠네."

그 말의 온도가 갑자기 수십 도는 떨어진 듯 느껴져서 연화는 저도 모르게 하현을 바라보았다. 그녀의 착각이 아니었는지 그의 표정이 눈에 띄게 서늘해져 있었다.

연화는 손을 가만 내리다가 순간 흠칫했다. 잊고 있었던, 애써 묻어 두었던 검은 기억이 훅하고 올라왔다.

'왜 갑자기 그 사람이 떠오를까. 왜 그 이름이 떠오를까. 그리고…… 왜 그 길고 검은 머리카락이 떠오를까.'

순간적으로 그때 그 악몽에서 보았던 머리카락과 자신의 목을 졸랐던 그 감촉이 생생하게 되살아나서 연화는 반사적으로 자신의 목을 확 잡으며 괴로운 표정을 지었고, 그 모습에 미적거리고 있던 하현이 벌떡 몸을 일으켰다.

"연화 씨?!"

"가, 갑자기 생각나서요. 별거 아닙니다."

하지만 그녀의 얼굴빛은 순식간에 새하얗게 질려 있었고, 하현도 곧 그녀가 어떤 것을 떠올렸는지 곧바로 알아챘다. 그 꿈이로구나. 망할 여자 같으니.

그리고 더 이상 미룰 수 없음에 하현은 후, 짧게 한숨을 쉬면서 연화를 바라보았다.

"그래요. 이미 당신도 눈치챘을 수도 있겠지만, 내가 말한 '그 여자'는 송이원입니다. 그 여자 때문에 병원이 한바탕 뒤집어졌고, 교수님이 당할 뻔했어요. 그리고 파가 당했죠."

“……!”

연화가 눈을 크게 떴다. 그리고 ‘역시……’라며 작게 중얼거렸다.

그 큰 물결에서 자신을 둘러 든든하게 보호하던 파였다. 그런 그녀가 저 상태가 되도록 당했다면 무슨 커다란 일이 있었을 거라고 짐작했는데 역시 맞았던 것이다.

게다가 병원에서의 습격이라니, 생각보다도 무모하고 대책 없는 사람이었다.

“그 여자는 나한테 굉장히 집착하고 있습니다. 자신이 그토록 원하는 능력을 나는 거부하고 있기 때문이겠죠. 자격지심이라고 해야 할지, 그리고 파도 집요하게 괴롭히더군요. 자신에게 없는 것이라서 그럴 겁니다.”

하지만 연화는 조금 생각이 달랐다.

“원망이 아닐까요?”

곧장 질러 나온 그 말에 하현이 연화를 돌아보았다. 전혀 생각지도 못했다는 표정이었다.

“원망이요?”

“예.”

그러자 하현의 표정이 전혀 모르겠다는 듯 억울함을 토로했다.

“대체 나를 왜요? 자기가 원하는 힘을 내가 갖고 태어나서? 아니, 그건 날 원망해야 하는 게 아니라 하늘을 원망해야 하는 거 아닌가요? 원망할 대상이 틀렸다고요."

"그게 아니라, 자신을 거절한 것에 대한 원망 말입니다."

"……."

그 말에 하현이 멍한 표정을 지었다. 예상하지도 못한 부분을 짚인 듯한 표정이었다. 거절, 이라고?

하지만 연화는 차분했다.

"저는 이전에 어떠한 일이 오갔는지 모릅니다. 다만 제가 이곳에 온 이후로 들은 것은 송씨 가문의 선 제의를 당신이 번번이 거절하였다는 것, 그리고 두 번 다시는 같은 일로 연락하지 말라고 단호하게 잘랐다는 것입니다. 그리고 그 이후로 악몽이 저에게 찾아왔어요. 검은 물이 저를 습격했고, 미르 도령과 파가 저를 지키다가 쓰러졌습니다. 이번에는 아예 병원으로까지 당신을 만나러 왔고 그 과정에서 파가 다쳤으며 마찬가지로 집에 있던 저를 보호하다가 미르 도령이 재차 쓰러졌지요."

연화가 차분하게 말해 준 덕분일까, 하현은 점점 더 상황을 명확하게 직시할 수 있었다. 등줄기가 점점 차가워지는 기분이었다. 그리고 연화는 그를 똑바로 올려다보았다.

"잘 생각해 보시어요. 그 선을 확실히 매듭짓고 난 이후에 상황이 더 격해지지 않았습니까."

하현은 한참 동안 생각에 잠겨 있었고, 연화도 몸을 일으키고 치맛자락으로 몸을 두르고서 그 옆에 가만히 앉아 기다렸다.

사실 그녀라고 해서 선불리 말할 수는 없었다. 혹시, 라는 말로 말할 수 있는 것과 그렇지 못한 것이 분명히 있으니까. 게다가 원래부터가 원수지간인 집안인 이상 결론을 짓기 위해서는 심증 외에 물증이 분명히 필요했다.

하지만…… 겹치는 게 너무 많았다. 어느 쪽으로 생각해도 그 쪽으로밖에 나오지 않았다. 혹여 자신이 투기하는 것이 아닐까 싶기도 했지만 그것에 대해 연화는 당당하게 말할 수 있었다.

'질투를 하려거든 그쪽이 나를 해야 할 터, 왜 내가 그쪽을 질투할까. 얻은 게 무에 있다고.'

자존심도, 사랑도, 영 능력도 그 어떤 것도 얻지 못한 가련한 것은 그쪽이었다. 고개를 잔잔히 끄덕이는데 옆에 서 있던 하현이 낮게 으르릉거리듯 짓씹어 말했다.

"그 미친 여자를 그냥……."

하현이 당장이라도 벌떡 일어날 것처럼 행동하자 연화가 그런 그를 가만히 잡았다.

"지금은 참으셔야 합니다."

하지만 하현은 참을 생각이 없어 보였다. 그의 눈이 조금 젖어 있는 것 같기도 했다.

"왜요, 그리고 언제까지요. 이제껏 내내 참았고, 눈 감은 데다 모르는 척까지 했습니다. 눈감고 귀 닫고 아무것도 모르는 척했다고요. 부모님 사고 때도 모르는 척 넘기라 해서 속에 묻었고, 이제까지 삼킨 게 하나둘이 아닌데 어떻게 또 참습니까."

과연 버튼을 누른 것일까, 하현은 평정을 찾지 못했다. 아니,

속에 그득히 담겨 있던 것이 드디어 문이 열린 것이겠지. 그 틈새로 콸콸 쏟아져 나오는 원망, 분노의 감정을 연화는 가만히 들어 주었다.

채 삭이지 못한 한은 원망과 엇물려 붉은 핏물이 되었고, 마치 피를 토하듯 속내를 내어놓는 그가 안쓰러워 연화는 가만가만 그를 다독이며 어깨를 안았다.

그러자 하현이 연화의 품에 머리를 기대며 진심을 마저 꺼내놓았다.

"그리고 그 여자 때문에 미르도 쓰러지고 파도 저렇게 되었습니다. 이제 당신까지…… 아프게 둘 순 없어요. 절대로 그렇게는 못 합니다."

연화의 눈이 잠시 문 너머에 닿았다. 파와 미르를 염려하는 눈이었다. 하지만 두 사람은 지금 가주의 보호 아래에 있을 터, 그 어느 곳보다도 안전하게 있음이 분명했다. 그래서 연화는 우려의 눈을 거두고 하현을 반듯하게 내려다보았다.

"예로부터, 모름지기 조선 말은 끝까지 들어야 한다고 했습니다."

"……연화 씨?"

뭔가 온도가 달라진 것 같은 느낌에 하현은 조금 고개를 들었다가 눈을 깜빡였다. 연화의 입매가 살짝 올라가 있었기 때문이었다. 마치 복숭아 향처럼 은은한 미소였다. 하지만 말의 내용은 은은하지 않았다.

"제가 언제 당신더러 끝까지 참으라 했습니까?"

"……예?"

왠지 사람이 다르게 보이는 것 같은데, 라고 하현이 속으로 중얼거리는데 연화가 천천히 이어 말했다. 내용과 달리 그녀의 어조는 여전히 평온 그 자체였다.

"저 또한 미르 도령과 파가 저토록 괴로워하는 것을 보면서 아주 많이 화가 난 상태입니다. 그것을 쉬이 내놓을 방향을 알 수 없어 속으로만 켜켜이 쌓고 있던 것뿐이에요. 하현과의 대화 중에 그 방향이 적잖이 짚이기는 하였으나, 좀 전에 제가 말씀드린 것 또한 심증일 뿐, 정확한 물증은 없습니다."

"하지만 병원으로……."

"예, 맞습니다. 병원으로 직접 찾아온 모양에 얼마나 어리석고 생각이 좁고 그 바닥이 얕은지 가늠이 되었지요. 게서 꼬리, 아니 머리가 드러난 것이니까요. 그것은 오만일까요, 초조일까요."

"……."

하현은 잠시 입을 다물었다. 이제껏 연화에게서 듣지 못했던 방향의 말들을 들었기 때문이었다. 이것은 그녀에겐 한없이 험한 욕…… 을 한 것일까. 마지막에는 비꼬기까지 한 것 같은데. 그리고 연화의 말은 끝이 아니었다.

"또한."

또한?

애매하게 끊긴 말에 하현의 표정이 궁금하게 변했고, 연화는 그를 바라보며 천천히 긴말을 맺었다.

“할머님께서 말씀하신 ‘삭’이라는 때에 그자가 다시 한번 저를 노릴 것은 자명한 사실, 그때 쌓인 것을 마음껏 푸시어요.”

“…….”

하현은 처음으로 연화가 무섭다고 생각했다. 늘 조용조용 차분해서 침착한 사람이라고 생각했는데, 그래. 화는 조용한 사람이 내는 게 더 무서운 법이라는 말은 과연 틀린 말이 아니었다.

그리고 하현 역시 연화의 말을 물리지 않았다. 오지 않길 바라는 때였지만 한편으로는 어서 왔으면 하는 때가 되기도 했다. 마음가짐을 갖기에 달리 느껴진다는 것일까. 그에 조금 웃음이 나서 연화의 어깨를 가만히 잡을 때였다.

짜르르릉—

깜짝이야. 하현과 연화는 흠칫 놀란 표정으로 같은 방향을 향해 고개를 돌렸다. 마치 공간을 찢을 듯이 매서운 소리가 났기 때문이었다. 언뜻 가주의 방울 소리와도 비슷한 그것은 하현의 휴대폰 벨소리였다.

하현은 액정에 뜬 이름을 확인하자마자 급히 그것을 집어 들었다.

“여보세요? 응, 말해.”

순식간에 분위기가 깨졌지만 어쩔 수 없었다. 하현은 양해해 달라며 짙은 눈썹을 까닥였고, 연화는 대수롭지 않다는 듯한 표정으로 선선히 고개를 끄덕였다.

'이리 바쁜 사람인데 어찌 내 옆에만 붙어 있을 수 있을까.'

그렇게 생각하며 소파 아래로 드리워진 희고 가느다란 발목을 까닥거리는데 지척에서 들리는 하현의 목소리가 심상치 않았다.

"환자 상태가 안 좋다고? 어떻게 안 좋은데? 바이탈 체크해 봤어? 응, 말해 줘. 괜찮아, 들을 수 있어."

무슨 일일까, 순식간에 심각해지는 분위기에 연화가 숨을 죽이고 조심스레 하현을 바라보았다. 그리고 그는 손바닥에 메모를 하면서 통화에 여념이 없었다.

"언제부터 안 좋아졌는데. 뭐? 지난번 정전 이후라고? 그럼 좀 된 거잖아. 왜 미리 말 안 했어. 아, 교수님이…… 교수님은 괜찮으시고? 아니, 별일 아냐. 그냥 궁금해서. 환자 상태나 말해 줘."

정전이라고? 연화는 일순 어두워진 하현의 표정을 놓치지 않았다. 교수님이라는 말까지 나왔으면 분명 무언가와 연관이 있을 터였다. 정전, 교수님, 그리고 그의 안부. 그러자마자 떠오르는 것은 병원으로 습격이 왔다던 그 말이었다. 설마 그때 일과 연관되어 무슨 일이라도 생긴 걸까?

그 심각한 분위기에 연화도 숨을 죽이고 가만히 그의 대화를 들었다.

"응, 응. 출혈이 계속되고…… 그 후에는? 안 돼, 그거 지난번에 반응 안 좋았잖아. 위험해. 더욱이 상태가 안 좋을 땐 안정적으로 가야…… 알았어. 가서 이야기해. 직접 볼게. 응."

어깨 너머로 언뜻 보니 그의 손바닥에는 알 수 없는 구불구불한 글씨들이 가득했다. 그리고 바로 끊어지는 통화에 연화는 하현이 말을 하기도 전 먼저 대답했다.

"네."

"……연화 씨?"

그에 당혹스러운 건 하현이었다. 말을 하기도 전 먼저 나온 대답에 하현이 의아한 표정으로 바라보자 연화가 생긋 웃었다.

"소녀에게 잠시 다녀온다, 자리를 비울 것이다 말씀하시려던 거잖습니까. 그에 없어서 혼자 둬서 미안하다 사과까지 하려 하셨지요."

"……지금은 당신 귀신같습니다."

그에 '귀신 맞사온데'라고 톡 대꾸하며 연화가 맑게 웃었다.

"저는 괜찮으니 다녀오시지요. 할머님께서 다녀가시면서 이런저런 장치들을 해 주셨음을 압니다. 무사히 안전히 얌전히 있을 터이니 걱정 말고 가시어요."

"하지만……."

하현은 쉽게 입술도, 발도 떼지 못했다. 병원으로 악령들이 득달같이 달려왔던 게 좀 전이었고, 그것 때문에 지금 이렇게 소환되어 가는 것이기도 했다. 또한 이 집으로까지 쳐들어온 것들 때문에 미르가 저 모양이 된 것이고.

지금은 미르도, 자신도 없었다. 파도 가주에게 치료를 받는 중이니 지금 연화는 정말 혼자인 것이다. 아무리 가주가 이런저런 부적과 결계를 여러 겹 둘러 주었다고 해도 걱정이 되는 건 어쩔 수 없었다.

연화가 의기양양한 표정으로 자신의 가슴팍을 반듯하게 가리켰다.

"걱정 마십시오. 예 있잖습니까?"

"……?"

"소녀에게도 무기는 있습니다. 저를 지키는, 그리고 남을 지키는 검이지요. 그러니 큰 염려 마시어요. 단."

단?

하현은 다시 고개를 갸웃거렸고, 연화가 짐짓 겁먹은 표정으로 물었다.

"오늘이 혹여 '삭'이라는 때입니까?"

"……."

아, 웃으면 안 되는데.

귀여우리만치 진지한 그 표정이 너무나도 사랑스러워서 하현은 연화의 허리를 한 팔로 넉넉히 끌어당겨 품에 담뿍 안으며 그 붉은 귓가에 속삭였다.

"아니요, 달은 아직 멀쩡히 떠 있습니다. 사라지려면 멀었어요."

삭은 달이 그림자에 가려져서 모습을 감추는 때. 아직은 달이 밝게 빛나는 중이었다.

*　　*　　*

파는 내내 고민 중이었다. 아니, 갈등 중이라고 해야 할까.

[……어쩔까나.]

이렇게 한자리에 동동 떠 있기도 여러 번, 처음에 이 모양을 보고 흠칫하던 정씨 가문 사람들은 이제는 문 앞에 동동 떠 있는 푸른 검의 모습을 보아도 더 이상 놀라지 않았다.

지금 파는 미르가 요양하고 있는 방 앞에 있었다. 그녀의 고민은 '이 방으로 들어갈 것인가, 혹은 말 것인가'였다.

이토록 여러 날 요양을 할 정도로 몸이 상했다는 게 어이없기도 하고, 걱정이 되기도 하고, 이유를 모르겠지만 조금 화가 나기도 해서 이렇게 날아오긴 했는데 막상 저 안으로 들어가서 할 말이 마땅히 생각이 나지 않았기 때문이었다. 내가 왜, 와서 뭘 말하겠다고.

그래서 파는 두 손으로 머리를 쥐어뜯었다. 이 역시 몇 번째인지 모를 행동이었다.

[으아, 할 말이 없잖아, 할 말이!]

"만들면 되죠, 뭐가 걱정인데요?"

[그러니까 그……!]

아, 내 심장 떨어질 뻔.

파는 반사적으로 고개를 홱 돌려서 대꾸하다가 그대로 굳어졌다. 저 문 안쪽에 있을 거라고 한 치도 의심 없이 생각했던 사람인 미르가 고개를 갸웃거리면서 그녀를 바라보고 있었기 때문이었다. 세상에나 맙소사, 파가 입을 딱 벌렸다.

[이게 뭐야.]

"사람인데요."

[아니, 누가 당신 사람인 거 몰라요? 기 쪽 빨렸다며, 있는 대로 탈탈 털려서 저기에 며칠간 누워 있어야 한다면서요. 근데 왜 여기 있어요, 있기는?]

왜 혼나는지 이유를 모르겠지만 왠지 혼나는 기분이 든다. 게다가 그 박력도 상당한 데다가 검날이 이리저리 번쩍이는 게 조금 무섭기까지 해서 미르는 얌전히 두 손을 모으고 대답했다.

"저 화장실이요."

[……아.]

맞아, 산 사람이었지.

파는 머쓱하게 머리카락을 귀 뒤로 넘기며 뭐라 말하려고 했지만 이번엔 그녀가 아무 말 못 하게 되어 버렸다. 저만치 서 있던 미르가 갑자기 훅 다가오더니 두 손으로 그녀를, 아니 검신을 덥석 잡고서 대뜸 자신의 얼굴 가까이 끌어왔기 때문이었다.

순식간에 일어난 일에 뭐라고 할 틈도 없이 속수무책으로 답삭 쥐어져서 파는 큰 눈만 더 크게 뜰 뿐이었다. 뭐, 뭔데. 뭔데 이거!

[뭐 하는…….]

"다쳤어요?"

아.

파는 거의 어깨까지 올라온 손을 아래로 슬쩍 내리며 자신의 검신을 내려다보았다.

미르의 손은 남자 손 치고도 몹시 큰 편이어서 그의 손에 쥐어진 검은 마치 장난감처럼 작게 느껴졌다. 그리고 푸르렀던 검은 이제 흰 점으로 가득 물들어 있었다. 어딜 봐도, 정상은 아니었다.

그래서 파는 아니라고 말하지 못하고 조금은 떨떠름하게 고개를 끄덕였다.

[응, 조금요.]

“조금이 아니잖아요. 신물의 외양이 이렇게 변할 정도면 당해도 보통 당한 게 아니라고요. 못해도 분…….”

“…….”

화가 난 듯 푸른 검을 잡고 말을 쏟아 내던 미르는 순간 멈칫했고, 파 역시 그가 말한 게 어떤 것의 앞머리인지 바로 알아들었지만 굳이 말하지 않았다.

그가 말하려던 건 ‘분열’이겠지. 하지만 가능하면, 아직까지는 그는 모르길 바랐다. 그냥 왠지, 그가 알게 되면 조금 기분이 안 좋을 것 같았다. 단지 그뿐이었다.

파는 파르르 몸을 떨어 미르의 손에서 벗어나고서 검날 반듯한 면으로 찰싹, 그의 손등을 가볍게 때렸다. 그러자 미르가 펄쩍 자리에서 뛰었다.

"아야!"

[엄살은, 살살 쳤거든요. 아니 어떻게 여인네의 몸을 그렇게 덥석덥석 잡아요? 목을 찔리지 않은 것에 감사하도록 해요.]

그러면서 위협적으로 빙빙 번쩍번쩍 칼날을 돌리는 모양에 미르는 알았다며 양손을 들어 올렸고, 파는 일부러 과하게 반응하는 그의 모습에 픽 웃고 말았다. 정말 언제 봐도 재미있는 사람이야.

[그리고 걱정했는데, 생각보다 쌩쌩하네요.]

"날 걱정했다고요?"

"……."

미르는 빤히 파를 바라보았고, 파는 순간 할 말을 잃었다. 아니, 할 말이 생각나지 않았다. 완전한 백지였다. 할 수만 있다면 손바닥으로 입술을 때리고 싶다는 생각을 했다.

'나 말 잘못한 것 같아. 그렇게 말할 생각이 아니었는데, 아니 내가 애초에 걱정을 하기는 했나? 했나 봐. 그러니까 저렇게 말이 나갔지. 하지만 저렇게 대놓고 말할 생각은 아니었다고!'

속내야 어떻든 파는 애써 아무렇지 않은 표정을 지으려고 했지만, 그녀가 간과한 것은 미르는 그녀의 '말'뿐만 아니라 '생각'까지도 들린다는 점이었다.

그리고 이번 역시 미르는 그녀의 생각을 하나도 빠트리지 않고 모두 다 들을 수 있었고, 감격했다.

"와아…… 다친 보람이 있었어, 당신한테 걱정했다는 소리도 듣고."

하지만 그 말은 파의 큰 화를 샀다. 그 말이 끝나자마자 곧장 푸른 섬광이 번쩍였다. 파는 단발머리가 뾰족뾰족하게 일어선 듯한 모양으로 미르를 노려보았다.

[이 양반이, 다치고서 무슨 보람이에요, 보람은. 그딴 보람 다시 한번 느끼고 싶으면 그때는 운신도 못 하게 어디 한번 7번 척추 정중앙을 깊이 찔러 줄까요, 응?]

"죄송합니다."

몇 번 척추까지 거론하다니, 너무 실감나게 무섭잖아.

그의 사과에도 파는 여전히 화가 난 듯 으르릉거리면서 검날을 휙휙 휘두르고 있었고, 그런 그녀를 가만히 지켜보던 미르는 (이번엔 뺨을 맞을 각오를 하고서) 그녀를 다시 한번 가만히 잡았다.

그리고 그의 손이 닿자마자 파가 얼어붙듯 굳어졌다.

[뭐, 뭐예요.]

"나도 걱정했는데."

그리고 미르는 한층 더 그늘진 얼굴로 검날을 가만가만히 쓰다듬었다. 손길이 매우 조심스러웠다. 그래서 파는 더욱더 말을 잃었다.

[걱정……?]

못해도 몇십 년 동안은 들어 보지 못한 말이었다. 들을 거라고는 생각하지 못한 소리였다. 검을 걱정하다니, 영을 걱정하다니.

'나를 걱정해? 날? 검을? 왜? 당신이 날, 왜?'

역시 이상한 사람이다, 알 수 없는 사람이야, 그렇게 생각했지만 미르는 여전히 아픈 표정으로 말하고 있었다.

"걱정했다고요, 당신. 그렇게 자신만만하게 나가더니 이게 뭐예요. 이렇게 다쳐서는."

이건, 어떻게 반응을 해야 할까. 생각지 못한 상황과 예상치 못한 말을 들어서 파는 아무런 반응을 할 수 없었다.

'걱정했다고? 날? 왜?'

그리고 그동안 미르는 안타까운 눈으로 파의 검신을 살펴보고 있었다.

예쁘고 아름다웠던 푸른색 검이었는데 마치 곰팡이가 핀 것처럼 온통 흰 반점들로 가득이었다. 게다가 군데군데 삭은 것처럼 거칠게 패이기까지 해서 마음이 아팠다. 물론 그녀의 어떤 모습도 예쁘지만, 이런 모습마저도 아름다웠지만 그녀가 얼마나 아팠을까 생각하니 그의 마음 또한 몹시 아팠다.

"다행히 향은 그대로지만…… 많이 아팠겠어요."

그러면서 가만가만히 손가락으로 쓰다듬는 모양에 파는 조금 이상한 기분이 들었다. 간질간질하면서도 뭔가 몽글몽글한, 이상한 기분이었다. 그래서 파는 다른 말꼬리를 잡기로 했다.

"벼, 별거 아니에요. 좀 답답했을 뿐이랄까. 근데 나한테도 향이 나요? 무슨 향?"

잊을 뻔했지만, 미르는 자신의 목소리를 듣는 유일한 사람이면서 동시에 영가들을 향으로 구분하는 사람이었다. 연화 같은 경우는 복숭아꽃 향기가 난다고 그랬지. 그에 조금 궁금해져서 파는 미르를 빤히 바라보았고, 미르는 조금 고민하다가 천천히 말했다.

"난향? 좀 은은하고 향긋한 향기가 나요. 그 왜 있잖아요, 가주님 방에서도 나는 향인데. 난꽃 향, 딱 그 냄새예요."

난향?

생각지도 못한 말에 파는 고개를 갸웃거렸다. 뭔가 생각이 나는 것 같기도 하고, 어렴풋하게 무언가가 떠오르는 것 같기도 했다. 그래서 뭘까, 이 찝찝한 기분은 뭘까라며 혼자 생각하는데 미르가 대뜸 푸른 검신을 그의 얼굴로 가까이 가져왔고, 그 바람에 파가 어어, 외마디를 뱉었다.

그리고 마침내, 미르의 입술이 파에게, 아니 파아란 검에 가볍게 닿았다. 순간 파는 숨을 멈추었고, 거의 곧바로 쫙—하고 크고도 아름다운 소리가 복도에 울려 퍼졌다. 인과응보였다.

* * *

그곳은 고요하고 조용했다. 아무런 소리가 안 들리고 인기척조차도 없는 삭막한 공간이었다.

분명 가구가 있고, 조명이 있고, 사람이 사는 공간이건만 온기는커녕 흔적조차 없는 곳, 바로 송씨 가문의 저택이었다. 사람 반, 영가 반이라고 해야 할까. 아니, 외려 사람보다도 영가가 더 많은 곳, 가둬진 영가가 우글우글한 귀신의 집이었다.

그리고 그 집에서 유일하게 소리가 나고 있는 곳이 있었다. 꽈악 닫힌 문틈 사이로 옅게 스미는 빛이 검은 나무 바닥에 비치고 있는 곳이 있었다.

드륵드륵, 알 수 없는 묘한 소리가 새어 나오는 곳, 이원의 방이었다. 그 안에서 이원은 서랍을 뒤지는 것에 여념이 없었다. 새하얗고 새까맣고 새빨간 사람, 그 얼굴 하나 가득 초조함이 어려 있었다.

이원은 장롱 제일 위 서랍을 손으로 더듬어 찾다가 화가 머리끝까지 치솟아 장롱의 정면을 세게 때렸다.

"없어, 없다고!"

쾅, 그 큰 소리를 거의 덮듯이 내뱉어진 단발의 소리에 방 안이 일순 조용해졌다. 좀 전까지 드륵거리던 소리들이 거짓말처럼 멈추어진 것이었다.

하지만 이원은 조금도 신경 쓰지 않고 입술을 악물고 있었다. 이 사이에 눌린 붉은 입술이 희어져 있었다.

솔직하게 말해서, 지금 이원은 굉장히 당황스러웠다. 생각했던 것보다, 그 이상으로 영가들이 너무 없었다. 사라진 모양이었다. 봉인해 뒀는데, 넣어 뒀는데!

"구슬에 담아 봉인했는데 대체 어디들 간 거야. 그 많았던 게

다 어디로 사라진 거냐고!"

구슬에 발이 달려서 도망간 것도 아니었고, 제약을 걸어 둬서 그럴 수도 없었다.

그들이 이 방을 나갈 수 있는 유일한 방법은 그녀, 이원에게 '이용'당하는 것. 이원의 입술이 일그러졌다.

"그렇다면, 죄다 당했단 말이야? 그 자식한테?"

이원의 눈이 반사적으로 장롱 안을 향했다. 얼마 전까지만 해도 위는 물론이고 아래 서랍까지 그득했던 검은 구슬들은 이제 채 반도 채우지 못하고 있었고, 그마저도 불안한 듯 서로에게 밀착하여 농 안을 굴러다니고 있었다.

드륵드륵 울리는 기묘한 소리가 바로 그들이 내는 소리였다. 이원의 입술이 재차 희게 질렸다.

"설마……."

잠시 생각에 잠겨 있던 그녀가 고개를 저었다. 설마가 아니었다. 정말이었다.

주소를 몰래 알아내서 놈의 집으로 보낸 것도 있었고, 병원으로 데려간 것들도 있었다. 그리고 그 이전에 당한 것들까지도.

단순히 그것만 생각해도 농이 저렇게 텅텅 비는 것이 바로 이해가 되는 것이다. 이원의 얼굴이 순간적으로 흐려졌다.

'어떡하지, 이제 저것밖에 안 남았어. 저게 전부야. 나에게 있는 건 저게 다야. 이제 어떡하지?'

하현의 영 능력은 닳음이 없이 무한하게 찰랑였지만 이원 자신은 아니었다. 전혀 늘지 않았고 오히려 시간이 흐를수록, 나이를 먹을수록 줄었다.

이원은 아예 바닥을 드러낼 때를 대비해서 구천을 떠도는 영가를 잡아다가 봉인하여 구속하고 그들을 '사용'할 수 있도록 만들어 놓았었다. 그렇게 해 둔 것이 저 안에 가득이었는데 저렇게 수가 줄어 버린 것이다. 다시금 농 안에 초조한 시선이 닿았다.

'지금 다시 만들 수도 없어. 이젠 무리야. 저게 전부라고.'

더 이상 손을 썼다간 아버지가 자신의 상태를 알아차릴 수도 있었다. 그 사실이 이원은 너무나도 싫었다. 지금만으로도 밥버러지, 무능력자, 할 수 있는 것 없는 천덕꾸러기라는 말을 듣는데, 능력이 발전하기는커녕 오히려 퇴화한다는 걸 알게 되면 어떻게 될까, 그가 뭐라고 할까. 생각만 해도 끔찍한 상상에 이원의 눈이 새까맣게 물들었다.

'싫어, 안 돼. 못해. 절대로 눈치채지 못하게 해야 해.'

만약 그가 알게 된다면 폭언을 듣는 데 그치지 않고 어떤 수를 쓸지 몰랐다. 설마 죽이지야 않겠지만…… 지난번 자신을 바라보던 그 파충류의 눈처럼 번들거리던 끔찍한 것이 떠올라 이원은 몸을 부르르 떨었다.

'어떡하지, 어떻게 해야 하지, 방법이 뭐가 있지.'

그에 그 푸른 검이 생각이 난 것은 반사적이었다. 정하현이 몹시 아끼는 것 같던 그 검, 악령에게 잠겨 바닥으로 떨어지던 그 검. 아마 모르면 몰라도 상당히 많이 약해져 있을 것이었다. 그렇다면…….

'데려오기 쉬울지도.'

순간적으로 스친 생각이지만 꽤 그럴듯했다. 그 정도의 물건이라면 담겨 있는 힘 또한 상당할 터, 가져오면 일단 허투루 쓰일 일은 없겠지.

다음 목표를 정한 이원의 눈이 반짝 빛났다.

12장
미틈달

할 일이 많은 사람에게는 시간이 너무도 빠르게 흘러가는 법이었지만 할 일이 많지 않은, 혹은 없는 사람에게는 단 십 분도 영겁같이 느껴지는 법이었다.

그리고 연화는, 지금 매우 몹시 아주 무료했다.

"……심심해."

목소리는 들리지 않아도 항상 곁에서 맴돌던 파도 없고, 하현은 당연히 없고, 미르 또한 없다. 그 같은 경우는 지난번에 온 것이 특이한 것이겠지만.

"하지만 이제 읽을 것도 마땅치 않은걸."

육체가 입혀지고 있어서 그런지 이제 이 세상의 물건을 만질 수 있었다. 늘 헛손질을 하기만 했는데 이제 잡을 수도, 닿을 수도 있는 것이다. 연화가 새삼 뿌듯한 표정으로 자신의 손을 내려다보았다.

그 사실을 안 이후로 연화는 하현의 집 안에 있는 모든 책을 다 읽었다.

덕분에 이곳의 이러저러한 지식들도 나름 쌓았고. 새로운 문물들을 받아들이고 적응을 한 것이다. 그러느라 날이 새는 줄을 몰랐다.

어찌나 신기한 것들이 많은지 좁디좁았던 그녀의 세계가 나날이 팽창되는 기분이었다.

그리고 하현은 그런 그녀더러 '활자 중독'이라고 했다. 어떻게 이 안에 있는 그 많은 책을 죄다 다 읽었냐고.

하지만 연화도 할 말이 있었던 게,

'병상에서 할 수 있는 것은 책을 읽는 것 외에는 없었는걸.'

머리맡에 쌓여 있던 수많은 책의 산이 점점 낮아지고 줄어드는 게 얼마나 아쉬웠는데.

'해서 읽었던 것을 또 읽고, 읽고, 읽어서 거의 외울 지경이 되었었지.'

옛적이라면 옛적인 일이 떠올라 연화의 입가에 엷은 미소가 얹어졌다. 그래, 그랬었지.

"그리고 그 짧은 사이에 예가 이렇게 다 고쳐진 것 또한 신기하고."

이건 정말 놀랄 일이었다. 그의 집은 불에 타서 흉한 골조가 드러나고 다 부스러져 뿌옇게 먼지가 일어나는 모양이었는데 서너 주 정도였나, 약간의 시간이 지나고 난 뒤에 보니 완전 새집이 되어 있었다.

외려 이전 집의 모양보다 훨씬 더 깔끔하고 정갈한 게 더 좋아졌으면 좋아졌지, 절대로 덜하지는 않았다.

'물론, 하현은 속이 쓰리다며 한동안 울적해했지만.'

새집으로 바뀌면서 현저히 좋아진 것은 연화의 행동반경이었다.

책 읽는 것을 좋아하고 창밖을 구경하는 것을 좋아하는 그녀에게 맞추어 하현은 아예 벽 하나를 통으로 전면 창으로 바꾸었고, 각 방의 문을 접을 수 있는 형태의 문으로 교체해서 어디든 막힘없이 쉬이 드나들 수 있도록 해 주었다.

집을 수리하는 하현의 목적은 단 하나였다.

'연화가 편하도록.'

이토록 자신에게 맞춤으로 만들었는데 불편할 리가 없었다. 그렇게 생각하며 집 안을 두루 훑던 연화의 시선이 잠시 멈추었다. 그녀의 눈이 향한 곳은 현관이었다.

"이번 역시 현관에는 발을 닿지 말라 하셨어."

이 집으로 다시 들어오던 날, 가주가 연화에게 당부한 것은 세 가지였다.

현관 바닥에 발을 닿지 않도록 할 것, 하현에게서 하룻밤 이상 떨어지지 말 것, 그리고 검을 허투루 쓰지 말 것.

다른 것은 다 이해할 수 있지만 검을 허투루 쓰지 말라는 말은 쉬이 이해가 되지 않았다. 검이라는 것은 분명 이 품에 담겨 있는 도화 단도를 말하는 것일 텐데…… 아무리 생각해도 도무지 이해가 되지 않아서 언젠간 다시 만나게 되면 그 뜻을 다시 자세히 여쭈어볼 요령이었다.

아무튼, 그 현관에 발을 대지 말라는 말 때문인지 하현은 이 집으로 들어올 때 마치 신부를 안아 든 것처럼 팔에 자신을 담뿍 안고 들어왔고, 그 길로 곧장 저 안쪽에 있는 방으로 들어갔더랬다. 그리고 그대로 밤을 샜지.

"……내가 대낮부터 무슨 생각을 하는 거야."

너른 벽에 가득한 전면 창문 너머의 하늘이 어느덧 어둑어둑해지고 있으니 대낮은 아니었지만, 연화의 얼굴은 정오의 해처럼 발갛게 달아올라 있었다.

그때였다.

"……."

자신의 얼굴에 대고 연신 손부채를 부치던 연화의 표정이 조금 이상해졌다. 뭔가 이상한 소리가 들린 것 같았기 때문이었다.

하지만 이곳에는 오직 자신만 있었다. 또한 하현이 자신의 휴대폰을 가져갔기 때문에 다른 소리가 울릴 일이 없었다. 오직 자신의 숨소리, 그리고 전자 기기의 위잉 소리만 들려야 정상일 터, 한데 이상한 소리가 들리는 것이었다.

약간…… 고양이가 그릉거리는 소리 같기도 하고, 창문이 떨리는 소리 같기도 한 기묘한 소리.

그르르릉—

재차 작게 울리는 그 소리에 자리에 앉아 있던 연화는 천천히 자리에서 일어나 조심스럽게 주위를 둘러보았다. 그녀의 눈은 경계로 잔뜩 물들어 있었다.

'뭐지?'

착각이 아니었다. 소리는 점점 더 가까워지고 있었고 가까워지는 만큼, 그 이상으로 점점 잦아지고 있었다.

이제 거의 지척에서 울리는 것 같은 그 기묘한 소리에 온몸의 신경이 바짝 일어났다. 뭐지, 뭐지, 뭐야. 무엇인 거야.

"뉘십니까!"

내내 참다 참다 그녀가 외친 것은 허공을 향한 것이 아니었다.

연화는 똑똑히 보았다. 밖으로 향한 면 중 가장 전망이 좋다 하여 일부러 선정하여 튼 창이었다.

벽 하나를 통으로 창을 만들어 한눈 가득 그 너머가 보이는 곳, 투명한 유리 너머로 희뿌연 것 하나가 어려 있었다.

연화는 그것이 낯설지 않다고 느꼈다. 처음에는 흐릿하여 제대로 보이지 않았으나 점점 형체를 갖추어 드러난 모양은, 모습은 비교적 최근에 마주한 그것이었다. 그것의 얼굴을 확인한 순간, 내내 당혹으로 물들어 있던 연화의 얼굴이 얼음골에 들어간 듯 대번에 서늘해졌다.

"그래, 너로구나."

분명히 기억하는 얼굴, 또렷이 생각나는 영가였다. 하현에게 그 피해를 끼쳤는데, 하현을 그리 위험 속에 밀어 넣은 얼굴인데 어찌 잊을 수가 있을까.

지금 연화 앞에 나타난 영가는 지난번 사건 때 마지막까지 집 안 구석에 숨어 있다가 연화에게, 그리고 그녀를 막아선 하현에게 달려들어 불을 뿜은 영가였다. 연화의 얼굴이 서서히 분노로 물들었다.

"그때 소멸하였다면 좋았을 터."

끈질기게 살아남아 또다시 해를 끼치러 온 것인가, 그렇게 중얼거리며 연화는 가슴팍에 손을 가만히 대었다. 곧바로 만져지는 딱딱한 나무의 느낌, 도화 단도였다. 하지만 연화는 잠시 주저했다.

'이것을 바로 꺼내는 것이 옳을까.'

평소 같았으면 바로 꺼냈을 물건이었다.

하현에게 그리 당당히 말했으니까, 나를 지키는 검은 여기에도 있다고 자랑스럽게 말했었으니까. 그 말로 그 등을 떠밀었으니까.

한데 쉬이 꺼낼 수가 없었다. 가주의 말이 걸렸기 때문이었다.

'검을 허투루 쓰지 말라는 말씀이 대체 무엇일까.'

그 말이 내내 걸려 검을 손바닥으로만 지그시 누르는데 그동안에 영가의 모습은 점점 뚜렷해지고 있었고, 이내 거의 완연한 형체가 되어 연화 앞에 모습을 드러내었다. 과연 그녀의 짐작대로 지난번 그 영가였다.

연화는 단호하게 말했다.

"게 멈추어라."

목소리가 닿은 것일까, 그것에 얹어 기백까지 닿은 것일까. 연화의 말이 떨어지자마자 영가가 멈칫했고, 연화는 그녀를 똑바로 바라보며 천천히 입술을 떼었다.

분명 두려웠지만, 분노가 그보다도 커 떨리지 않았다. 그리고 그 영가가 유리 밖에 있음에 안심했다. 그 말인즉슨 결계가 있다는 뜻이니까, 자신이 보호를 받고 있다는 말이니까. 연화는 한 발 앞으로 나서며 그 영가를 노려보았다.

"이번 역시 나를 노리고 온 것이겠지."

끈질기다고 해야 할까, 역시라고 해야 할까.

이렇게까지 달려드는 것이면 자신이 하현의 곁에 있는 것이 매우 거슬린다는 것이겠지. 하긴, 무엇이든 신경이 건드려지는 판이겠지만.

그렇게 생각하며 쓴웃음을 짓는데 영가가 천천히 고개를 저었다.

……저었다고?

분명히 젓는 고갯짓이 이해가 안 되어 멈칫하는데 제자리에 멈추어 있던 영가가 다시금 천천히 움직이기 시작했다. 가까이 다가오려는 몸짓이었다.

"게 멈춰 서래도!"

그녀의 말이 떨어지는 것과 거의 동시에 일어난 일이었다. 파지직, 푸른 불꽃과 함께 영가가 비명을 지르듯 입을 크게 벌렸다.

그리고 연화는 그녀의 옷자락과 피부에서 흰 연기가 피어오르는 것을 똑똑히 보았다. 아무것도 없는 허공인데 영가가 유리창에 가까이 다가온 순간 불꽃이 튀어 오른 것이었다.

과연 가주의 결계였다. 잘은 몰라도 이전보다도 훨씬 더 강력한 힘에 연화마저도 움찔할 정도였다. 그러나 영가는 멈추지 않았다.

"아앗!"

연화는 저도 모르게 비명을 지르고 말았다. 영가의 비명이 대신 나온 것이었다. 재차 내민 영가의 창백한 손에 불꽃이 다시금 푸르게 타올랐고, 이번에는 그 영가의 살갗을 타고 긴 연기를 내었다.

아까보다도 훨씬 강력한 그 힘에 영가의 얼굴이 고통으로 물들었고, 연화는 눈을 감고 싶었다. 귀에는 닿지 않았지만 그녀의 표정과 입 모양만으로도 얼마나 괴롭고 고통스러운지 똑똑히 전해졌기 때문이었다.

그래서 이제 그만해 주었으면 했다. 무서워서가 아니라, 두려워서가 아니라 보기가 괴로웠다.

'저토록 해서 무엇을 얻자고 저 고통을 뚫고 내게로 오려고 하는 것일까. 대체 무엇 때문에 이리도……!'

결계 때문인지 아니면 다른 무엇 때문인지 영가의 목소리와 비명은 연화에게 닿지 않았다. 그것을 그나마 다행으로 여겨야 할까, 그렇지 않다면 눈으로 보는 것 이상으로 괴로웠을 것이었다. 불에 타들어 가는 이의 끔찍한 비명과 신음을 꼼짝없이 들었어야만 했을 테니까.

연화는 그렇게 속으로 중얼거리며 자신의 손을 내려다보았다. 언제 꺼내 들었을까, 자신을 지키고자 하는 본능으로 잡은 것인지 어느덧 제 손에는 나무 검이 들려 있었다. 그리고 그녀의 시선을 따라 영가의 시선 역시 그 단도에 닿았다. 그리고 영가가 한 걸음 더 다가왔다.

[……아아악!]

"……!"

연화는 급히 고개를 들었다. 방금 전까지 들리지 않던 비명 소리가 흐릿하게나마 들렸기 때문이었다. 그리고 그것은 환청이 아니었다. 흉측한 모양의 영가가 희게 타들어 가는 제 어깻죽지를 잡으며 고통스러워하고 있었다. 그 모습을 본 연화의 새까만 눈이 혼란으로 물들었다.

'어쩌지? 아니, 어떻게 된 거지? 아니, 그게 아니라 어떻게 해야 하지, 이제?'

공격해야 하는 걸까, 아니면 다른 무언가를 해야 하는 걸까.

저이는 왜 저런 모진 고통을 무릅쓰고 나를 공격하려고 하는 것일까, 그래서 얻는 것이 무에 있다고. 왜 그런 사람의 명령을 듣는 걸까, 왜, 왜.

연화는 멈칫거리며 뒤로 물러났다. 의연하려고 했지만 마음대로, 생각대로 몸이 움직여지지 않았다. 그래서 연화는 검을 앞으로 내밀며 가능한 의연하게 말했다. 몸은 떨리지만 목소리는 떨리지 않길 바랐다.

"오지……"

[죽여 줘.]

연화는 말을 멈추었다.

귀에 똑똑히 닿아 온 목소리, 입술이 분명히 만들어 낸 말, 그리고 영가의 진지한 눈빛. 하지만 쉬이 이해가 되지 않아 연화는 반응을 보일 수 없었다.

방금, 내가 들은 게, 무슨 말이지?

그리고 영가는 다시금 천천히 같은 말을 되풀이했다. 조금 전보다도 더 분명한, 고통에 차 있는 목소리였다.

[날, 소멸시켜 줘.]

말이, 그 안에 있는 단어가 귀를 그대로 통과하는 것 같았다.

뜻이 제대로 이해가 되지 않았다. 자신이 들은 말이 무엇인지 똑바로 이해한 것은 잠시 시간이 지난 후였고, 완연히 이해하고 나서야 연화는 움직일 수 있었다.

한 발, 뒤로 물러났다. 머리 안에서 시끄러운 경보가 울리는 것만 같았다. 혼란스러웠다.

'왜…… 그리고 내게 왜?'

설마 이것도 계략 중 하나인 것일까, 까만 눈에 의심이 다시 켜켜이 어리기 시작했다. 무슨 꿍꿍이냐는 눈빛이었다.

"소멸을 원한다고?"

의심과 경계가 가득한 말이었으나 영가는 고개를 깊이 끄덕였다. 어쩐지 기뻐 보이는 것 같기도 했다. 그래서 연화는 더욱더 혼란스러워져 버렸다. 대체 도무지 무슨 상황인지 알 수가 없었다. 또다시 습격인 줄 알았는데 이게 무슨 일이람, 자진하여 소멸을 원하다니?

고민에 빠진 그녀를 알았을까, 영가가 천천히 창백한 입술을 떼었고 그 사이로 보이는 시뻘건 입 내부의 목소리에 연화가 반사적으로 몸을 잘게 떨었다.

[더는 여력이 없다.]

"뭐……?"

하지만 몸을 떠는 것도 잠시, 그 영가의 말에 바로 귀를 기울

일 수밖에 없었다. 그리고 영가는 고통스러운지 인상을 찡그리며 몸을 떨기 시작했다. 결계가 괴롭히는 모양이었다. 영가는 몸을 움츠리며 한동안 고통을 견디다가 다시 가까스로 말하기 시작했다. 얼굴이 고통으로 잔뜩 일그러져 있었다.

[더 이상 이승에 있을 일도, 힘도, 여력도 없어. 그리고 이대로 더 있다가는…… 정말 나 스스로를 잃을 것 같다.]

나 스스로를 잃을 것 같다고?

연화는 반사적으로 영가의 눈을 바라보았다가 조금 납득했다. 그때와 달리 지금 그녀의 눈빛은 비교적 또렷했기 때문이었다. 고통 때문일까, 그때는 탁하고 무기질 같은 느낌이었는데 지금은 아니었다. 눈빛이 들어 있었다. 그것을 알아채었을까, 영가가 작게 고개를 끄덕였다.

[그럼 끝이다. 그때는 정말로 멋대로 휘둘려 버려. 그러니까 그 전에……!]

"악!"

연화는 눈을 가리며 비명을 질렀다. 아까와는 비교도 할 수 없을 정도로 큰 불꽃이 번쩍 튀었기 때문이었다. 그 푸른 불꽃의 뜨거움이 자신에게까지 전해지는 것 같아서 연화는 한 발짝 뒤로 물러났다.

동시에 영가는 극도의 고통에 비명을 지르지도 못한 모습이었다. 그녀는 마치 벼락을 맞은 것같이 몸을 부들부들 떨고 있었고, 그 처참한 광경에 연화는 한 손으로 입을 막았다. 도화 단도를 들고 있는 손도 바들바들 떨렸다.

그리고 영가의 시선이 정확히 그 손에 닿았다. 단도를 바라보고 있는 영가로부터 재차, 같은 말이 반복되었다.

[날, 큭, 죽여 줘.]

"당신……."

[제발, 부탁이야. 이 괴로움을…… 끝내 줘.]

어떻게 해야 하는 걸까. 어떤 게 맞는 걸까. 연화는 영가가 무엇을 원하는지는 잘 알고 있었다. 모를 수가 없었다. 그녀의 시선이 내내 이 도화 단도에 꽂혀 있는데 모를 리가 없었다.

그녀의 말은, 저 검으로 자신을 베어 소멸시켜 달라는 것이겠지. 하지만 손이 쉬이 움직이지 않았다. 이 검의 힘이 드러나는 것은 남을 보호할 때밖에 없었다. 내가 아닌 다른 사람을 지킬 때, 그때 비로소 제대로 된 힘이 발현되었다.

한데 그런 수호의 검으로…… 어찌 그런 일을 할 수 있을까.

못 해, 내가 어떻게 그런 짓을 해. 난 못 해.

'그리고 할머님의 말이 계속 걸려.'

허투루 쓰지 말아라, 그 말이 이것을 뜻하는 건 아닐까, 계속 머릿속에서 맴돌았다. 그래서 어쩌지 못하고 계속 주저하는데, 계속되는 고통에 몸을 움츠리며 견디고 있던 영가가 갑자기 벌떡 일어나더니 그대로 연화에게 달려들었다.

"무, 무슨!"

그건 눈 깜짝할 사이에 일어난 일이었다. 거의 바닥에 주저앉듯이 무릎이 꺾여 가던 영가가 마지막 용을 쓰듯 몸을 일으키더니 곧장 연화에게 달려갔다.

곧바로 영가의 몸에 여러 가닥의 굵은 번개가 꽂혔지만 영가는 몸을 비틀면서도 끝끝내 연화에게 달려들었고, 연화가 어떻게 반응을 하기도 전, 그대로 단도에 몸을 던졌다.

순간, 그 모든 것을 다 지켜볼 수밖에 없던 연화의 검은 눈이 경악으로 가득 물들었다.

"아아악!"

찔린 이가 지른 비명이 아니었다. 검을 들고 있는 이에게서 나온 비명이었다.

연화는 덜덜 떨면서 자신의 손을 내려다보았다. 손에 들린 나무 단도를 바라보았다. 그리고 그 검에 거의 꿰이듯 닿아 있는 영가를 보았다.

덜덜 떨리는 그녀의 손에 맞추어 영가의 몸 또한 바들바들 떨렸고, 연화는 결국 울고 말았다.

"왜…… 왜!"

왜 그렇게 편안해 보이는 건데, 왜 그렇게 웃고 있는 건데. 그리고 왜…….

[미안해.]

"사과하지 말아요!"

미안하다고 하는 건데.

연화는 덜덜 떨며 자신의 손을 바라보았다. 콰득, 그 끔찍한 소리와 감촉이 생생했다. 살을 뚫는 소름 돋는 느낌이 선연했다. 사람을 뚫었어, 찔렀어, 죽…… 이고 있어. 피는 흐르지 않았으나 이 검 사이로 무언가 진득한 것이 흐르는 것만 같아 소름이 가시지 않았다. 하지만 영가는 재차 다시 속삭였다.

[미안, 해. 그리고 부탁이……]

"저기, 저기 잠시만요. 이거 뺄까요? 아니면 결계 때문에 괴로운 거예요? 일단 이것부터……."

어쩌지, 어떡해, 어떻게 해야 해.

영가는 더 이상 비명을 지르지 않았다. 괴로워 보이지도 않았다. 분명 검에 배가 관통되어 있고 온몸에서 푸른 불꽃이 번쩍이며 타오르고 있는데 이전보다도 훨씬 편안해 보였다.

그래서 외려 연화가 울고 말았다. 무엇 때문에 눈물이 나는지는 몰랐다. 방금 전 그 끔찍한 감촉 때문에 그러는 건지, 어찌 되었건 누군가를 해쳤다는 것 때문에 그런 건지, 아니면 다른 이유 때문인지 자꾸만 자꾸만 눈물이 나서 앞이 흐려졌다.

그런 연화에게 영가는 다시 한번 사과했다.

[미안, 다른 이들, 나처럼…….]

"아니요. 싫어요. 못 해요. 못 들어 줘, 이런 게 어디 있어요!"

연화는 거세게 고개를 저었다.

'싫어, 싫어, 싫어. 나한테 이런 짐을 지우고 가 버리는 게 어디 있어, 나에게 이런 걸 요청하는 게 어디 있어, 못 해요, 난 싫어!'

하나로 족했다. 충분했다.

"강제로 죽이게 된 것도 끔찍한데 왜 나더러 그런 일을 또 하라고 해, 또 다른 이를 해하라고 해. 난 못 해. 못 해요. 못 해."

연화는 눈을 감고 악을 지르듯 외쳤다. 알 수 없는 감정이 뒤섞여서 머릿속과 마음속이 혼란스러웠다. 하지만.

"제발, 대답해 줘요. 아니라고 해 줘요!"

이제 그녀 앞에는 아무도 없었다. 푸른 불꽃도, 타들어 가는 무엇도, 아무것도 없었다.

새하얀 바닥에 덩그러니 놓인 도화 단도뿐이었다.

*　　*　　*

언제부터 여기에 있었는지는 모른다. 어떤 기억이 맨 첫 장에 적혀 있는지도 모른다.

왜, 무엇 때문에, 무슨 이유로 또는 무엇을 위해서 내내 이곳에 머물고 있는지 또한 모른다. 언제까지 있어야 하는지도 모른다.

그저 계약으로 묶여 있으니 머물 뿐이고 갈 곳 또한 마땅히 없으니 예 있을 뿐이었다.

'뭐…… 이제는 마음도 묶인 것 같지만.'

파는 쓴웃음을 지었다.

'내가 이렇게 단단히 묶여 버릴 줄 누가 알았겠어, 정말.'

언제부터 여기에 봉인되었는지 기억도 안 나고. 왜, 언제부터 언제까지, 도대체 무엇을 위해 여기에 있는지도 가늠이 안 되었다.

사실 하현과 계약한 것은 뭐랄까, 오기? 포기? 될 대로 되라는 그런 생각이 반은 넘게 차지했었다.

뭐라도 하면 변할까, 저놈의 힘을 받으면 여기서 나갈 수 있을까, 뭐 그런 생각. 이제 그만 좀, 죽었으면 좋겠다, 뭐 그런 생각.

'하지만 지금은…….'

솔직히 말하면 조금은 아쉬웠다. 눈에 밟히는 것들이 좀 몇 개 있어서, 마음과 눈이 가는 게 좀 있어서.

반사적으로 향하는 방향, 그리고 그 얄밉도록 잘생긴 얼굴이 떠올라서 파는 재차 쓴웃음을 짓고 말았다. 입 안이 썼다.

'이제 와서 무슨 미련이야, 추하게.'

그리고 그와 자신 사이에는 분명한 선이 있었다. 마치 넘을 수 없는 강 같았다.

미르는 산 사람이고, 자신은 죽은 지 오래된 사람, 아마 시체도 찾지 못할 정도로 오래전에 죽은 사람이었다. 결코 이어질 수 없는 관계인 것이다.

연화와 하현 두 사람 같은 그런 관계도 아니었으니까.

'그리고 두 사람도 언젠가는 이별이 올 테니까, 언젠가 끝은…… 올 테니까.'

곧바로 따라붙는 그 생각에 다시금 기분이 울적해져서 파는 한숨을 작게 쉬었다. 힐끔 하늘을 올려다보았다.

어쩌시려고 이러는 걸까, 하늘은 도대체 무슨 생각이실까. 왜 나를, 왜 연화를, 왜 하현을, 왜 미르를 만나게 했을까. 도대체 왜…… 아쉬움과 미련과 아픔과 고통만 가득하라고.

'나와 연화는 간다 쳐도…… 남은 사람들에게는 정말 못 할 짓이잖아.'

다른 건 몰라도 한 가지는 알 수 있었다.

파는 부모를 잃고 그 빈자리로 내내 힘들어하던 하현의 어린 시절을 알고 있었다. 그는 지금까지지도 아팠다. 떠난 이의 빈자리를 봐야만 하는 남은 사람들의 아픔은 상상 그 이상이었다. 그래서 마음이 더 무거웠다.

그는, 미르는 내가 없어져도, 내가 사라지게 되어도 많이 아프지 않았으면 했다. 그래, 차라리…… 기억이 없어졌으면 했다.

'내가 많이 서운할 것 같긴 하지만.'

그래도 내내 아파할 거라면 차라리 그편이 나은걸, 그렇게 중얼거리며 파는 재차 한숨을 내쉬었다.

'이게 무슨 우중충한 생각이람. 정말 나답지 않잖아.'

왜긴 왜겠는가, 다 이게 그 인간 때문이지. 파는 한 손으로 이마를 짚으며 고개를 절레절레 저었다.

진짜, 정말 그 인간은 도대체, 정신이 아니, 생각이 있는 거야, 없는 거야.

[다음에 또 그러면 입술을 확 때려 버릴까 보다.]

붕어 입술이 되어도 내가 알 게 뭐람, 그렇게 중얼거리며 새초롬한 표정을 짓던 파가 순간 멈칫했다. 무언가가 손에 걸리는 것 같았기 때문이었다.

손에, 걸린다고?

[……!]

파는 의아한 표정으로 고개를 들었다가 그대로 굳어졌다. 주변에 검은 실이 가득했다. 바닥뿐만 아니라 거미줄처럼 벽에도 덕지덕지 잔뜩 늘어져 괴상하고 더러워 보였다. 게다가 언제 들러붙었는지 그녀의 손가락에도 몇 가닥 걸려 있었고, 그것을 확인한 파의 얼굴이 대번에 구겨졌다.

[더럽게 이건 또 뭐야?]

여긴 그녀의 개인 공간이었다. 검 안쪽, 검의 내부, 오롯한 그녀의 공간이었다. 그런데 이건 뭐지, 어디서 들어왔지, 어디서 생긴 거야.

혼란스러움보다 혐오감이 더 먼저 들어 파는 사방에 늘어져 있는 검은 실들을 보이는 대로 손으로 모으기 시작했다.

한데 모으고 뭉쳐 바닥에다가 내동댕이쳐 버렸다. 검 밖으로 몸을 내미는 것은 한계가 있으나 이 안에서는 자유였다. 그래서 파는 작은 공만큼이나 뭉친 그것을 발로 걷어찼다.

기분이 나빴고, 더러웠다. 손가락에 걸려 있던 그 감촉이 자꾸만 생각이 나서 소름 끼쳤다.

파는 그대로 검 밖으로 몸을 내밀었다. 같은 공간에 있기도 싫었기 때문이었다.

하지만.

[……어?]

나갈 수 없었다. 마치 무언가에 가로막힌 것처럼 몸을 움직일 수가 없었다. 이전에 나갈 수 없을 때와 또 다른 느낌에 파의 얼굴이 당혹으로 물들었다. 이전에는 튕겨 나가는 그런 느낌이었다면 지금은…….

[악! 이게 뭐야!]

단단히 잡혀 있는 느낌이었다.

그리고 과연, 그녀의 오른쪽 다리는 검은 것들로 온통 칭칭 감겨 있었다. 아까 바닥에 내동댕이친 검은 타래에서 비죽 나온 한 뭉치의 검은 실. 긴 머리카락이었다.

[떨어져, 떨어지라고!]

파는 당황한 표정으로 발을 힘껏 털었다. 하지만 언제 들러붙은 건지 머리카락은 그녀의 다리를 거의 옭아매듯 꽉 달라붙어 있었고, 그것에 더하여 조금씩 위로 기어 올라오고 있었다.

답답하게 조이고 아픈 느낌에다가 스멀거리는 감각까지 더해져서 파는 거의 미칠 지경이 되어 버렸다. 기억을 가진 후 처음으로 그녀의 공간에 이물질이 들어온 데다가 그것이 자신을 건드리고 있는 모양이라니, 더럽고 역겹고 기분 나쁘고 화가 나서 견딜 수 없었다.

게다가 조금은, 그래. 솔직히 아주 조금은 공포스럽기까지 했다. 하지만 결코 내색할 수 있는 상황도 아니었고, 그녀의 자존심상 그렇게 보이기도 싫어서 파는 그저 입술을 질끈 깨물었다.

그때였다.

"싫다면?"

어디서 들려오는 건지 모를 여자의 목소리에 파가 눈을 번뜩였다. 싫다고?

곧바로 까득, 입소리가 났다. 이거 진짜 미친년 아니야? 파의 눈이 매섭게 빛났다.

[감히 네년의 머리카락 따위로 날 잡을 수 있을 거 같아?!]

사실 아까부터 계속해서 걸렸다. 이거 어디서 봤던 것 같은데, 낯설지 않은데, 왠지 익숙한데.

슬금슬금 다가와 알지 못하는 사이에 사르르 얽어매는 것, 어디선가 본 것 같은데. 그리고…… 내가 끊은 적이 있었던 것 같아.

그에 곧바로 떠오른 것은, 연화였다. 연화의 목으로 향하던 검은 타래들이었다. 그리고 그 타래 뒤에서 꺼지라며 악을 쓰던 새된 목소리, 여자 목소리, 여자, 송이원이었다. 지금 들리는 저 목소리와 정확히 일치하는 소름 끼치는 목소리.

이걸 내가 왜 잊었었지, 왜 기억하지 못하고 있었지. 그런 생각이 드는 한편 어이가 없었다.

[저거 진짜 정신 놨네.]

파는 헛웃음을 지었다. 일부러 지은 게 아니라 진심으로 우러나는 헛웃음이었다. 웃기고, 어이없고, 그보다 조금 더 자존심 상하고 그 이상으로 화가 났다.

네가, 감히, 날, 찾아와?

파는 비딱한 표정으로 자신의 다리를 내려다보았다. 아니, 여기가 아니라 저긴가?

[야, 너 설마 거기 있냐?]

파의 시선이 닿은 곳은 아까 그녀가 바닥으로 내동댕이친 검은 실타래였고, 이원은 파가 그렇게 직설적으로 말할 줄은 몰랐는지 당황한 듯 아무 대꾸도 하지 않았다. 그리고 파는 팔짱을

끼고서 그 타래가 그녀인 양 매섭게 노려보았다.

[뭔데.]

"……."

[아니, 이곳까지 친히 오셨으면 나한테 뭔가 중하게 할 말이 있어서 온 거 아냐? 결계가 몇 겹이 있었을 텐데 그거 뚫느라 힘도 꽤나 뺐을 거 아니야. 아, 그래서 말을 못 하는 건가? 말할 힘도 없어서?]

파는 빈정거리며 고개를 까닥거렸다. 생각하면 생각할수록 어이가 없었고, 화가 났다. 자기가 한 짓이 있는데 어떻게 이 집에 왔으며, 이 푸른 검에 가득한 흰 반점을 봤을 텐데 어떻게 자신을 똑바로 보고 있을 수 있단 말인가.

게다가 감히 날, 찾아와?

파의 붉은 입술이 잔뜩 비틀어졌다. 짧은 머리카락이 바짝바짝 곤두섰다.

[진짜 미친 거 아냐? 내가 그렇게 쉽게 보여? 약해 보이냐고. 엿 같네, 진짜 어이가 없어서. 넌 이 집에 들어오면 안 되는 거야, 이 머리에 피도 안 마른 계집애야. 네가 한 짓이 있고, 네 더러운 집안에서 한 짓이 있는데 여길 무슨 정신으로 들어와, 들어오기는? 그것도 몇 번씩이나?]

"입이 좀 더러운데."

툭 튀어나온 대꾸였다. 그 말에 파가 예쁘게 생긋 웃었다.

[아직 시작도 안 했는데, 제대로 털어 봐?]

"그리고 이것조차도 못 푸는 주제에 말도 많고."

[아, 이거?]

파는 자신의 다리를 내려다보았다. 아까보다도 더 꽁꽁 묶여 있는 게 마치 거미줄에 걸린 모양 같았다. 그것보다 더 괴상망측하지만. 시각적으로도 더 안 좋고.

파는 그렇게 중얼거렸다가 이원을 보며 씨익 웃었다. 처음에는 조금 당황했지만 지금은 아니란다.

[왜, 내가 못 풀까 봐 기대되니? 이게 바로 희망 고문이라는 거야, 이 아가야.]

그리고 다음 순간, 파의 다리를 꽉 휘감고 있던 검은 실들이 조각조각 끊겨서 흩날렸다. 아무런 힘도, 말도, 행동도 없었는데 전부 다 끊겨 버린 것이었다.

파는 자유로워진 오른쪽 다리를 접었다 폈다 하면서 빈정거렸다.

[내가 살아온 세월이 몇 년인데 네 털 하나 못 끊겠니. 그런데 너 좀 깨끗이 씻어야겠다, 기름기가 좀 많네.]

그러면서 '에비, 지지' 하곤 보란 듯이 다리를 흔드는 모양에 이원은 턱 말문이 막힌 것 같았다. 신물이 이렇게까지 험하게 행동할 줄 몰랐다는 표정이었다.

하지만 파는 그녀가 충격을 받든 상처를 받든 조금도 신경 쓰지 않았다. 그따위 거 내가 알 게 뭐람.

한편, 충격을 받은 상태의 이원은 아무 말도 하지 못하고 있었다. 신검이든 신물이든 단순하게 본다면 어쨌거나 그 안에 들어간 건 좀 오래 묵은 영가라는 말이었다.

영가들은 그녀를 보는 족족 겁을 먹고 물러나거나 고분고분해지기 마련이었는데 이 영가는 전혀 그런 낌새가 보이지 않았다. 아니, 오히려 자신을 모욕하고 비웃고 이죽거렸다. 마치 너 따위는 아무것도 아니라는 듯.

그 생각에 닿은 이원의 눈빛이 사나워졌다.

"내가 우스워?"

[어.]

대답은 곧바로 돌아왔다. 그것도 너무나도 당연하다는 듯한 표정과 함께였다.

파는 그렇게 쉽게 대답할 만한 데다, 되묻기는 힘든 질문을 구태여 도대체 왜 하는지 모르겠다는 표정으로 단호하게 고개를 끄덕였고, 이원은 이를 악물었다.

그 때문인가? 그놈과 함께 붙어 있어서 내가 약해 보이는 거야? 그놈에 비해 내가 우스워 보이는 거냐고.

"정하현 때문……"

[그냥 네가 우습다고. 네가, 이 여자야.]

"뭐?"

파는 자신의 주변에 즐비한 끊긴 머리카락들을 발로 한데 모으면서 한심하게 말했다.

[왜 너는 죄다 핑계냐? 내가 너 자체가 우습다고 했지, 언제 정

하현에 비해서 우습댔어? 왜 내가 말하지도 않은 걸 자체 괄호 처리해서 듣는 건데? 환청 들어?]

파는 그녀를 똑바로 바라보았다.

[내가 봤을 때 너는 인생이 핑계야. 난 누구 때문에 불행해, 난 누구 때문에 비웃음당해. 그런데 그거 아니거든. 네가 능력이 딸려서 그 정도밖에 안 되는 거라니까.]

"그만!"

더는 참지 못하겠는지 이원의 곁에 있던 검은 실타래에서 몇 갈래로 실이 갈라지며 파를 향해 날카롭게 달려들었다. 하지만 파는 여유 있게 몸을 틀어 그것을 피하면서 손으로 우겨 모아 단 번에 끊었다.

투둑, 소름 돋는 소리가 크게 울렸다.

[그러다가 나중에는 그 집안에서 태어난 것도 정하현 핑계 대겠어.]

"닥치라고 했어!"

[왜, 내가 너무 정곡 찔렀니? 설마 이제까지 쭉 그렇게 생각하고 있었어? 그럼 넌 인생의 패배자야. 본인 인생을 직시하지 않는데 누가 너를 알아주냐? 불쌍해라.]

"날 동정하지, 마!"

거의 비명에 가까운 말이 왕왕 울리는 것과 동시에 파가 얼어붙은 듯 굳어졌다. 그리고 그녀는 천천히 고개를 돌려 자신의 팔을 바라보았다. 입술 사이로 소리 없는 작은 숨이 새어 나왔다.

파의 어깨 바로 아래쪽이 굵고 날카로운 검은 뭉치에 마치 꿰인 것처럼 관통되어 있었다. 거의 구멍이 생길 정도로 크게 뚫려버린 것이었다. 그리고 그 모습에 이원이 산발적으로 웃음을 터뜨렸다.

"뭐야, 너도 별거 아니잖아. 그 정도밖에 안 되는 것에 당했잖아. 신물이, 신검이!"

'돌겠네, 정말.'

파는 인상을 찡그리며 반대 손으로 그 검은 것을 쥐고 힘껏 당겼다. 하지만 그것은 안에서 버티려는 듯 좀처럼 빠지지 않았다. 아마도 이원이 힘을 주고 있는 것 같았다. 파는 코웃음을 치며 이를 꽉 깨물었다.

'너 따위에게 내가 밀릴 거 같아?'

"이익!"

급작스레 확 주어진 힘을 견디지 못한 것일까, 그것은 잠시 버티다가 빠드득하는 기묘한 소리를 내며 무겁게 빠졌다.

파는 순간적으로 시원해지는 감각에 잠시 숨을 돌리다가 곧바로 입술을 깨물었다. 피는 튀지 않았지만 기분이 좋지 않았기 때문이었다. 이 몸으로 살아오면서 몸에 구멍 뚫릴 일이 있었어야지. 최근에 처음 겪는 일이 참으로 많은 것 같았다. 매일매일이 새롭다니까.

'윽…….'

그러나 무시하고 싶지만 무시할 수 있을 리가 없었다. 잠시나

마 잊으려고 노력하는 중인데 뻥하니 구멍이 뚫린 팔이 점점 저려 오고 있었다.

파는 이를 악물었다. 엿 같아, 다. 전부 다.

하지만 이원에게 이 짜증 나는 상황을 절대로 들키고 싶지 않아 파는 가능한 태연한 표정으로 고개를 돌렸다.

[너 설마 일부러 이랬냐? 내가 밖으로 못 나가게 막은 이유가 검 모양이 아니라 내 이 모습으로 구속하려고?!]

"그 모습은 좀 성가시거든."

하기야, 털 따위야 검으로 다 베어 버리면 그만이니까.

파는 이를 갈았다. 이제껏 싸워도 검의 형태로 싸워 봤지, 이 몸으로는 싸운 적 없다고.

그런 파의 모습에 이원이 즐겁게 눈을 빛낼 때였다. 두 사람 모두 다 전혀 예상하지 못한 청량한 목소리가 안을 왕왕 울렸다.

"그러니까 방 청소는 미리미리 해 두었어야죠. 이게 뭐예요."

갑작스럽게 들린 목소리에 검은 뭉치의 가닥들이 뱀처럼 고개를 이리저리 돌렸고, 파는 이마를 짚었다. 아, 정말.

파가 허공을 향해 새처럼 지저귀었다.

[이건 사생활 침해라고요!]

"그건 나중 문제고요."

뭐가 어떻게 된 건지 모르는 이원이 쉬쉬거렸다.

"너 설마……."

"설마고 자시고 불청객은 이만 나가 주시죠. 세상 더럽게 이게

다 뭐람. 나도 못 들어간 곳에 그쪽이 왜 먼저 들어갑니까, 서운하게."

"뭐야?"

하지만 이원은 더 이상 아무 말도 하지 못했다. 허공에 큰바람이 일어나더니 파가 끊어 놓은 검은 조각들을 살살 쓸어 모으기 시작했기 때문이었다. 그리고 그것은 시작에 불과했다. 바람이 점점 회오리처럼 더 커지기 시작하면서 켜켜이 쌓여 있는 검은 타래들을 일제히 감기 시작한 것이다. 순식간에 일어난 일에 이원이 악을 질렀다.

"놔! 이거 안 놔!"

어느 틈에 상황이 반대가 되어 있었다.

이전에 파의 다리가 검은 실타래에 꽁꽁 묶여 있었던 것처럼 이번에는 검은 실타래가 투명한 허공에 서로서로 얽힌 모양으로 잔뜩 엉켰다.

다음 순간, 위가 시원해졌다고 느끼자마자 파는 힘껏 몸을 위로 솟구쳤고, 이번에는 무사히 바깥으로 나왔다. 그리고—

"파!"

곧바로 몸을 빙글 돌려 날카로운 검 끝으로 미르가 끄집어낸 검은 뭉치를 정확히 푹, 찔렀고 그 정확한 일격에 이원은 비명도 지르지 못하고 풍화되듯 회색 가루로 부스러져서 허공에 흩날렸다. 정말 허무한 끝이었다.

하지만.

"파?"

허공에서 그대로 뚝 떨어져 마룻바닥을 구르는 푸른 검의 모습에 미르가 당황한 얼굴로 급히 주워 들었다.

그러나 파는 대답하지 못했다. 감각이 없어지는 기분이었다. 아니, 없어지고 있었다. 아까 뚫린 팔 때문일까, 움직이기가 힘들었다.

파는 가까스로 입술을 움직였다. 다른 건 몰라도 이것만은 들어야겠어.

[어떻, 게 안에 들어왔어요?]

그에 들어 있는 약간의 비난에 미르가 걱정 가득한 표정으로 파를 두 손에 담으며 대답했다. 그의 수려한 얼굴은 걱정으로 가득한 상태였다.

"지난번 당신이 다쳤을 때, 가주께서 치료하시면서 약간의 문을 열어 두셨어요. 안에 갇힌 당신을 부르기 위함이었죠. 그리고 그 문은 잠그지 않으셨어요. 또다시 갇힐 수도 있다고, 그렇게 생각해서 열어 둔 건데……."

[그 문으로 그년이 들어온 거구나.]

"나도 들어오게 되었고요. 늦어서 미안해요."

그러면서 다시 한번 '괜찮아요?'라고 묻는 말에 파는 멀쩡하다고 대꾸하려고 했지만 마음과 달리 몸은 그녀의 말을 듣지 않았다.

"파!"

세상이 흐려졌고, 뿌예졌고, 감각이 사라졌다.

"안 돼, 파!"

'그렇게 불러도 대답할 수 없잖아. 그러니까 부르지 마요. 울지도 마.'

다시 한번 붕 뜨는 기분을 느끼며 파는 정신을 잃었다.

* * *

밤을 샌 적은 많았다. 당직도, 시험공부도, 그리고 기타 다른 이유로 밤을 샌 적은 수없이 많았다. 달 보고 나가서 달 보며 들어오는 날 또한 셀 수 없이 많았다. 하지만…… 이런 이유로는 처음이었다.

"……이제 그만 들어가세요."

기울어지고 있는 달을 하염없이 올려다보고 있던 하현이 천천히 고개를 돌렸다가 멈칫했다. 피곤한 기색이 역력한 얼굴들이 자신을 걱정스럽게 바라보고 있었기 때문이었다. 그들의 눈에 가득 담겨 있는 염려와 불안, 그리고 그 이상의 고통이 곧장 닿아 와 하현은 입술을 지그시 깨물었다.

그것을 대답 대신으로 알아들은 것일까, 좀 전에 말을 건 사람이 재차 말했다. 그의 얼굴에도 피곤한 기색이 역력했다.

"무리였어요. 애초에 그 환자는 살아날 수 없었다고요. 잘 아시잖아요, 가능성 희박했던 거."

"……그 희박한 가능성에 걸고 사람을 살리는 게 의사야."

"그래요, 알아요. 알지만! 살릴 수 있는 환자와 아무리 노력해도 살릴 수 없는 환자가 있어요. 모두를 살릴 순 없다고요, 우리가 신도 아니잖아요."

"현우야."

하현은 그 사람의 이름을 부르는 것 외에 아무 말도 할 수가 없었다. 그 역시 그날 자신과 함께 수술실에 있었던 사람이었기 때문이었다.

함께 살린 사람, 그리고 오늘 그 환자가 숨을 거두는 것을 함께 지켜본 사람. 결국에는 괴로움으로 일그러지는 그의 얼굴을 담은 하현의 눈이 깊이 잠겼다.

"그러니까…… 그렇게 자책하지 말아 주세요. 평소대로 돌아오세요."

"……."

자신이 그렇게 평소답지 않았던 것일까. 다른 이들 보기에도 그렇게 흔들린 것 같았던 걸까.

하현은 반사적으로 주변을 둘러보았다가 결국 쓴웃음을 짓고 말았다. 멀찍이 떨어진 채로 자신을 조심스레 바라보는 이들의 표정이 너무도 한결같았다.

그간 내내 쓰고 있던 가면이 처음으로 벗겨지고 말았으니 그럴 수밖에.

하고 싶은 말은 많았지만 할 수 있는 말은 그다지 많지 않았고, 그래서 하현은 대답 대신에 오른손을 들어 보였다.

"간다."

"선배!"

"가서들 쉬라고, 나도 쉴 테니까. 택시!"

조금은 정상적, 아니 평소처럼 돌아온 말투에 피곤으로 물든 사람들의 얼굴이 그나마 조금 환해졌다가 다시 어두워졌다. 불 켜진 병실들이 그들의 어깨를 짓누르고 있었다.

그렇게 그들의 퇴근길은 출근길이 되었고, 그 모든 것을 바라보고 있는 사람이 있었다.

"이제 출발해도 될까요?"

"아, 예. 감사합니다. 부탁드려요."

제자리에 멈춘 채로 대기하고 있던 택시에 드르릉, 시동이 걸렸다. 인도 끝으로 모습을 감추었던 하현이 택시 안에서 다 지켜보고 있었던 것이었다. 그는 얼굴을 손바닥으로 쓸면서 내뱉듯이 한숨을 쉬었다.

"……바보 같은 놈들."

좀 쉬라니까 말을 안 들어.

자신에게는 쉬라, 쉬어라, 제발 쉬세요, 눈 좀 붙이세요, 등등 들들 볶으면서 외려 자신들은 쉬는 날이 없다니 도대체 어떻게 돼먹은 정신머리야.

그들 역시 꼬박 밤을 새며 병동을 지킨 것을 모를 하현이 아니었다. 하지만 말을 다시 한다고 해서 들을 사람들도 아니었고 더 이상 말을 하고 싶은 마음도, 상태도 아니었기에 하현은 택시 기사에게 목적지를 다시 한번 불러 주었다. 물론 자신의 집, 연화가 기다리고 있는 집이었다.

* * *

삐삐삐삐삐삐—

왜 비밀번호를 여섯 자리로 했을까, 한밤중에 시끄럽게. 아니, 한밤중도 아니었다. 이제 조금 있으면 거의 동이 터올 테니 새벽 또는 이른 아침이라고 하는 편이 더 정확하겠지.

혹여나 달게 자고 있을 사람을 깨우는 것은 아닐까 번호 키를 살금살금 누르는 손이 조심스러웠다. 하지만 아무리 손길이 조심스러워도 소리를 숨길 수는 없었기에 복도까지 크게 울리는 소리가 못내 민망했다.

다행히 마지막 번호를 누르자마자 문은 삐리리, 낯익고도 경쾌한 소리를 내며 안을 내주었고, 하현은 조심스럽게 문을 열고 안으로 들어가서 현관에 구두를 벗어 놓고 한 발 들어서다가 그대로 기절할 뻔했다.

새하얀 소복을 입은 여자가 긴 검은 머리를 풀어 헤치고서 휜 바닥에 앉아 있었기 때문이었다. 순간적으로 머리카락 끝까지 쭈뼛 서 버린 것 같아 하현이 반사적으로 심장 부근을 눌렀다.

"여, 여, 연화 씨?"

"……하현."

"……."

하현은 후, 짧게 숨을 내쉬고서 천천히 걸어왔다. 최근 들어서 그녀가 사람이 아니라는 사실을 자꾸만 잊게 되곤 했는데 한번에 아주 확실히 느끼고 만 것이었다.

불 하나 켜지 않은 새까만 어둠 속에서 흰 소복을 입고 머리를 죄다 풀어 헤친 처녀 귀신이라니, 그나마 그가 정신줄 단단하고, 연화의 정체를 잘 알고 있으니까 망정이지 아마 다른 사람이 봤으면 그대로 기절했을지도 모를 일이었다.

하현은 입술로만 미미하게 미소 짓고서 연화를 바라보았다.

"여기서 뭐합니까? 안에 들어가서 자지 않구요. 설마 날 기다린……"

장난스럽게 이어 말하려던 하현이 멈칫했다. 그리고 그의 눈이 곧바로 연화의 얼굴을 빠르게 훑었다. 눈물 자국으로 얼룩진 얼굴, 살짝 부어오른 눈, 그리고 하도 깨물어 까끌하게 변해 버린 입술.

하현이 곧장 한쪽 무릎을 꿇고 연화의 얼굴을 깊이 들여다보았다. 검은 눈동자 위에 주홍빛 눈동자가 비쳐 보였다.

"뭡니까. 무슨 일이에요."

"……하현."

"듣고 있습니다. 또 그 악몽을 꾼 겁니까? 아니면 이곳이 또 아파요?"

이리저리 몸을 살펴보는 눈이 너무나도 따스해서 연화는 천천히 손을 뻗어 하현을 잡았다. 조금 구깃구깃해진 그의 흰 셔츠 옷깃을 잡고 끌어 제게로 당겼다.

평소답지 않은 그녀의 모습에 하현의 표정이 한층 더 흔들렸다.

"연화 씨?"

"내가 사람을, 죽였어요."

하현의 눈이 순간 흔들렸다. 사람을, 죽였다고?

머리에 곧바로 떠오르는 붉은 피 흥건한 이미지에 심장이 쿵, 떨어지는 것만 같아 순간적으로 대답을 하지 못하고 있는데 하현의 가슴팍에 뺨을 기댄 연화가 다시 속삭였다.

"당신이 만들어 준 칼로 죽였어요. 찌를 때 소리가 이상했어요. 이 단도는 정말로, 진정으로 영을 소멸시킬 수 있네요. 그건 내 힘일까요, 아니면 이 검의 힘일까요. 검을 잡은 건 나니까 내가 한 짓인 건 분명한데. 그렇지요?"

"연화 씨."

하현의 큰 손이 연화의 어깨를 잡았다. 자신에게 기대어 있는 몸을 눌렀다.

연화는 눈을 감았다. 닿아 오는 온기가 좋아서 계속 이대로 있고 싶지만 하현이 밀어낸다면 어쩔 수 없다고 여기겠다고 생각하며 눈을 감았다. 그러나 하현은 그녀를 밀어내지 않았다. 오히려 그녀를 가만히, 더 꾹 안아 왔다. 그가 턱 끝으로 머리를 지그시 눌렀다.

"말해 줘요."

"……."

"나도 당신에게 말할 게 있어요. 위로받고 싶은 게 있어요. 그러니 그 전에 먼저 당신 이야기를 해 줘요. 내가 들어 줄게요. 전부 들을게요."

듣는다, 라는 말이 왜 이렇게 눈물이 날까.

그것은 아마 지난번 결계에 갇혔을 때 아무리 외치고 부르고 애원해도 닿지 않았던 기억 때문일 것이었다.

내 목소리를 들을 수 있는 단 한 사람, 세상에 둘도 없는 내 사람. 그런 사람이 내 곁에 있고 내 목소리에 귀를 기울여 주고 내 말을 들어 준다, 라는 그 사실이 너무나도 고마운 한편, 지금 상황에 대한 두려움이 엄습해서 연화의 크고 까만 눈에 눈물이 들어차기 시작했다.

하현의 흰 셔츠가 곧바로 축축해졌다.

"울어요. 그래요, 울어요."

그 나직한 말이 위로가 되었을까, 잠시 숨을 멈추고 있던 연화가 큰 숨과 함께 첫 마디를 토했다. 언제나 그랬듯, 예고 없는 시작이었다.

"……어젯밤에 당신이 가고 나서 조금 있다가 그 영가가 왔어요. 그 여자의 영가, 그날 당신을 공격했던 영가요. 저기에 숨어 있었던."

희고 긴 손가락이 새하얀 벽 한 지점을 가리켰고, 반사적으로 그곳을 바라보던 하현이 고개를 끄덕였다. 기억을 못 할 리가 없었다. 하지만 별생각이 들진 않았다.

연화가 이리 무사하다면 그녀에게 큰 영향을 끼치지 못했을 터, 역시 가주께서 무언가 장치를 여럿 해 주셨구나, 라는 생각이 들어서 오히려 우습게도 조금 안심이 되었다.

하나 그와는 다르게 연화는 잘게 몸을 떨고 있었다. 마치 작은 새가 바들거리는 듯한 모양이었다.

"그 영가는 저를 공격하러 온 것이 아니었습니다. 당신을 노리고 온 것 또한 아니었어요. 제게 단 한 가지 목적을 가지고 왔습니다."

"……!"

하현이 순간 덜컥한 표정으로 연화를 내려다보았다. 방금 전에는 지난날들의 여러 공격 때문에 당연히 그녀를 노리고 온 것으로 생각해서 '안심'을 한 거였지만 아까 분명히 연화가 그랬었다. 자신이 '죽였다'라고.

'설마?'

하현은 흔들리는 눈동자로 연화를 바라보았다. 아니, 바라보고 싶었다. 지금은 그녀를 팔로 보듬고 있어서 제대로 얼굴을 볼 수 없기 때문이었다. 그래서 하현은 걱정이 되었다. 괴로워하지 않았으면 좋겠는데, 부디 힘들어하지 않아야 할 텐데.

"어찌 알았는지는 모르겠습니다. 아니, 이전에 몇 번 이 검을 사용하여 악령들을 쫓은 적이 있기에 그들 사이에 소문이 퍼졌을 수도 있을 것이어요. 하나 제게 그런 것을 요구할 줄은 꿈에도 몰랐습니다. 제게, 제게 자신을 죽여 달라 요청을 할 줄은 몰랐어요."

"연화 씨."

"저는 싫다고, 못한다고 거부했습니다. 진정 할머님께서 저를 보호하는 결계를 두루 둘러 주셔서 그런 것인지 제게로 다가올수록 그녀의 몸에는 불이 자글자글했습니다. 새파랗게 타들어갔어요. 하지만 그 영가는 고통을 뚫고 뚫어……"

"연화 씨!"

"이 검으로 몸을 던졌습니다."

그만해도 된다고 하려고 했다. 괴로우면, 말하기 힘들면 그만 말하라고 하려고 했다.

하지만 연화는 끝까지 말을 토해 맺었고, 하현은 그녀의 말에 입술을 다물었다.

검으로, 스스로 몸을 던졌다고.

"그리고 제게 부탁을 했습니다. 더 이상 버틸 여력이 없다고, 견딜 수가 없다고. 이 이상 남아 있으면 스스로를 잃을 것 같다고, 멋대로 휘둘러 버릴 것 같다고요. 그러면서 다른 영가들도 똑같이 해 달라고 했습니……"

"뭐라고요?"

"다른 영가들도 똑같이 해 달라고요."

"아니, 그것 말고요. 그 이전에."

하현은 무언가 머리에서 폭죽 같은 게 터진 것 같은 기분이었다.

영가가 스스로 찾아와서 자신의 소멸을 부탁했다? 그것도 송이원의 영가가? 그건 정말로 보통 일이 아니었다.

하현은 연화의 머리 위에 괴듯 올려 두었던 자신의 턱을 떼고서 그녀의 어깨를 두 손으로 안듯이 붙들었다. 그리고 까만 머리카락, 그보다도 더 새까만 눈동자를 들여다보았다. 그에 연화가 조금 의아한 표정을 지었다.

"더는 버틸 여력이…… 아!"

그녀의 눈에도 이채가 어렸다. 뭔가 이해했다는 듯한 표정이었다. 하현은 고개를 크게 끄덕였다.

"이제까지의 상황들을 종합해 보았을 때, 송이원이 자신의 영력을 직접적으로 사용한 것은 꿈을 통해서밖에 없었습니다. 꿈으로 당신을 괴롭게 했을 때 이외에는 전부 영가들을 이용해서였어요. 기억하죠, 검은 물?"

"똑똑히요."

어찌 잊을 수 있을까, 반듯하게 되돌아오는 대답에 하현은 고개를 끄덕였다.

병원에서도 마찬가지였다. 항상 영가들을 부렸지, 자신의 힘으로 무언가를 한 적은 없었다. 그렇다면 어쩌면 그녀는 영가를 사용하는 것밖에 하지 못한다는 게 아닐까.

그것이 극단적인 생각이라고 해도 얼추 맞을 것이었다. 그녀에게 속박되어 있는 영가들이 그녀를 떠나고 있다는 말이니까. 스스로 소멸을 원하고, 원하는 것을 넘어 행동에 옮길 만치 능동적이라는 거니까.

그건 '안에서부터' 무너지고 있다는 말이었다. 그들에게는 더없이 반가운 이야기였다.

"내부의 적이 가장 무서운 법이죠. 서로서로 분열해 주면 그것만큼 고마운 것도 없고."

그러다가 자멸하면 아주 좋을 텐데, 라며 중얼거리자 연화가 고개를 끄덕였다.

"손 안 대고 코 푸는 격이라는 말이 그 말이죠?"

"공부 많이 했네요, 연화 씨."

읽은 게 얼만데요, 그렇게 톡 대꾸하자 하현이 귀엽다는 듯 픽 웃었다. 아까에 비해 많이 진정된 모습이 반가웠다. 참으로 다행이었다. 하현은 연화의 머리를 가만가만히 쓰다듬으며 그녀를 조심히 끌어당겨 안았다.

"난 말주변이 없어서, 그다지 위로도 도움도 되지 않을 수 있지만."

"……?"

"불나방을 예로 들어 볼까요?"

연화는 고개를 조금 갸웃거렸다. 갑자기 왜 불나방이 나오는지 짐작이 되지 않았기 때문이었다. 그런 까닥거림을 느꼈을까,

하현이 작게 웃었다.

"불나방은 새까만 밤중에 환하게 타오르고 있는 불에 날아들죠. 불이 딱히 이리 오라고 부르지도, 유혹하지도 않는데도요."

연화의 눈이 깜빡깜빡했다. 뭔가 조금은 알 것 같기도 했기 때문이었다. 내가 이해하고 있는 게 맞는 건지는 확실하지 않지만…….

"그렇다고 해서 불에게 잘못이 있나요? 아니요, 없습니다. 불은 그저 어둠 속에서 타오르고 있을 뿐이에요. 그런데 나방들이 본능적으로, 혹은 각각의 다른 목적과 이유를 갖고 달려드는 거죠. 그런 불에게 잘못이 있다고 말할 수 있을까요?"

"……하현."

"적어도 나에겐, 연화 씨 당신이 강해진 거라고 느껴져요. 그리고 그게 맞다고 확신하고요."

강해졌다, 라고. 연화는 천천히 자신의 손을 내려다보았다. 언제였더라, 맨 처음 습격이었을까. 파의 여린 등 뒤에 숨어 오들오들 떨던 자신이 그렇게 한심할 수가 없었다. 할 수 있는 거라고는 남의 등 뒤에 숨어 숨죽이고 있는 것밖에 없었다. 그래서 간절히 바랐었다. 나에게도 힘을 달라고, 나 스스로를 지키고 남을 지킬 힘을 달라고.

그리고 나는 지금, 조금은 강해진 걸까. 남을 지킬 수 있는 걸까. 나를…… 지킬 수 있는 걸까.

연화의 생각을 눈치챈 것일까, 하현이 그녀의 머리를 살짝 쓰다듬었다.

"연화 씨 대단한데요, 그 송이원의 영가가 제 발로 찾아올 정도라니."

"하지만 나머지 영가들도 부탁한다고 했다고요. 그건 싫어요, 하고 싶지 않아요."

연화는 하현에게 안긴 채로 몸을 부르르 떨었다. 정말, 정말이지 그건 너무 싫었다. 손이 더러워지는 기분이었다. 자신에게로 다가오면서 점점 흉측해지는 그녀의 모습도 끔찍하게 무서웠고, 이 검에 몸이 뚫릴 때 나는 우드득하는 소리도 너무나도 싫었다.

손에 전해지는 그 감각이 소름 끼쳤다. 그런데 그걸 한 번도 아니고 또, 셀 수 없이 많이 해야 한다니 상상도 하기 싫었고, 화도 났다.

"내 의사는 어떻게 된 건데요. 내가 싫다 해도 이번처럼 검에 달려들게 되면 나는 속수무책인 거잖아요. 이건 비겁해요. 나를 이용해서 자살하는 거잖아요. 나는 무슨 죄에요, 그럼."

단지 정화가 가능하다, 소멸을 시킬 수 있다는 이유 하나로 그들의 자살 도구가 되는 것이라면 절대로 사양이었다. 나를 보호하고자 힘을 갖고 싶어 한 것이지, 누군가를 해치려고 검을 든 것이 아니었다.

"……아?"

연화는 문득 머리를 스치는 생각에 잠시 멈칫했다.

'보호하고자 힘을 갖고 싶어 한 것이지, 누군가를 해치려고 검을 든 것이 아니다.'

그녀의 신조였다. 이제까지 한 치도 변함없던 생각이었다. 그리고 연화는, 이것이 가주 할머님이 말씀하신 것과 맥락이 일치한다고 느꼈다. 화로써 검을 들면 안 된다, 복수는 복수를 낳는 것이라는 어디선가 읽었던 말들이 계속해서 떠올랐다.

해치고자 검을 드는 것이 아니라 나를 지키고자 검을 드는 것.

"허투루 검을 들지 말라는 말씀이 이것이었을까……."

"연화 씨?"

"아, 아니에요. 할머님이 제게 해 주셨던 말씀이 생각나서요. 그, 검을 함부로 들지 말라고 했던 말씀이요."

그 말에 하현이 아아, 작게 중얼거리더니 이내 잠시 생각에 잠겼다. 그도 연화와 비슷한 생각을 하는 모양이었다. 하지만 하현의 생각은 연화의 생각보다 빨리 끝났다.

"그, 찌르는 게 싫으면 다른 방법은 어때요?"

"에?"

연화의 새까만 눈동자에 의문이 담뿍 어렸다.

다른 방법?

하현은 뭔가 생각해 둔 것이 있는 모양이었다.

"그 왜 있잖습니까, 지난번에 당신이 이야기해 주었었잖아요.

검을 뽑아 들고 앞으로 한 발 나서니까 화— 하고 주변이 새하얘지면서 영가들이 사라졌다고요."

"아."

연화가 고개를 살짝 끄덕였다. 맞아, 그때는 확실히 한 발 내딛기만 했는데도 주변의 모든 악령이 일제히 없어졌었다. 마치 촛불이 숨결에 꺼지듯 그렇게 훅 사라져 버린 것이었다.

연화가 고개를 끄덕이자 하현이 아주 당연하게 말했다.

"앞으로도 그러면 되잖습니까."

그리고 연화도 아주 당연하게 대꾸했다.

"그게 그렇게 쉽게 될 리가 없잖아요."

"왜요?"

왜요오?

연화의 눈이 동그래졌다. 아니, 왜냐니.

"그때는 정말 정말 정말 화가 많이 났었고, 궁지에 몰려 있었으니까요. 내가 아니면 이 사람은 죽을지도 모른다, 절대 이 사람을 잃을 순 없다, 반드시 내쫓아 버리겠다 그 생각으로 똘똘 뭉쳐 있었는걸요. 그리고 결정적으로, 어떻게 했는지도 몰라요."

"흐음."

연화는 그때 기억을 잠시 더듬어 보았다. 정말 어마어마하게 화가 났었다. 태어난 이래로, 그리고 죽은 이후에도 그런 기분은 처음이었다. 머리끝이 바짝바짝 선다는 게 무엇인지 알 정도로 화가 치솟아서 견딜 수 없었다.

그리고 그때의 목적 역시 단 하나였다. 오로지 '지킨다'라는 생각으로 가득 차 있었다.

다시 곰곰이 생각에 잠겨 있는데, 하현이 그녀를 두 팔 안에 담뿍 안았다.

"……하현?"

"그래도 한동안은, 적어도 당분간은 그런 일은 없을 겁니다."

"……."

"앞으로 당신이 아플 일은 없을 거예요. 내가 계속 옆에 있을 게요. 그러니까 그렇게 걱정하지는 말아요. 자는 순간에도 옆에 있을 테니까."

당신은 또 나가 봐야 하잖아요, 톡 대꾸하고 싶었지만 연화는 그냥 가만히 안겨 있기로 했다. 따뜻한 온기도, 그의 서툰 위로도 무척이나 좋았으니까. 무엇보다 계속 옆에 있을 거라는 말이 듣기에 제일 좋았으니까.

"당신은요."

하현은 연화가 제 품에 얌전히 안겨 있다고 생각했는데 그녀는 뭔가 다른 생각을 하고 있었던 모양이었다.

어슷하게 맨바닥에 앉아서 새하얀 연화를 담뿍 품에 안고 있던 하현의 눈에 물음표가 들어찼다. 연화는 꼬물꼬물 그의 품에서 벗어나더니 하현의 주홍빛 눈을 똑바로 올려다보았다.

"당신은요."

"저 뭐요?"

얼떨떨하게 대답이 나간 것은 찔린 게 있는 것일까, 아니면 순간적으로 생각이 나지 않은 것일까.

연화는 새까만 눈동자로 빤히 그를 바라보았다. 어서 생각해 내라는 눈빛이었다. 그러나 하현은 도무지 모르겠다는 표정이었고, 연화는 조금 불퉁한 얼굴로 스스로 답을 내어놓았다.

"정말. 아까 제게 그러시지 않으셨습니까, 당신도 제게 하실 말이 있다고요."

"……아."

하현은 잠시 입을 다물었다. 이제야 제대로 생각났기 때문이었다. 이렇게 까무룩 까먹고 있었던 것을 어떻게 저리 똑똑히 기억하고 있을까.

하현의 이야기라면 단 하나도 빠트리고 싶지 않은 연화였기에 기억하는 것이라고 일러 준다면 그의 표정이 볼만해지겠지만, 당연히 하현은 거기까지는 생각하지 못했다.

그는 조금 떨떠름한 표정으로 천장을 올려다보며 말했다.

"사실은 이야기하고 싶지 않아요."

"네, 알겠어요."

그러나 너무나도 깔끔하게 돌리는 얼굴에 당황한 것은 오히려 하현이었다.

"그, 안 물어봅니까? 더 이상 안 물어봐요? 이게 끝이에요?"

"당신이 이야기하기 싫으시다면서요. 그렇다면 제게 숨길 만한 이유가 분명히 있으시겠지요. 하여 더는 묻지 않으렵니다."

"……."

하현은 입을 다물었다. 연화는 평소와 똑같이 말하고 있었지만 어쩐지 말 속에 뼈가 있는 것만 같았다. 숨길 만한 이유가 있으시겠지요, 라는 말투 속에서 서운함 몇 조각, 아쉬움 몇 조각, 토라짐 몇 조각이 숨어 있었다.

삐진 거다, 삐진 거야.

하현은 잠시 입을 다물고 있다가 한숨을 조금 길게 내쉬었다.

"좀 부끄러운 이야기인데도요."

"저는 더 부끄러울 일도 없습니다."

"제가 안 멋있어 보일 수도 있습니다."

"하면 이제 제가 안 어여쁘십니까?"

이번에도 두 손을 든 건 하현이었다. 매번 톡톡 돌아오는 대꾸에 그는 할 말이 없어져 버린 것이다.

이제껏 많이 울고 많이 못난 모습 보였으니 더 이상 자신이 예뻐 보이지 않느냐는 말에 해 줄 말이 무엇 있을까. 그래서 하현은 말 대신에 쪽, 그녀의 입술에 제 입술을 살짝 얹었다가 천천히 얼굴을 들었다.

"사람이 죽는 것을 보고 왔어요."

"……."

연화는 가만히 하현을 올려다보았다. 솔직히, 사실대로 말하면 조금은 눈치채고 있었다. 어젯밤 급하게 나가기 전에 그가 했던 통화가 심상치 않았으니까.

환자, 수술, 상태, 그리고 그때의 분위기만으로도 충분히 무슨 상황인지 상상할 수 있었다. 안 좋은 일이구나. 그리고…… 그게 맞았구나.

"난 심장 수술에 트라우마가 있어요. 참관할 때도, 집도할 때도 항상 매번 문제가 있었죠. 내 전공이 그건데, 내가 의사를 하고 싶은 이유가 그건데."

"……."

심장, 이라는 말에 왜일까 연화의 마음이 철렁했다. 매번 아픈 곳이라 그런 것일까, 두근두근하는 심장이 자신을 부른 것이냐며 크게 박동하는 것만 같았다.

그리고 하현은 잠시 입술을 깨물었다가 다시 말을 이었다.

"사람들이 제게 묻곤 했습니다. 하고많은 과 중에 왜 흉부외과냐고, 왜 하필 힘든 길을 가려고 하느냐고요. 하지만 나에게는 다른 길은 보이지 않았어요."

"왜요? 심장이 당신에게 무슨 의미라도 있는 건가요?"

연화의 조용한 물음에 하현이 잠시 말을 멈추었다. 내게 무슨 의미가 있냐고. 글쎄, 이제까지는 깊이 생각해 본 적이 없었다. 예전부터 하고 싶었던 거니까, 늘 마음에 두고 있었던 꿈이니까. 그런데 정말로 어째서, 내가 그것을 하고 싶어 했던 거지?

하현이 조금 생각에 잠겨 있다가 천천히 입술을 뗐다.

"글쎄요, 정확하게는 모르겠습니다. 생각해 본 적이 없어요. 다만……."

하현의 머릿속에 예전, 어렸을 적의 기억이 몇 개 떠올랐다. 검은 양복을 입고 고급 승용차에서 내리던 남자들, 화려한 모피 코트를 입고 또각거리던 구두 소리, 그들에게 다닥다닥 달려 있던 엄청난 양의 징그러운 악령. 그리고…….

'너, 사람을 살리고 싶다고?'

자신에게 내밀어지던 손, 은 교수의 손이었다. 그 길로 따라나섰다. 사람을 살리는 손, 사람을 살게 하는 손, 그리고 그 손이 만지는 것, 심장. 그게 전부였다.

"사람을 살리고 싶었고, 사람을 살 수 있게 하는 원동력, 쿵쿵 뛰어 온몸에 생기를 불어넣는 것…… 심장, 그게 유일한 내 관심사였어요. 하지만……."

하현은 쉽게 말을 잇지 못했다. 힘들었다. 하면 할수록 스스로에게 확신이 들지 않았다. 이게 맞는 걸까, 이 길이 맞는 걸까, 괜히 엄한 길로 나가고 있는 것은 아닐까. 정말로 운명이라는 게 있고 그 운명이 앞을 자꾸만 막는 것일까, 다시 제 길로 돌아오라고 부르는 게 아닐까. 그렇다면 포기하는 게 맞는 게 아닐까.

"하지만 이제는 잘 모르겠……"

"저는 역시 당신이 부럽습니다."

부럽다고?

말을 이으려던 하현이 멈칫했다.

연화는 조금도 티 없는 눈으로 하현을 바라보고 있었다.

"무언가를 하고 싶다는 생각을 하고 있잖습니까. 목표가 있고, 그 목표를 위해 나아가고 있는 중이지요. 이걸 현재진행형, 이라고 하는 게 맞지요?"

이 와중에도 깨알같이 공부한 것을 맞게 사용하는 모습이 귀엽다면 자신을 정말 중증인 걸까. 연화가 조곤조곤 말을 이었다.

"살아 있을 적 제 목표는 조금이나마 더 살아남는 것이었고, 지금 제 목표는 마지막 날까지 무사히 당신 곁에 남아 있는 것입니다."

"……."

"그리고 만약이라는 게 있어서 다시 한번 태어난다면 저 또한 사람을 살리고 싶네요. 그것이 어떤 방향이든."

그러며 생긋 웃는 모양이 어쩐지 슬플 정도로 해맑아서 하현은 그냥 그녀를 가만히 안고 말았다.

왜 항상 당신은 나를 위로해 주는 것일까, 어떻게 매번 이 아픈 마음 위를 만져 주는 걸까. 그렇게 쉽게, 다정하게, 망설임 없이.

하현은 연화를 담뿍 품에 안은 채로 천천히 자리에서 일어났다. 아침이 밝아 오고 있었다.

"어떤 방향이라면, 예를 들면 어떤 쪽입니까?"

"음……."

이제 꽤 익숙해진 것일까, 처음에는 싫다고 무섭고 불편하다고 파닥거리곤 했는데 이제는 안겨 있는 모양이 퍽 안정적이었다. 그러면서 고개까지 갸웃거리는 게 정말 새 같아서 하현이 결국 작게 웃었고, 그러나 그것을 눈치채지 못한 듯 연화가 고민하다가 톡 꺼내 놓았다.

"심리 상담사?"

"상담사요?"

예상치 못한 말에 하현이 눈을 동그랗게 떴다. 하지만 곧 납득한 표정이 되었다. 전혀 생각하지 못했지만 생각해 보니까 제법, 아니 아주 많이 어울렸기 때문이었다.

심리 상담사라.

"왜 갑자기 그런 생각을 했어요? 그렇게 보니까 되게 잘 어울리네."

"진정 제게 잘 어울립니까? 다행이어요, 혹여 우스워하시진 않을까 염려했는데."

"또 그 말투 나왔다. 연화 씨 엄청 기쁜가 보네요."

"……그렇게 콕 집어 말하지는 말아 주세요."

하현이 킥킥 웃음을 삼켰다. 그녀 또한 이제는 제법 현대 말투에 익숙해졌지만, 화가 많이 나거나 몹시 많이 당황했거나 혹은 엄청 기쁠 때는 이처럼 옛날 말투가 튀어나오곤 했다. 그게 더 귀엽다고 하면 뭐라고 할까 궁금해졌지만 지금 중요한 건 그게 아니었다.

하현은 재차 다시 물었고, 연화는 조금 주저하다가 대답했다.

"어떤 책에서 본 적이 있습니다. 의사는 몸의 아픈 곳을 고쳐 주고, 심리 상담사는 마음의 아픈 곳을 고쳐 준다고요. 부족하나마 저는 다른 이의 말은 얼마든지 들을 수 있으니, 당신이 그들의 아픈 몸을 어루만진다면 저는 다친 마음을 어루만지고 싶어요."

다친 마음을 어루만진다, 딱 연화다운 말이었다. 하현은 고개를 끄덕이며 폴딩 도어를 가만히 옆으로 밀고 그녀를 안은 채로 침실에 들어섰다.

불투명한 커튼 너머로 이른 아침의 햇빛이 조금씩 비쳐 들어오고 있었다.

"그럼 지금은 나를 좀 어루만져 줄래요?"

"그……!"

연화의 얼굴이 새빨갛게 달아올랐다.

"아니, 그, 저, 내가 말한 건 마음이었다고요!"

"그럼 난 몸이니까 해도 되겠네요."

그러면서 옷깃 사이로 은근히 들어오는 손길에 연화는 순간 말을 못 잇다가 결국 소리 내어 웃고 말았다.

정말, 정말, 정말이지 당신이라는 사람은.

"짐승이에요."

"크왕."

이내 방은 다시 깜깜해졌다. 잃었던 밤의 자락이었다.

* * *

마룻바닥을 달리는 발이 급했다.

왜 이렇게 길지, 왜 이렇게 멀지, 왜 이렇게…… 차갑지.

미르는 입술을 악물며 급히 달렸다.

제발, 제발. 제발. 그러지 말아요, 차가워지지 마.

"그때처럼 날 때려도 좋아요. 어디 감히 여자 몸에 손을 대냐고 소리 질러도 좋으니까 제발, 이러지 말아요."

말이라도 해 줬으면 좋겠는데, 그저 속삭이기만 해도 조금은 안심할 것 같은데 그의 바람과 달리 파는 아무런 말도 하지 않았다. 아니, 의식조차 없는 것 같았다.

안 돼, 안 돼, 안 돼. 미르는 주위 사람들이 놀란 눈으로 바라보는 것을 무시하고 다리를 재촉했다. 제발, 제발.

"가주님!"

평소에는 절대로 없었던 일이었다. 해서도 안 되었고, 할 생각도 못 할 행동이었다. 집 안에서 달리는 것조차도 야단맞을 일이었으니까. 그 정도로 이곳을 이렇게 허락 없이 불쑥 찾아드는 건 거의 불경에 가까운 일이었다. 가주의 방은 사전 허락을 받고 예의에 맞게 찾아뵈어야 하는 곳이었다.

그러나 지금 미르는 다른 생각을 할 수 없었다. 그리고 가주는, 이미 다 알고 있다는 표정으로 차분하게 앉아 있었다. 노크도 없이 문을 벌컥 열고 급히 구슬발을 젖힌 팔이 멈칫했다. 미르의 눈동자가 가늘게 떨렸다.

"가주, 님."

"앉거라."

이분은 대체 어디서부터 어디까지 알고 계신 걸까. 내가 찾아올 것도, 파가 이리될 것도 다 알고 계셨던 걸까.

미르가 입술을 꾹 깨물면서 가주의 맞은편 자리에 앉았다. 그의 손에는 여전히 푸른 검이 단단히 잡힌 채였다. 미르는 앉자마자 파를 그녀 앞에 내려놓았다.

"파가 공격받았습니다."

"안다."

안다고? 미르가 입술을 꽉 깨물었다.

"하면 다친 것 또한 아십니까?"

가주는 대답을 하지 않았지만, 그녀의 눈빛은 모든 것을 알고 있는 듯했고 미르는 그녀가 이 역시 알고 있음을 직감했다.

늘 청량하고 맑고 늘 웃는 얼굴이던 그의 얼굴에 처음으로 다른 감정이 스치고 지나갔다.

"혹시 일부러 그러신 겁니까?"

"……."

미르는 이를 악물었다. 아까 파에게 했던, 자신이 말했던 게 자꾸만 머릿속에 맴돌았다. 파를 치료하기 위해서, 그녀가 재차 안에 갇혔을 때 두드리기 위해서 열어 두었던 그녀의 문이 자꾸만 마음에 걸렸다. 그 문을 통해 이원이 들어갔으니까, 그 문을 통해 그녀가 공격받았으니까.

다시 미르의 표정이 괴로워졌다. 내가 좀 더 빨리 알았더라면, 좀 더 빨리 갔더라면 그렇게 힘들지 않았을 텐데, 다치지 않았을 수도 있었는데.

"혹시 일부러 그 문을 열어 두신 거냐고 여쭈었습니다."

"그 문이 아니었으면 네가 들어갈 수 있었을까."

"하나, 그 문이 아니었으면 침입조차 못 했을 수도 있습니다."

"어리석은 것."

나직한, 하지만 날카로운 일갈에 미르는 움찔한 모습으로 가주를 바라보았다.

나이가 꽤 있음에도 불구하고 그녀의 머리카락은 반질반질 윤이 도는 새까만 머리였다. 또한 그녀의 눈동자에서는 엄청난 기가 뿜어져 나오고 있었다. 당대 최고 무당이라는 말이 괜히 있는 것이 아닌 것이다.

그리고 미르는 그런 그녀를 자신이 똑바로 마주하고 있음을 절절히 느낄 수 있었다. 자신에 비해 몹시도 자그마한 체구에서 무형의 힘이 쏘아지듯이 뻗어져 나왔기 때문이었다. 마치 거대한 파도 앞에 서 있는 것만 같은 느낌에 미르의 손가락이 잘게 떨렸다.

아래로 어슷하게 기울어진 새하얀 머리 위로 가주의 목소리가 무거운 돌덩이처럼 떨어졌다.

"연화 그 아가가 처음 악몽을 꾸었을 시에도 파의 문이 열려 있었을 것 같으냐? 그 이후에도 내내 열려 있었을 것 같으냐는 말이다. 송씨 가문의 악한 수법 중 하나는 사람의 약한 구석을 파고드는 것이다. 그것이 산 사람이든 죽은 사람이든 가리지 않아. 사람이 가진 가장 물렁한 구석을 노리고 그곳을 집중적으로 치는 것이다. 수없이 두드리면 작은 틈이라도 생기기 마련이니까."

사람의 가장 물렁한 구석. 미르의 눈동자가 흔들렸다. 그리고 그 긴말을 한 번에 꺼내 놓은 가주는 조금도 숨찬 기색 없이 이어 말했다.

"하여 그년은 저 아가를 노린 것이다. 계약은 몰랐을 수도 있어. 하나 저 아이의 힘만으로도 충분히 노릴 법했지, 먹음직해 보였겠지. 속이 빈 강정이라는 것을 눈치채게 하지 않으려 그리 노력했으니까."

미르의 시선이 반사적으로 파를 향했다. 그렇게 노력했다고. 숨기려고 애썼다고.

왠지 눈물이 나올 것 같았다. 홀로 두려움과 고통, 불안함을 감당했을 마음이 상상되어서 속상하고 안타깝고 마음이 아팠다.

가뜩이나 목소리와 마음을 들어 줄 사람이 하나도 없는데, 나밖에 못 듣는데. 나에게라도 말하지, 기대지, 털어놓지.

"그리고 내가 침입자를 알아채지 못했을 것 같으냐. 어림도 없는 소리, 어디에서 무엇이 왔는지, 그것이 생령인지 모를 리 없지. 그리고 그년이 지금 무슨 짓을 하려는지까지도."

"아신다고 하셨습니까?"

미르는 조금 전 엄하게 야단맞은 것도 잊고서 거의 달려들 듯 물었지만 가주도 이번에는 그를 책하지 않았다. 그 대신 고개를 끄덕였다.

"하나 구태여 손을 들 필요 없다. 이미 안에서부터 무너지고 있으니. 또한 원한은 원한을 낳는 법, 굳이 이 손을 더럽힐 필요는 없지."

안에서부터 무너지고 있다…… 그 말은 송씨 가문을 두고 말씀하시는 것이겠지.

하지만 지금 그건 그가 알 바 아니었다. 미안하지만 현재 미르는 그런 것에 관심 없었다. 그에게 지금 가장 급한 건 눈앞에 있는 사람이었다. 파, 파.

"그럼 파는, 무사한 겁니까?"

"무사해 보이느냐?"

일부러 그렇게 물었지만 이렇게 역으로 물어봐 올 줄을 미르는 몰랐다. 희망을 담고 물은 것이지만 절망으로 돌아온 것이다.

맑았던 미르의 얼굴이 흙탕물처럼 흐려졌다. 그리고 그는 대답하지 못했다. 본 게 있었고, 들은 게 있었으니까. 아무 말 못하는 그에게 가주가 천천히 손을 뻗어 푸른 검을 가만히 쥐었다.

어쩐지 따뜻해 보이는 그 손길에 미르의 눈에 얼핏 희망이 스쳤다. 하지만 가주는 단언했다.

"이 아가는, 이제 한계이니라."

"……!"

그 단호한 말에 미르의 눈이 경악으로 물들었다. 그녀가 한계라고, 끝이라고?

"어, 어째서입니까. 가주님의 힘으로 붙들면 되지 않습니까. 채우면 되지 않습니까! 그만한 힘이 있으시잖습니까!"

"부러진 막대기를 끈으로 동여맨다 한들 그것이 붙을 수 있을까."

말이 턱, 막혔다. 부러진 막대기라고?

그리고 그런 그를 가주가 깊은 눈으로 바라보았다.

"물론 산 사람은 다를 수 있다. 부러진 뼈를 동여매고 충분한 휴식과 치료를 한다면 시간이 흐른 뒤 다시 붙겠지. 하지만 영은 그렇지 않으니."

"……."

안 돼, 그만두세요. 더 이상 제게 설명하지 말아 주세요. 미르는 울고 싶어졌다. 설명을 들을수록 납득이 되는 스스로가 싫었다. 왜 안 되냐고, 되게 해 달라고 마지막까지 억지를 부리고 싶은데 그녀의 말을 이해하게 되는 것이 싫었다.

가주가 무심한 듯 이어 말했다.

"영은 잘리면 그만, 뚫리면 그만이다. 치료를 할 수 없어. 그때, 내가 이 아가에게 해 준 것도 치료가 아니었어. 상한 그 몸 위로 보호막을 한 겹 둘렀을 뿐이었다. 그리고……."

가주의 시선이 다시 푸른 검에 닿았다. 그리고 그녀의 눈에 가득한 감정을 본 순간, 미르는 하늘이 무너지는 것을 느꼈다. 그 감정은, 연민이었다. 안 된다는 말보다 백번 확실한 눈빛이었다.

엄습해 오는 절망에 미르의 눈앞이 새까매지는데 가주의 목소리가 그 어둠에 얹혀 귓가를 때렸다.

"원체도 약해진 몸에 또 구멍이 크게 뚫렸으니 이제 둘 중 하나겠지."

"둘 중 하나라 하심은……."

"안에서 나오지 못하든, 영영 사라지든."

"……!"

미르의 눈동자가 절망으로 새까맣게 물들었다. 하지만 가주는 그 말을 끝으로 자리에서 일어났다. 해야 할 말을 다 했다는 표정이었다.

그 얼굴에서 명백히 드러나는 축객령에 미르도 천천히 자리에서 일어났다. 발이 저려서일까, 그의 몸이 잠시간 비틀거렸다. 아니, 더욱더 저린 건 마음이겠지.

힘없이 문턱을 넘어가는 그 등으로 가주의 목소리가 흐르듯 닿았다.

"노력해 봐야 소용없으니 그 마음 접거라. 네가 지금 해 줄 수 있는 건 잘 보내 주는 것뿐이야."

탁, 가만히 닫은 문 앞에 넓은 등이 쓰러지듯 기대었다. 미르가 손에 들고 나온 파를 바라보았다. 그의 눈에 눈물이 점차 고여 뺨을 타고 흘렀다. 하얗게 탈색한 자신의 머리만큼이나 점점이 새하얀 검날을 젖은 뺨에 비비었다.

“잘 보내 줄 수 있을 리가 없잖아. 보낼 수 있을 리가 없잖아.”

이제야 조금 친해졌다고 생각했는데, 닿았다고 생각했는데. 전해졌다고 생각했는데 갑자기 이렇게 되는 게 어디 있어.

미르는 마음속으로 파를 불러 보았다.

들려요? 듣고 있죠?

“파. ……파.”

그러나 푸른 검은 차가웠다. 평소의 온기가 조금도 느껴지지 않았다. 미르의 뺨이 더욱더 젖어 들었다.

“대답해 줘요, 말이라도 해 줘요. 나오는 것은 바라지도 않으니 왜 부르냐고 생각이라도 해 줘요. 제발. 나를 생각해 줘요.”

하지만 아무런 소리도 나지 않았다. 아무런 목소리도 울리지 않았다. 귀와 마음 둘 다, 조용했다. 침묵뿐이었다.

*　　*　　*

새하얀 방에는 침묵만이 가득했다.

아무런 소리도 들리지 않고, 어떠한 기척도 느껴지지 않았다. 시계 초침 소리도 없는 고요함이 가득했다.

그 방 안에서 이원은 눈을 감고 생각에 잠겨 있었다. 한참이나 눈을 감고 있던 이원이 툭, 혼잣말을 내뱉었다.

"그 망할 것이 또 나를 밀어냈어."

토할 것 같은 느낌이었다. 억지로 뿌리가 뽑혀 있는 힘껏 내어 던져지는 기분이었다.

체력은 물론이고, 정신력도 상당히 소모되어 손가락 하나를 까닥하는 것조차 짜증이 났다. 하지만 무엇보다 화가 나는 건 이번 역시 실패라는 것이었다.

"……젠장."

몇 번이나 당했지만 도무지 익숙해지지가 않았다. 익숙해진다면 그것도 엄청나게 기분 나쁘긴 하겠지만.

긴 소파에 반듯하게 누워 있던 그녀의 입술이 새하얗게 짓이겨졌다.

"거의 다 했다고 생각했는데…… 그 입만 산 년을 반 뚫어 놨는데!"

화가 나서 견딜 수가 없었다. 너무나도 분했다. 다 된 밥상이 다 엎어진 기분이었다.

괘씸한 말을 하던 계집, 생긴 것은 여우같이 생겨서 하는 말도 딱 그 모양대로였다. 사람의 기분 나쁜 구석만 살살 긁어내어 송곳처럼 파고드는 년이었다. 단발머리 계집이 했던 말을 되새기자 이원은 다시 기분이 급격하게 안 좋아졌다.

"제까짓 게 뭘 안다고 그딴 말을 지껄여. 그래 봤자 검에 오래도록 눌어붙은 오래된 귀신 주제에."

신물? 웃기고 있네. 부수면 그만이고 소멸시키면 그만이었다. 그래 봤자, 오래 묵은 귀신밖에 더 되냔 말이다. 그렇게 생각해 그 검의 몸통을 뚫었는데, 또 막히고 말았다. 내내 감고 있다가 번쩍 뜬 이원의 눈에 불꽃이 하얗게 튀었다.

"그 남자는 또 뭐냐고!"

매번 방해꾼들이 생겼다. 매번 이런 식이었다.

곧이어 이원은 이번에 자신을 내쫓은 남자의 힘이 낯설지 않다는 걸 깨달았다. 지난날, 자신의 영가들을 둘로 쪼개어 하현이 있는 병원과 하현의 집으로 각각 보낸 적이 있었다. 그때 하현의 집에 있다가 돌아온 몇몇 영가가 보고하기를 흰 용이 보호하고 있다고 했었다.

이원의 입매가 일그러지며 그 안의 붉은 잇몸이 드러났다.

"흰 용은 개뿔, 미꾸라지겠지. 용이 될 거면 뭘 물고 있어야 할 거 아냐."

주체 못 할 화로 가득 물들어 있던 이원의 눈이 순간 멈칫했다.

"가만. 정하현 옆에 용이 있다고? 한 집안에 같이 있는 거야? 왜?"

그 집안에서 그와 대등할 만한 존재를 옆에 바로 붙여 둘 리는 없었다. 하나가 하나를 잡아먹을 텐데 왜 곁에 붙여 둘까. 서로를 자극하려는 것이라고 하기에도 위험했다.

최선일 경우 서로를 자극해 힘을 더욱 키우는 것이지만, 최악의 경우에는 상충하여 화를 입거나 하나가 다른 하나를 눌러 버릴 테니까. 그렇게 되도록 정씨 가문에서 정하현을 놔두지는 않을 터였다. 생각에 잠겨 있던 이원의 눈이 미미하게 빛났다.

"미끼인가?"

그렇기에는 너무 헌신적으로 개 노릇을 하던데.

잠시 후, 곧 이원은 코웃음을 쳤다. 개든 용이든 미꾸라지든 그녀에게는 아무 상관이 없었다. 알 게 뭐람, 방해물은 없애면 그만인걸.

그리고 그녀의 머릿속에 곧바로 떠오른 건 아까 코앞에서 놓쳐 버린 검이었다. 이원의 눈길이 자신의 머리카락에 닿았다. 허리쯤에서 찰랑거리던 결 좋은 검은 머리카락은 어느새 등까지로 줄어 있었다. 반듯한 모양이 마치 칼로 석둑 베어 버린 것 같은 그런 모양이었다.

이원의 눈동자가 재차 움직여 저 앞 탁자 위에 놓여 있는 레터 나이프에 닿았다. 입술 새로 얕은 한숨이 새어 나왔다.

"구슬도 몇 없고."

이제는 몇 개나 남았으려나, 손에 닿는 게 그리 많지 않았는데. 그래서 그 검을 노렸다. 그들을 보호하던 게 그들을 공격하게 된다면 그 모양이 꽤 볼만했을 테니까, 재미있는 표정을 볼 수 있었을 테니까.

하지만 상황은 그녀가 생각한 시나리오대로 움직여 주지 않았다. 단 하나도.

"힘을 쓸 수도 없어."

이원이 눈을 감았다. 왜 나는 이럴까, 왜 이렇게 약할까, 왜 이렇게…… 힘이 없을까. 마음대로 쓰고 싶었다. 걱정 없이 무한히 휘두르고 싶었다.

하지만 자신에게는 정해진 한도가 있었고, 방금 전 그 행동으로 인하여 지금 몸에는 남아 있는 힘이 없었다. 정말 조금도, 그녀의 능력치는 거의 0에 수렴하고 있었다.

"체력도 거지, 힘도 거지, 대체 나한테 있는 게 뭐냐고."

원망스러웠다. 너무 원망스러웠다. 아예 아무것도 모르면 상관없었겠지만 정해진 힘과 무한한 힘, 힘이 있는 집안과 그렇지 않은 자신의 집안, 그리고 자신에게는 없는…… 사람들이 있다는 것을 알고 있었다.

한없이 부러웠고, 한없이 원망스러웠고, 한없이 짜증이 났다. 그리고 그 이상으로 스스로에게, 이 집안에 실망스럽고도 환멸이 났다.

"나라고 이런 집안에서 태어나고 싶었는지 알아? 나라고 이딴……."

일을 하고 싶은 줄 아냐고.

그저 인정받고 싶었고, 사랑받고 싶었고, 대우받고 싶었었다.

"사랑은 무슨, 무시라도 당하지 않고 싶었는데."

그게 왜 이렇게 어려울까. 남자도 후리지 못하는 쓸모없는 년,

밥버러지…… 왜 그딴 말을 듣고 살아야 하는 걸까. 왜. 왜.

하현을 유혹하려고 했지만 실패했고, 그가 아끼는 검을 가지고 오려고 했으나 그것 또한 실패했다. 그리고 이제는…… 정해진 선택지를 따라야 했다.

단번에 떠오르는 그 모습에, 붉은 실의 모양에, 그 실의 끝에 매어 있는 새하얀 것의 모습이 떠올라 이원의 입매가 단단히 다물어졌다.

그때였다.

드륵드륵드륵—

사방에서 소름 끼치는 소리가 울렸다. 마치 커다란 돌덩어리가 데굴데굴 굴러다니는 듯한 소리였다. 그 소리에 이원이 소스라치게 놀랐다가 흔들리는 눈빛으로 주위를 둘러보았다.

"사방에서 소리가…… 들려."

이전에는 자신의 구슬에서만 들을 수 있었던 일종의 경고 같은 것이었다. 그가 자신을 찾는다고 알려 주는 소리였다. 그런데 이번에는 집 안 전체가 자신에게 알려 주고 있는 것이었다.

"왜…… 갑자기 왜?"

무섭기도 하고 얼떨떨하기도 하고 조금은 기쁘기도 했다. 하지만 지금 중요한 것은 그게 아니었다. 그가 자신을 부르고 있다는 것, 그게 우선이었다. 만약 서둘러 가지 않는다면 그가 이 방에 올 수도 있을 터, 그것은 정말이지 최악이었다.

'패륜을 하도 아무렇지 않게 하는 작자라.'

절대로 그가 자신의 방 가까이에 오게 하고 싶지도 않았다. 이윽고 새하얀 방에 그늘이 지더니 잠시 후, 탁 어둠이 닫혔다.

*　　*　　*

"뭐라고요?"

그의 방에 오자마자 들려온 소리는 평소와 같은 욕이 아니었다. 저를 향한 비꼼도 아니었고, 비웃음도 아니었다. 선을 넣었다는 통보 또한 아니었다. 자신이 생각하는 범주의 이야기, 그 이상을 들어 제대로 이해가 되지 않았다. 그래서인지 이원은 아무런 감정이 없었다.

내가, 지금, 무슨 말을 들은 거지?

"뭐라고…… 하셨습니까, 방금?"

"새 아내를 들이겠다고 했다."

잘못 들은 게 아니야. 헛소리가 아니었다. 환청이 아니었어. 새 아내라니, 그럼 어머니는, 내 엄마는 헌 아내라는 말인가? 재혼을 하겠다, 도 아니고 새 아내를 들이겠다니.

이원은 이를 갈았다. 인간 말종 같으니.

게다가 더욱더 화가 치미는 것은 그의 배신 때문이었다. 말 바꾸는 게 손바닥 뒤집듯 일상적인 인간이라는 것은 알았지만 이번엔 정말이지 도가 지나쳤다.

이원의 새까만 눈동자가 파르르 떨렸다. 경악으로 물들었던 자리 위에 분노가 어른거려 완연히 덮었다. 분노와 배신감으로 뒤섞인 눈빛이었다.

"지금 제정신이십니까? 진심이시냔 말입니다. 후대는 저에게 맡기신다면서요, 저에게 가문의 대를 넘기신다면서요!"

"네가 하는 게 있어야지."

"……!"

또다. 또 이렇게 이야기가 흐르고 만다.

네가 한 일이 없으니까, 해 놓은 게 없으니까, 할 수 있는 것도 없으니까. 그러니 어쩌겠느냐, 내가 움직여야지. 항상 이런 식이었다. 이어진 그의 말에 이원의 얼굴이 딱딱하게 굳어졌다.

"정씨 놈을 이어 주려 했더니 그놈은 거부하고, 그놈을 유혹하겠다던 년은 씨를 배기는커녕 배를 맞대지도 못했고. 그러니 어쩌겠느냐, 볼 만큼 다 보았으니 이제 내가 움직여야지."

사람이 아니야.

이원은 속으로 단언했다. 저거는, 사람도 아니야.

자식을 두고 일러 씨를 배어 오라는 이가 아비일까, 자식을 도구로 생각하는 게 부모일까.

그리고 이원은 비로소 완전히 인정했다.

내내 부정했지만, 늘 그 정도는 아닐 거라고 애써 부정했지만 자신의 아버지는 자신을 그저…… 대를 잇기 위한 도구로만 생각하고 있었다.

지금 저 사람은, 아버지라는 호칭으로 부르기에도 소름 돋는 저 인간은 새 아내를 들여 후대를 보겠다, 그 말을 내게 전하고야 말았다.

어머니는 대체 무슨 생각이셨을까. 어떤 콩깍지가 꼈길래 한때나마 저 인간을 사랑하고 자신을 배고 낳았을까.

정말이지 저 인간은 처음부터 끝까지 아들 생각뿐이었고, 아들을 낳지 못한 자신의 어머니는 더는 그의 안중에 없었다. 불임이 된 몸이었기에 더더욱.

'엄마…… 난 절대 용서 못 해요. 납득하지도 못해요. 절대로 받아들일 수 없어요.'

절망, 낙심, 체념, 분노, 억울, 원망 등등 하나같이 진득하기만 한 감정들로 온통 얼룩져 파들파들 떨던 이원이 가까스로 침착하게 입술을 떼었다. 그녀의 얼굴은 여전히 분노로 가득했다.

"불가합니다."

"네 허락 따위 필요 없다. 통보니까."

그 말에 이원은 더 이상 참지 못하고 이죽거리듯 말했다. 이렇게 된 판에 무서울 것은 없었다.

"예, 아무렴요. 그러시겠지요. 당신은 언제나 그랬으니까요. 제 결혼도 통보였는데 당신 것은 오죽하시려고요."

내 결혼 상대도 그에게 들었고, 선을 넣었다는 말도 후에 통보로 들었다. 그런 그에게 무엇을 더 기대할까. 하지만 이원이 말하려는 것은 그것이 아니었다. 그녀의 눈이 분노로 새까맣게 빛났다.

"어머니가 몇 년째 계속 실종 상태입니다. 이제는 더 이상 찾으려는 시도도, 찾는 시늉도 하지 않으시는 건가요? 본처가 실종 상태인데 그런 사람을 놔두고 재혼을 하시겠다니요. 새 아내를 들이신다니요!"

아직도 똑똑히 기억했다. 아들을 낳지 못했다고 매일 맞고 지내던 어머니, 불쌍한 어머니. 아들 따위 그게 도대체 뭐길래, 무엇이기에 사람을 저토록 괴롭게 하나 어린 나이에도 늘 생각했다.

매일 밤 괴롭게 들려오던 어머니의 비명 소리와 신음 소리, 숨죽인 울음소리가 아직도 머릿속에 그대로 남았다. 그리고 어느 날, 그녀가 자신에게 말했다.

'나와 함께 도망갈래?'

그 손을 잡았어야 했다. 어떻게 되든, 같이 죽든 살든 잡았어야 했다. 그렇게 손을 내밀기까지 그녀는 얼마나 많은 생각을 했을까, 용기를 냈을까, 포기를 했을까.

하지만 그때 이원은 어렸고, 밖이 무서웠고, 아버지가 무서웠다. 따라간다면 어떻게 할지, 얼마나 더 때릴지, 무섭게 굴지 겁이 났다.

그래서 이원은 그 손을 외면했다. 그리고 그녀는 모습을 감추었다. 같이 나가자던 그날 이후 그녀는 집 안에서 사라졌고, 이원은 마음을 놓을 수 없었다.

'집 안에서 사라진 걸까, 이 세상에서 사라진 걸까.'

생각하면 생각할수록 무섭고 슬퍼서 인정하기 싫었다. 그 손을 잡았더라면, 그랬다면 무언가 변하지 않았을까, 지금과 상황이 조금은 다르지 않았을까 하는 생각이 들어 견딜 수 없었다.

이원은 그 이후로 내내 어머니를 찾았다. 그녀를 찾기 위해 힘을 다해 노력했다. 그러나…… 소득은 하나도 없었다. 정말 단 하나도, 없었다.

그런 그녀의 외침에도 그녀의 아버지는 말 한마디 하지 않았다. 대답할 가치가 하등 없다는 냉정한 표정이었다.

이원은 그 모습에 화가 울컥 치밀어 올라 주먹을 꽉 쥐었다. 원래도 흰 피부가 새하얗게 질렸다. 저 사람에게 감정이 치밀게 하고 싶었다. 그의 얼굴 표정이 변하는 것을 보고 싶었다.

'나쁜 놈, 나쁜 새끼. 넌 벌 받을 거야. 나도 벌 받을 테지만 넌 그보다도 더 끔찍하게 벌 받을 거야. 하늘이 있는 이상, 신이 있는 이상!'

이원의 눈에서 불꽃이 튀었다.

"그럼, 그 사람은 압니까? 제 어머니가 계신 이상 절대로 법적 부부가 되지 못한다는 것을 아시냐고요. 그런데도 부득불 결혼하시는 거라면, 예, 그래요. 알아듣겠습니다. 하지만 두 분 사이에서 나올 아이는 분명 사생아일 겁니다. 이 집안의 대를 잇지 못할 거라는 말입니다!"

처음이었다. 어릴 적부터 폭력은 일상이었고, 철이 든 다음에는 말로도 폭력을 당했다. 몸이 먼저 익숙해진다고 해야 할까, 그래서인지 그녀는 아버지에게 목소리를 높이거나 말을 대꾸하거나 할 엄두도 내지 못했다.

하지만 더는 무리였다. 내내 꾹꾹 눌러 오던 화와 불만, 원망은 마치 용수철처럼 절제할 수 없을 정도로 튀어 올랐고, 이원도 더 이상 그것을 누르지 않았다. 결코, 누를 생각이 없었다.

그러나 그녀의 아버지는 역시 여러모로 대단한 사람이었다.

"네 어미가 그리된 지 몇 년이 지났는지 아느냐?"

이원의 눈동자가 흔들렸다. 몇 년이 되었는지 아냐고? 지금 그걸 나에게 묻는 건가? 그녀의 눈동자에 독기가 어렸다.

"당신은 기억하지 못할는지 모르겠으나, 저는 똑똑히 기억하고 있습니다. 12년 전……"

"그래, 12년 전이지."

독하게 말을 쏟아 내려던 이원의 입술이 멈칫했다. 그의 말투가 뭔가 이상했기 때문이었다.

과연, 남자는 의미 모를 미소를 짓고 있었다. 그것을 보자마자 온몸에 소름이 돋았다.

'왜, 왜 저런 웃음을 짓지? 왜 저렇게 소름 끼치게 웃냐고!'

그리고 나온 말은, 이원은 멍하게 만들었다.

"그리고 네 어머니는 이미 사망신고가 끝난 고인이고."

"……뭐라고…… 요?"

아무 소리도 들리지 않았다. 어떤 말도 이해가 되지 않았다. 자신이 들은 것이 무슨 뜻인지 알 수가 없었다. 말이 귀와 귀를 통해 그저 빠져나간 것처럼 느껴졌다.

뭐지, 내가 무슨 말을 들은 거지, 그가 대체 무슨 말을 한 거지, 뭐라고 한 거지? 뭐라는 거야?

"법적으로 완전히 죽은 사람이라는 말이다."

연거푸 푹푹 찌르는 말에 머리가 쾅쾅 울렸다. 목덜미가 아렸다. 어쩜, 어쩌면, 어쩌면 사람이 이리도. 이리도 잔인할까. 잔혹할까. 이원의 눈에 눈물이 들어차기 시작했다.

'죽은 사람, 법적으로도 죽은 사람, 그렇다면 이미 예전에 이 세상 사람이 아니었다는 거잖아. 죽었다는 거잖아. 진정 없다는 거야. 이 세상에, 이곳에. 엄마가, 엄마. 엄마.'

설마 이럴 줄은 몰랐다. 그가 더 이상 찾지 않는 건 알고 있었다. 찾는 시늉만 하는 것도 알았다. 찾을 수 없으니까 안 찾는 거겠지, 이미 없으니까 찾지 않아도 되는 거겠지, 그런 생각이 들었지만 믿지 않으려고 했다. 애써 부정하고 부정했다. 하지만, 지금 저 말에 자신의 모든 부정은 사실이 되었다.

풀려 있던 이원의 눈동자에 까맣게 초점이 잡히기 시작했다. 그 속에 분노가 이글거렸다.

'죽인 거야. 저 남자가 죽인 거라고. 결국 저 자식이 죽였어. 그러고서 그 연극을 한 거야. 슬퍼하던 게 모두 다 거짓이었던 거야. 가증스러운 놈, 역겨운 놈.'

"멍청한 네 머리로 아는지 모르겠다만, 실종 선고가 확정되고 5년이 지나면 사망 처리된다. 난 아주 오래 기다렸지. 네년이 말한 것처럼 자그마치 12년이야. 난 오히려 내 인내심을 대단하게 여겨야 하는 게 아닐까 싶은데."

"어떻게……."

"아, 어떻게 12년이나 기다렸냐고? 글쎄다, 이제 와서 말하는 거지만 이렇게 오래 참을 줄은 나도 몰랐으니까."

자신이 하려던 말은 어떻게 사람이 그럴 수 있냐는 것이었지만 남자가 한 말 또한 아예 헛짚지는 않았기에 이원은 구태여 정정하지 않았다. 그저 시선으로 뚫어 죽일 듯 그를 노려볼 뿐이었다.

남자는 그녀를 위아래로 두루 훑었다. 그 노골적인 눈빛에 이원은 온몸의 털이 바짝바짝 일어나는 것 같아 구역질이 났다.

"네가 성인이 되길 기다렸다."

"……."

내가 성인이 되길 기다렸다고? 왜? 무엇 때문에?

"더는 옆에 앵앵거리는 것을 두기 귀찮았으니까. 밤의 외로움을 풀 곳은 많으니 딱히 필요하다 생각하지 않았다. 그 귀찮음은 네가 해결해 줄 거라고 생각했지. 그 쉬운 것마저도 못하는 머저리일 줄 누가 알았을까. 응?"

이제 더 이상 놀랄 것도 없었다. 그에게 남아 있는 정도 없었다.

'앵앵거리는 것을 두기 귀찮았다고? 그럼, 그럼 어머니가 앵앵거리는 파리 같은 존재였다는 건가? 밤의 외로움을 풀 곳이 많아? 그 귀찮음을 내가 풀어 줘? 머저리? 누가 머저리인데. 누가 머저리인데! 누가 누구보고 지금 저딴 말을 하는 거야?'

그녀가 충격을 받든 말든, 다리가 풀려 자리에 주저앉든 말든 남자는 조금도 신경을 쓰지 않았다. 자기가 할 말만 그저 내뱉을 뿐이었다.

"그래서 내가 나서는 거다. 네가 너무도 일 처리를 못 하니까 내가 나서는 거라는 말이다. 한데 지금 누가 언성을 높이는 거지? 단 하나도 제대로 해 먹지 못한 년이 누구 앞에서 감히!"

미친놈. 이원은 단언했다. 저건 미친놈이야. 이야기가 안 통해. 상식이라는 게 통하지가 않아. 아니, 머릿속에 없어.

그리고 그 미친놈이 계속해서 말하고 있었다.

"다시 말해서, 내가 아이를 낳게 되면 그 아이는 너와 똑같은 적자라는 말이다. 그리고 만약 그 아이가 사내아이라면, 이야기는 아주 많이 달라지겠지. 그렇지?"

결국이라고 해야 할지, 아니면 마침내라고 해야 할지. 그의 속내가 그대로 드러난 잔혹한 말에 이 사이에 짓눌린 그녀의 입술이 새하얗게 질렸다.

이내 와득, 소리와 함께 입 안이 비릿해졌다. 하지만 조금도 아프지 않았다. 연거푸 날아든 아픈 말들로 인한 충격이 너무도 커서 고통을 느낄 수 없었다.

남자는 그런 그녀에게 단호하게 말했다.

"나가라. 그리고 정하현을 만나라. 만약 올해 안으로 네 계획이 성공하지 못한다면, 내년에 너는 이곳에 없다."

이건 협박일까, 경고일까.

아아, 그래. 사망 선고인 것일까. 하지만 이제는 괜찮아. 의욕도 목적도 이유도 다 사라졌으니까 괜찮아.

이원은 어슷하게 웃었다. 천천히 손을 뻗어 매끄러운 고동색 마룻바닥을 짚고 팔에 힘을 주어 상체를 먼저 일으키고서, 제멋대로 풀려 버린 다리에 있는 힘껏 힘을 주었다. 그리고 비틀비틀 일어나 똑바로 섰다. 그녀가 제 아버지를 바라보았다.

"생각, 없습니다."

당신의 생각을 따를 생각도 없고, 내년까지 이 집에 남아 있을 생각도 없고, 살아 있을 생각도 없다. 이원은 그렇게 말하고서 단호하게 몸을 돌렸다.

"내내."

저주받으시길. 저주 속에 살길. 억겁의 굴레 속에 지은 죄대로 그 머리 위에 겹겹이 업이 쌓여 고통받으시길, 간절히 빌었다.

그리고 남자는 이번에도 역시 그녀의 끊긴 말에는 전혀 관심을 두지 않았다. 그래서 이원은 참 다행이라고 생각했다.

'나의 주력은 저주이니까.'

* * *

사박, 사박, 사박—

걸음걸음 걸을 때마다 베이지색 긴 치맛자락이 바닥을 스치는 소리가 복도를 울렸다. 이제는 다시 돌아오지 않을 길이라 그런 것일까, 새삼스레 괴이했다.

귀신의 집, 악령의 집, 악귀의 집, 나의 집.

이원은 천천히 걸음을 멈추었다. 그녀가 서 있는 곳은 거실과 응접실, 자신의 방으로 향하는 길목과 아비의 방을 등진 자리, 모든 방의 입구가 보이는 자리였다.

"……예전에는 참으로 커 보였던 집 안인데 이리 보니까 왜 이리 조잡하고 허술해 보일까."

이게 사실인 거겠지, 이게 현실인 거겠지. 이렇게 무너져 내리고 있는 집 가운데 그래도 살겠다고 저리도 다닥다닥 들러붙어 있으니, 귀신의 집이 아니고 무엇일까.

이원은 중얼거리며 아까 방에서 홀린 듯 집어 왔던 것을 주머니에서 꺼냈다. 이미 치맛단을 찢은 모양인지 레터 나이프 끝에 베이지색 실이 여러 가닥 엉켜 있었다.

그리고 그녀는 그것을 손가락으로 떨어내고서 망설임 없이 자신의 손바닥을 그었다. 사악, 소름 끼치는 소리와 함께 새하얀 줄이 새하얀 살에 생기자마자 곧바로 붉은 피가 물들 듯이 그 금에 베였고, 이내 송송히 맺혀 멍울지기 시작했다.

이원은 주먹을 꽈악 쥐어 손바닥에 고인 피를 바닥에 떨어뜨렸다. 그녀의 상처에서 배어 나온 새빨간 피는 손바닥을 지나, 팔딱거리는 손목의 맥을 지나 밑으로 뚝, 뚜욱, 뚝 떨어지기 시작했고 나무 바닥 위에 점점이 떨어져 있던 핏방울들은 어느새 하나로 작게 고여 있었다.

이원은 천천히 손을 내렸다. 몹시 아팠지만, 쓰리고 아려서 차마 손을 펼 수 없었지만 후회하지 않았다. 이미 마음속에 수없이 생긴 생채기가 더욱더 아파서 견딜 수 있었다.

"이 정도로 만족할 순 없겠지."

듣고 있는 것 알아, 보고 있는 것도 알아.

이원은 사방에서 자신을 쳐다보고 있는 눈길을 느끼고 있었다. 각 방과 각 사물, 바닥과 천장, 벽 틈, 그리고 공기 중에서도 자신을 빤히 바라보고 있는 이 집의 영가들을 느꼈다. 그녀가 그들에게 말했다.

"이것은 계약금이다. 내 의뢰를 받아들인다면 나머지는 그 후에 지불하겠어. 관심 있나?"

나무 바닥임에도 불구하고 피는 그 안으로 스며들지 않았다. 무언가 꺼풀 입힌 듯 그 위를 어른거리기만 했다.

잠시 후 붉은 피 위에 잔상들이 조금씩 어른거리기 시작했고, 이윽고 그 표면이 보글보글 끓는 것처럼 보이자 이원이 입술 끝을 올렸다.

"계약 조건은 내 아버지를 죽일 것, 대가는."

비참하게 죽었으면 좋겠어.

고통스럽게 아팠으면 좋겠어.

나에게, 어머니에게, 우리에게 했던 그 이상으로 잔혹하고 처참하게 당했으면 좋겠어.

피를 즐기는 것들이니 당신의 몸 안에 도는 그 더러운 피도 쪽쪽 다 빨아 먹었으면 좋겠어.

그리고 기다려. 가서 내가 당한 만큼, 그 이상으로 모조리 다 갚아 줄 테니까.

이원의 입술이 아름답게 호를 그렸다. 그리고 정확하게 말을 만들어 내었다.

"내 몸이다."

* * *

가주는 가만히 반상을 바라보았다. 매끈하게 닦인 청동 놋 거울과 손잡이에 반질반질하게 손때가 묻은 방울, 그리고 이 방.

"……."

그녀의 시선이 방 곳곳에 찬찬히 닿았다.

적지 않은 나이로 세상을 살아오면서 참으로 여러 가지 일들을 많이 겪었다. 태어났을 때부터, 아니 어쩌면 태어나기 전부터 예정되어 있던 것처럼 신과 가까이 닿아 있었고, 자연스럽게 그들의 목소리를 들었고, 그들의 도움을 받았다.

몸에 큰 신을 담고 난 다음에는 글쎄, 마치 스스로가 신이 된 것 같았다. 그래서 찾아오는 이들의 앞날을 예견하고, 막힌 것을 뚫고 한을 풀어 주었다. 하지만 오만한 행동이라며 벌을 받은 것일까, 스스로의 한은 풀지 못했다.

붉게 칠한 입술이 씁쓸한 웃음을 그려 내었다. 그것이 담은 짙은 감정은 후회와 체념이었다.

'중이 제 머리를 깎지 못한다는 말이 딱 이 짝이지.'

진정 그랬다.

다른 이들의 앞날은 잘도 보면서 사랑하는 가족의 죽음은 보지 못했고, 막지도 못했다. 그 한이 이리 쌓여 속이 늘 답답했다. 지킬 이는 지키지 못하고 볼 것은 보지 못하고.

하여 하현만큼은 반드시 지키겠다고 생각했고, 늘 그의 곁을 자신의 힘으로 두루 둘렀다. 그가 눈치채지 못하게끔 조심히 겹겹이 둘러 그를 노리는 액으로부터 보호하려고 무딘 애를 썼다. 그러나…….

"가주님! 이쪽으로 좀 와 보십시오. 좀 이상합니다!"

예까지 들리도록 외치는 것을 보니 예삿일은 아닌 것 같았다. 가주는 후, 짧게 숨을 내쉬며 눈을 감았다가 떴다.

'세상일이라는 게 내 마음대로 되는 것이었다면 얼마나 좋을까.'

하지만 자신은 신을 담고 있는 그릇일 뿐, 신은 아니었다. 해서…… 전부 막을 순 없었다. 그 사실이 최근 들어 더 뼈저리게 느껴져서 주름살 없이 매끈한 얼굴, 그중 가장 깊은 눈매에 우물이 얕게 생겼다.

재차 자신을 부르는 소리에 가주는 자리에서 일어나 그녀를 부르는 있는 붉은 방으로 들어갔다. 그리고 속으로 중얼거렸다.

'하나 보십시오, 내 신이여. 힘을 주시고, 보여 주신 이상 도와주셔야 합니다. 막아 주셔야 합니다. 내 힘이 닿게 살피셔야 합니다. 하여, 하늘 아가와 그 아이를 이어 주신 것 아닙니까.'

달은 차고 기우는 법, 언젠가는 그림자에 완연히 가려지기 마련이었다. 그리고 하늘은 채 보름이 되지 못한 달, 하현에게 그 어둠을 예비했다.

'삭이 되기 전 보름의 조건을 갖추면 달이 될 것이요, 그렇지 않다면 그림자에 묻히리라.'

하현이 태어날 때 들었던 음성이었다. 예견이었다. 환청으로 치부하기에는 너무나도 뚜렷한 신의 음성이었다.

처음에는 무슨 말인지 몰랐다. 이해할 수가 없었다. 삭은 무엇이고 보름은 무엇이고 달은 무엇인지 가늠조차 할 수 없었다. 그런 자신을 답답히 여기신 것일까, 하늘은 여러 환상을 보여 주었다.

환히 뜬 달, 어둠에 묻힌 달, 그리고 월식.

태어나 한 번도 우주를 자세히 들여다본 적이 없었으나 그 꿈은 잊을 수 없었다. 두둥실 하늘 위로 떠올라 수많은 별 사이를 헤치고 나아가 달을 보았다. 어둠에 점차 잠식당하는, 잡아먹히는 달의 모습을 보았다. 그리고 하늘 아가를 마주하게 되었다.

보름에서 하루가 모자라 영가의 모습이 된 신, 어여쁜 꽃신의 모습을 한 새하얀 아이.

하여 그 아가의 모습을 미리 본 순간부터 둘이 만나길 기다렸다. 기다리고 기도했다. 만난 이후에도 늘 감사와 부탁을 기원했다. 지금이 삭이라는 그때가 아니길, 한참 후이길, 이미 연화를 만나 보름의 조건을 갖추었으니 무사히 달이 되길 바랐다. 하지만…….

와장창—

제단 위에 올려놓았던 놋그릇 접시들이 요란한 소리를 내며 바닥으로 굴렀다. 하지만 가주는 그것을 쳐다볼 생각도 하지 못했다. 그보다도 더 요란한 것이 있었다.

제 온몸을 태우며 미친 듯이 불을 뿜는 것이 있었다. 가주의 입술이 파들파들 떨렸다.

"너, 지금 바로 가서, 가서 빨리 미르 그 아이를 불러오거라."

가주는 중심을 잃은 것처럼 몇 번 비틀거리다가 이마를 짚었다. 만약 곁에 서 있던 사람이 급하게 잡아 주지 않았다면 아마 저 그릇들처럼 이 바닥을 구르고 있었을지도 모를 일이었다.

한 번도 이런 적이 없던 그녀의 흔들리는 모습에 곁에 서 있던 이가 걱정스레 그녀를 불렀다. 하지만 가주는 그녀의 손길을 가만히 뿌리치고서 버릇처럼 두 손을 가슴 앞에서 하나로 모으고 눈을 감았다.

'제발, 제발 나의 신이여. 들으소서. 막으소서. 도우소서.'

"가주님, 괜찮으십니까?"

바로 곁에서 건네 오는 말이었지만 그녀의 귀에는 그 무엇도 들리지 않았다. 속이 타고 마음이 탔다. 애간장이 탔다.

'하현아, 반달아, 내 달아. 어째서 네 앞은 이리도 매번 험난할까. 내 앞은 이리도 굴곡질까.'

다음 순간, 갑자기 눈앞에 펼쳐지는 환상에 가주는 와락 입술을 깨물며 눈을 감았다 떴다. 새하얗고 옹골찬 용과 솜털같이 하얀 구름이 달을 두루 둘러 감싸고 있었다.

하지만 그것은 아주 짧게 보인 환상이었고, 그녀가 눈을 재차 깜빡였을 때에는 이미 사라지고 난 후였다.

그리고 눈을 뜬 가주의 눈에 붉고 검은 방 하나 가득 차지하고 있는 수많은 초 중 가장 앞쪽에 있는 초 두 자루가 맹렬하게 타는 모습이 보였고, 그것을 본 즉시 그녀의 입술에서 노호가 튀어나왔다. 곁에 선 이를 향한 화살이었다.

"빨리 안 가고 여태껏 뭐 하고 있었던 게야, 어서 서둘러!"

"네!"

그녀의 명이 떨어지기가 무섭게 여자가 급히 문을 열고 나갔고, 가주는 입술을 악다물며 눈앞을 노려보았다.

새파란 불꽃을 튀기며 빠른 속도로 녹아내리고 있는 그 두 자루는 그녀가 가장 아끼는 아들 둘의 것이었다. 가족이었다. 손자들이었다.

바로 하현과 미르의 초였다.

* * *

"들려요?"

혼잣말도 많이 하면 버릇이 된다고 했던가, 예전부터 귀신이 대답하니까 밤에는 하지 말거라, 낮에도 몰려든단다, 이런 말을 많이 듣고 자란 미르에게는 매우 익숙한 말이었다.

당시에는 자신을 겁주려고 하는 말이었겠지만 그들은 알까, 진실로 그들의 말이 맞았다는 것을. 그가 혼잣말을 할 때에는 곁에서 곧 고약한 냄새들이 풍기곤 했다. 고약하거나 미묘하거나.

그러나 이 사람은 참 그윽하단 말이지.

'뭐, 아주 많이 심심할 때면 혼자 주고받는 대화도 했었는걸. 게다가 지금은 번듯한 대상도 있고.'

미르는 피식 웃었다. 그의 눈길 끝에 푸른 검이 단정하게 놓여 있었다.

미르가 기다란 두 다리를 제 몸 쪽으로 끌어당겨 가지런히 접고서 그 무릎 위에 자신의 턱을 턱 올려 두었다.

미르의 눈이 느리게 깜빡였다.

"저기, 그 안에서 듣고는 있죠? 만약 당신이 안 듣고 있으면 나 정말 정신 나간 놈 되는 거니까요. 뭐, 원래부터 그 소리를 자주

듣긴 했지만."

아닌 말이 아니었다. 어릴 적부터 바깥사람들은 물론이거니와 안쪽 사람들 또한 다들 자신을 해괴하게 보았다. 냄새를 맡는 능력 자체가 극히 드문 능력이기도 했고, 자신의 아버지와 하현과의 관계, 그리고 자신과 하현과의 관계도 있었으니까. 그래서 그런 그들을 두고 이런저런 소리도 있었다.

외부인이되 외부인이 아닌 자, 그게 자신이었다. 기존에 있던 수련생들은 대놓고 그를 견제하기도 했었고.

'지금은 다들 꼬리 내리고 튀었지만.'

평소에 서글서글하게 웃고 다닌다고 해서 얼까지 빠진 놈으로 알았던 것일까, 아니면 신입이라는 놈의 군기를 좀 잡고 싶었던 것일까. 처음 이곳에 들어온 이래로 육체의 힘으로든 영적인 힘으로든 그를 짓누르려고 하는 사람들은 아주 많았고, 미르는 그런 사람들을 피하지 않았다. 오는 족족 받아서 모조리 다 친절하게 바닥에 짓이겨 주었다.

이곳에 들어온 이후로 그를 괴롭히는 영가의 수는 정말 확연히 줄었고, 그들로 인해 괴로워 연약하던 몸은 변한 지 오래였다.

미르는 자신을 '손보려는' 사람들에게 상대할 사람을 상대하라는 친절한 조언과 함께 아예 일어서지도 못하게끔 여러모로 불능으로 만들어 주었다.

자신을 걷어차려던 다리를 조각조각으로 예쁘게 부서뜨려 준

다든가, 자신에게 달려드는 영가를 모두 다 받아쳐서 도리어 제 주인을 공격하게 만든다든가.

'꽁지가 빠져라 도망가거나 아예 정신을 놓는 경우도 있었지만, 뭐 자업자득이지. 누가 찌를 데 안 찌를 데 구분 못 하고 덤비래?'

아무튼, 스스로 솔직히 말하기에도 아주 썩 좋은 성격은 아니었기에 그 이후로든 그 이전부터든 그의 주변에는 사람이 그다지 많지 않았다.

어떻게 보면 견제 또는 따돌림이었겠지만 미르는 대수롭지 않게 생각했다. 자신에게는 하현만 있으면 되니까. 다른 사람들 따위 상관없으니까.

그렇게 속으로 중얼거리던 미르의 시선이 다시금 푸른 검에 닿았다.

"그리고 내 사람이라는 경계 안에 당신이 추가되었죠."

언제부터였는지 모른다.

언제부턴가 갑자기 들렸다.

미르가 슬며시 웃었다.

"아마 그래, 지난번에 말했듯 그때 이후겠지. 아마 하현이 형과 당신의 계약 이후였을 거예요."

계약자는 하현과 당신인데 왜 당신 목소리가 나에게 들리게 되었는지 아직도 의아했다. 궁금했다. 왜 내 목소리가 당신에게 들리고, 당신 목소리와 생각이 나에게 닿는지 궁금했다. 그리고 신기했다. 재밌었다. 당신 목소리가 들릴 때마다 기분이 좋았다. 작은 새 같기도 한, 짹짹거리는 지저귐이 예뻐서.

당연하게도 그렇게 그녀를 마음에 담게 되었고, 자연스럽게 좋아하게 되었다. 미르가 픽 웃었다. 물방울이 터지는 것 같은 웃음이었다.

"그거 알아요? 하현 형이 연화 아가씨를 좋아하게 되었다고 나한테 고백했을 때 내가 맨 처음 했던 말이 형 미쳤냐는 말이었어요. 귀신한테 홀린 거 아니냐고, 제정신이냐고 그랬었죠."

정말, 세상일은 한 치도 알 수 없다니까.

"거기다가 덧붙여서 내가 뭐라고 했게요? 만약 내가 파를 좋아하게 되었다고 하면 뭐라고 할 거예요? 이랬어요. 당신을 좋아하게 되면 어떻게 할 거냐고. 그랬더니 형도 그랬었죠. 미쳤냐? 이렇게요."

미르가 킥킥거리며 웃었다. 결 좋은 새하얀 머리카락이 숨결에 나풀거렸다.

"그런데 그게 사실이 될 줄 누가 알았을까요. 그렇죠? 내가 당신을 진짜로 좋아하게 될 줄 누가 알았겠어요."

웃음이 잦아들고, 미르의 눈이 조금씩 가라앉았다. 여전히 조용한 사방에서 대답이 돌아오지 않는 상대를 향한 눈빛이 안타까움을 담았다.

푸르렀던 검은 아무런 말을 하지 않고 있었다.

"듣고 있다고 생각할게요. 말하지는 못해도 듣고는 있다고 생각할래요. 그러니까 듣는 것만이라도 해 줘요.”

미르가 고개를 들어 천장을 바라보았다. 속이 답답했다. 눈을 감아도 떠도 모두 다 새까만 암흑 같았다. 마치 자신에게 외치는 비난이고, 부정 같았다. 정신 차리라는 그런 식의, 그따위의 말.

“그래요, 알아요. 우리는 어떻게든 이어지지 못하겠죠. 아무리 좋아해도 그걸로 끝이겠죠. 당신은 영이고, 나는 산 사람이니까. 나도 알아요. 하지만…… 마음은 어떻게 할 수 있는 게 아니잖아요. 좋아하는 게 잘못은 아니잖아요.”

그러니까 그냥, 좋아만 할게요. 닿는 한 마음이라도 줄래요. 그렇게 중얼거리던 때였다.

톡톡—

창호지 문을 손끝으로 두드리는 그 작은 소리에 미르의 고개가 마치 동물처럼 본능대로 움직였다. 낯익은 향기였다.

그리고 곧바로 떠오르는 얼굴에 미르는 급히 손을 뻗어 문을 열어 주었다.

“당신이 여기까지는 웬일이세요? 안채에서 영영 나오지 않으시는 줄 알았는데.”

비꼬는 게 아니었다. 사실만을 말했을 뿐이었다. 저 안쪽에서만 생활하는 줄 알았던 사람이 여기까지 무슨 일로 나온 건가 싶은 순수한 궁금증만 가득했다.

그러나 미르를 찾아온 사람은 별다른 반응을 보이지 않고 그저 용건만 간단히 말했다.

"가주께서 부르십니다."

"저를요?"

이건 더 놀랄 노 자일세. 게다가 그녀의 표정이 평소보다 급해 보이기까지 해서 더 놀라웠다. 언제나 담담하다 못해 표정이 없는 것 같은 사람이었는데.

미르가 놀란 눈으로 여자를 바라보았다. 그녀는 늘 가주님의 곁에서 그녀를 돕던 중년 여자였다. 수련생을 졸업하고 이미 신을 받았으나 독립하지 않고 그녀를 보좌하는 사람이었다.

엄하고 깐깐한 데다 무뚝뚝해서 사람에게 치대는 걸 좋아하는 그도 어려워하는 사람이기도 했다.

그런데 그런 사람이 다짜고짜 찾아와서는 하는 말이 '가주님이 부르십니다'라는 말이면 가는 것보다 먼저 오만 가지 생각이 드는 것이 정상이었다. 게다가 바로 얼마 전에 한 번 대들었다가 옴팡 혼나기까지 했으면 더더욱.

혹시 그때 덜 혼났나, 아직도 화가 안 풀리셨나, 더 꾸지람을 하시려는 건가 싶어 미르의 어깨가 축 처졌다.

"저 또 혼나는 건가요?"

"모릅니다."

"그럼 이유라도 알고 계시면……."

"모릅니다."

다 모른대, 사실은 다 알고 있으면서. 미르가 입술을 삐죽였지만 여자의 표정은 조금도 변하지 않았다. 그리고 그녀는 한 마디를 덧붙였다.

“혼나든 안 혼나든 지체하면 좋을 일 하나 없을 겁니다. 이것 하나는 분명하지요. 일어나시죠.”

“네네, 갑니다. 가요.”

완전 협박이잖아, 저건.

투덜거리며 미르는 흘끗 자신의 방을 바라보았다. 저만치 놓여 있는 푸른 검이 자꾸만 눈에 밟혔다.

‘당신 이야기이길 바라요, 좋은 방법이 생겼다는 소식이길 바라요. 제발, 부디.’

하지만 이번 역시 가주의 말은 그의 예상을 멋지게 빗겨 갔다.

* * *

“저를요?”

좀 전에 자신이 했던 말이라는 것을 알고 있을까. 미르는 같은 말을 다시 한번 되풀이했다. 하지만 그도 그럴 게, 전혀 예상도 못 했던 말일뿐더러 얼떨떨할 만치 이해가 되지 않았기 때문이었다.

그토록 엮이지 않게 하려던 건 언제고 이런 말을 하시는 거지?

“왜요? 힘이 상충한다며 곁에 가지 못하게 막으시곤 했잖아요. 얼마 전에 간 것도 못마땅해하신 걸로 알았습니다만.”

이번 역시 비꼬는 게 아니었다. 자신이 느낀 사실 그대로를 말한 것이었다.

이제까지 집안에서는, 아니 가주는 그와 하현이 나란히 함께 있는 것을 그다지 좋아하지 않았다. 그의 힘과 하현의 힘이 서로 맞부딪혀 충돌을 일으킨다나 뭐, 그런 말을 언뜻 듣기는 했는데 그렇게 확 와닿지는 않았다.

하현이 얼마나 대단한데, 내재된 힘이 얼마나 큰데 자신 따위의 미약한 힘과 부딪힐까 싶어서였다. 속된 말로 '쨉도 되지 않는다'라는 표현이 딱이었다. 게다가 주력 분야(?)가 다르기도 했고.

자신은 방어, 그리고 하현은 공격이었으니까 오히려 2인 1조라면 모를까, 그때는 무슨 놈의 상충이냐고 생각했었다. 그래서 일부러 하현에게 더 살갑게 대한 것도 있었다.

정말 좋고, 정말 사랑하는 형이었지만 혹시라도 자신과 대립할까 봐, 자신을 미워하거나 멀리할까 봐 무서워서 그에게 더욱 더 달라붙었다. 그러다가 진짜 진심으로 그를 좋아하게 되었지만. 아, 물론 형제의 느낌으로.

그런데 그렇게 못마땅해하던 가주가 저더러 하현의 집으로 가라고 명한 것이었다. 미르가 어리둥절해하는 것도 무리는 아니었다.

"그리고 지금 형 옆에는 꽃 아가씨가 계시잖아요. 달콤한 신혼을 방해하고 싶지는 않습니다. 원망 사기 싫어요."

"삭이다."

단 한 마디였다. 그러나 그 안에 들어가 있는 단어 하나에 미르의 안색이 싹 변했다.

삭. 그간 가주에게 몇 번 들었던 말이었다.

바로 하현의, 위기.

처음에는 이해가 되지 않았다. 달이 이지러지는 것을 표현하는 것은 많은 단어들이 있었다. 월식도 있었고, 삭도 있었고, 망도 있었다. 그런데 가주는 늘 하현의 위기를 두고 '삭'이라고 했다.

한 달에 한 번 있는 그것, 매달 찾아오는 그것. 그만치 위험이 그의 곁에 늘 도사리고 있다는 말일까. 하지만 이제껏 그는 무사했는데, 안전했는데.

하지만 이렇게 그녀가 단도직입적으로 삭, 이라고 말한 게 처음이라서 장난기가 남아 있던 미르의 표정이 순식간에 다급해졌다.

"설마 그게 오늘인가요?"

"내 하늘에는 있으나 그 아이의 하늘은 어떨지…… 보이지 않는구나. 그리고 구름이 많아."

미묘한 말이었다. 자신의 하늘에는 달이 있으나, 그의 하늘에는 잘 모르겠다는 말이 무슨 말일까, 잠시 고민하던 미르가 고개를 끄덕였다.

그러고 보니 요즘 뉴스에서 그렇게들 떠들고 있던데 타이밍이 정말 여러모로 맞는다고 해야 할지. 미르의 눈이 조금씩 어둑어둑해지는 하늘에 닿았다. 왜 하필 지금이야, 왜 하필 그림자가 질 때냐고.

하지만 그것을 그대로 입술 밖으로 내뱉을 수는 없어서 미르는 그저 고개만 재차 끄덕였다.

"예, 알겠습니다. 지금 바로 가지요."

왜 자신을 갑자기 그쪽으로 보내려는지 아직 정확히 이해는 되지 않지만 지금 상황에서 최선의 것이라는 것은 분명했다.

하현이 위험할지도 모른다는 것, 그리고 자신이 그의 곁에 있으면 도움이 될 수도 있다는 것. 마지막으로 가주가 그러기를 바라고 있다는 것.

그동안 그녀가 명하는 것 중 어느 것 하나도 헛된 것이 없었기에 미르는 두말없이 자리에서 일어나 문을 열었다. 아니, 그러려던 참이었다.

나직한 목소리가 그의 어깨를 단단히 잡았다.

"그리고 네 푸른 아가를 데리고 가거라."

"……예?"

미르의 눈이 커졌다.

푸른 아가, 그 말을 듣자마자 곧바로 떠오르는 단 하나의 모양에 미르의 몸이 얼어붙은 듯 멈칫했다. 그 사람에 대한 이야기를 한 게 좀 전인데, 잘 보내 주어라, 잊어라 들은 게 바로 전인데 무슨 말을 하시는 것일까.

'혹시 맹약자를 지키게 하기 위함일까? 하지만 파는 지금 도움이 하나도 되지 않을 텐데.'

미르의 표정이 순간 조심스러워졌다.

"혹시…… 하현 형을 위해서인가요?"

만약 그렇다면 오히려 두고 가는 게 좋지 않을까 여쭌 것이었다.

파가 안다면 화를 낼 수도 있었다. 내버려 두라고 했을 수도 있었다. 하지만 미르는 그녀를 가지고 가고 싶지 않았다. 그곳은 분명 전장일 테고, 위험할 테니까.

가뜩이나 약해져 있는 그녀를 그런 위험한 곳으로 데리고 가고 싶지 않았다. 누군가 아직 네 것도 아닌데 무슨 말이냐고 한다면 할 말이 없지만…….

그러나 가주는 그의 생각을 또다시 깨트렸다.

"아니, 너를 위함이다."

나?

미르의 표정이 더욱더 의아해졌다. 그녀가 무슨 말을 하는지 더욱더 알 수 없게 되어 버린 것이었다.

가주는 재촉하듯 눈빛으로 그의 등을 떠밀었고, 미르는 영 알 수 없다는 표정으로 어쩔 수 없이 문을 열고 나왔다. 뭔가 하나도 해결이 된 것 같지 않은 찝찝함이 가득했다.

가주는 자리에 앉은 채로 미르가 나간 쪽을 가만히 바라보았다. 문이 닫히는 너머로 가주가 아프게 눈을 감았다.

'이리될 줄 몰랐으나 결국 연이 닿고 말았구나. 이 역시 하늘이 예비하신, 안배하신 것일 테지만…….'

아프기야 몹시도 많이 아프겠지. 그 아픔에 오래도록 쓰려 하지 않길 바라며 가주는 눈을 감고 기도하듯 중얼거렸다.

"용이 되려면 여의주가 필요한 법."

그리고 용의 여의주는 보통 가장 사랑하는 이의 희생이 따랐다.

13장
매듭달

지금 하현과 연화는 나란히 앉아서 정면을 바라보고 있는 중이었다.

하현의 집은 대체적으로 조용…… 이라기보다는 고요한 편이었고, 소리가 나는 것은 주로 라디오 아니면 TV였다.

지금 두 사람은 아주 가끔 보는 TV를 시청하고 있었고, 아까부터 계속 반복되는 특집 방송의 주요 꼭지는 바로 '달'이었다.

아까부터 비슷한 자료 화면을 연달아 보여 주는 걸 물끄러미 바라보던 연화가 결국 손을 번쩍 들었다. 어디서 배웠는지 언젠가부터 그녀는 궁금한 게 생기면 저렇게 손을 들고 물어보곤 했다. 그 모양이 꼭 천진한 아이 같아서 볼 때마다 매번 웃음이 났다.

토끼 같다가도 고양이 같고, 여우 같다가도 강아지 같다니까.

하현은 뭐냐는 눈빛으로 그녀를 바라보았고, 연화는 손을 내리면서 턱 끝으로 TV를 가리켰다. 재 좀 보라는 모양이었다.

"그래서, 월식이라는 게 도대체 뭔가요?"

역시 저거일 줄 알았다. 아까부터 계속 같은 단어가 반복해서 들리니 궁금한 게 당연했다. 게다가 화면이 계속해서 보여 주는 것은 달이 어둠에 잡아먹히는 듯한 모양이었으니까, 그녀는 그것이 못내 마음에 걸리는 모양이었다. 그리고 하현도 그녀와 마찬가지로 기분이 그렇게 썩 좋은 건 아니라서 표정이 밝지는 않았다. 아무리 자연 현상이라고 해도 꺼림칙한 건 꺼림칙하다고.

"월식은 지구의 그림자에 달이 가려지는 현상입니다."

"……예?"

라고 설명해 봤자 연화가 알아들을 리 없었다. 이건 이승과 저승 그런 차원의 이야기가 아니니까.

하현은 조금 고민하다가 그녀에게 속성으로 가르쳐 주기로 했다. 왕년에 과외로 이름 날렸었는데 그 실력이 아직도 살아 있나 모르겠네.

"쉽게 말하면요, 미르와 당신, 내가 일렬로 이렇게, 그래요, 이렇게 일자로 나란히 서 있다고 생각해 봅시다. 그럼 미르에게 내 모습이 보일까요?"

연화의 표정이 조금 애매해졌다. 두 사람의 키가 있으니까…… 보이기는 할 테지만 내가 중간에 있으면 제대로 잘 보이지는 않겠지.

"음…… 잘 안 보일 거 같은데요."

"그거랑 비슷해요. 듣기만 하고 깊이 이해하려고 하지는 말아요, 머리 아파지니까. 사실 해, 지구, 달 등은 각각 움직이는 방향이 달라요. 그리고 그 셋이 나란히 일렬로 서게 되는 경우가 있는데, 이렇게 달이 지구의 그림자에 가려져서 잘 안 보이게 되는 경우를 두고서 월식이라고 해요. 아, 저거 좀 볼래요?"

열심히 귀는 기울이지만 솔직히 무슨 말인지 확 이해는 되지 않는다. 그래서 고개를 갸웃거리던 연화는 하현이 가리킨 화면을 바라보았다. 달이 조금 일그러진 듯한, 혹은 부분만 어둠에 냠 한 조각 먹힌 듯한 모습이었다.

하현이 자리에서 일어나더니 TV 쪽으로 몇 걸음 성큼 다가가 손가락으로 TV 액정을 살짝 눌렀고, 곧 그 자리가 이지러졌다.

"여기 이 둥근 거 보이죠. 이게 바로 지구의 그림자예요. 저렇게 지구의 그림자에 달이 일부만 가려지는 걸 부분 월식이라고 하고, 전부 다 들어가게 되는 걸 개기 월식이라고 해요. ……라고 한다면 조금 이해가 될까요?"

아무리 쉽게 말하려고 해도 이 이상은 무리였다. 그리고 연화의 경우는 과거에서 온 사람이라 실생활에 적응하기에도 힘들 텐데 익숙하지 않은 개념이 더욱 어려울 수도 있었다. 하지만 의외로 연화는 순순히 고개를 끄덕이고 있었다.

"쉽게 말해서, 태양이 비춘 제 몸으로 인하여 드리워진 그림자에 당신이 가려져서 보이지 않는다는 것이지요?"

이렇게 똑똑할 수가.

하현은 입을 딱 벌리며 고개를 끄덕여 긍정했고, 연화도 스스로가 뿌듯하다는 듯 표정으로 살포시 웃었다. 그것도 곧 그녀의 얼굴이 어두워졌다.

"하지만 저는 저거 싫습니다."

"예?"

갑자기 싫다니? 그러나 하현은 곧바로 연화의 말을 이해했다. TV에서는 과거의 월식들의 자료 화면들을 계속해서 연달아 보여 주고 있었고, 그 모습을 연화는 조금은 불안하다는 듯, 혹은 불만스럽다는 듯 바라보고 있었다.

"아무리 자연스러운 현상이라 하더라도 저는 싫습니다. 달이 없는 하늘은 상상이 되지 않아요. 허전할 것 같고요."

"그럼 이제까지 한 번도 못……."

본 겁니까, 라고 하려던 입술이 멎었다. 그리고 하현은 스스로를 매우 꾸짖었다.

'이 생각 없고, 멍청하고, 둔하고, 매너 없는 놈 같으니.'

생전에 연화는 내내 방 안에 있느라 하늘을 제대로 보지 못했다고 했었다. 낮에도 문틈만 살짝 열어 놨다니까 밤공기는 아예 쐴 일이 없었을 것이었다.

괜히 아픈 기억을 되살린 걸까 봐 하현은 어색하게 말을 멈추고 살짝 연화의 눈치를 살폈다. 하지만 연화는 별로 대수롭지 않다는 표정이었다.

“해와 달과 별이 있다는 정도만 알았으니까요. 그렇다고 그렇게 제 표정을 살피지 않으셔도 됩니다.”

그 타박 아닌 타박에 하현은 “그렇게 티가 났습니까.”하고 중얼거리며 머쓱하게 웃었다.

그리고 고개를 돌려 커튼 너머의 하늘을 올려다보았다. 전면으로 창을 턴 덕분에 외부의 모습이 아주 훤하게 잘 보였다. 새까만 밤하늘도, 하늘에 점점이 박혀 있는 별— 이 아닌 인공위성도, 그리고 구름도.

TV에서는 그 월식이 바로 내일 밤에 일어날 거라고 신나게 떠들고 있었다. 부분 월식이 아닌 개기 월식은 또 오랜만이라고 그들은 잔뜩 흥분해 있었지만 하현은 조금도 반갑지 않았다.

‘반갑기는커녕 제발 좀 일어나지 않았으면 싶은 이벤트지.’

다시 하늘을 흘끗 올려다보았지만 그놈의 달은 벌써부터 보이지 않았다. 아마도 짙은 구름에 가려져 있는 모양이었다. 그림자에 가려서 안 보이나 구름이 가려서 안 보이나 매한가지인데. 그렇게 속으로 중얼거리는데 매끄러운 타래가 그의 팔에 닿았다.

연화의 머리가 톡, 부드럽게 닿아 온 것이었다.

“연화 씨?”

언제부터였을까, 연화는 아침과 낮에는 머리를 곱게 땋아 내렸지만 밤에는 하나로 길게 늘어뜨린 모양이었다. 그것이 정말 사극에나 나오는 머리 같아서 역시 드라마나 영화를 찍을 때는 고증을 제대로 하긴 하는구나, 라는 엉뚱한 생각까지 들었더랬다.

그리고 당연하겠지만 그 머리 역시 연화에게 매우 잘 어울렸다. 그녀에게 뭔들 안 어울리겠냐마는.

연화는 지금 하현의 곁에 서서 거의 기대듯 그에게 닿아 있었다. 그 모양이 퍽 안정적이라 하현은 손을 뻗어 그녀의 어깨를 가만히 끌어당겨 제게로 완전히 기대게 했고, 마치 하나의 조각이 맞물리듯 편안해지는 모습에 하현은 가만히 입술 끝을 올렸다.

"졸려요?"

"으응, 아니요."

거짓말, 졸린 거면서.

이렇게 안겨 오면서 평소보다 말이 짧아질 때면 늘 잠이 오는 타이밍이었다. 하현은 이때가 참 좋았다. 평소의 모습도 좋았지만 이럴 때는 뭐랄까 어리광을 부리는 것 같았다. 그녀의 맨 모습을 보는 것 같았다.

하현은 자신에게 기댄 연화를 더욱더 단단히 안았다. 둥둥둥둥 울리는 이 심장 소리가 그녀에게 닿길 바랐다. 그녀의 몸에서도 같은 온도와 같은 박자의 울림이 이 몸에 전해지길 바랐다.

서로 다른 두 심장이 똑같은 소리를 낸다면 얼마나 좋을까, 그렇게 생각하고 있을 때였다. 몸이 잘게 지잉, 울렸다. 연화의 몸에서 나온 울림이었다.

"당신을 두고 일러 부모님이 '달'이라고 했다 하셨지요."

오래도록 기대어 있던 그녀가 어렵게 꺼낸 말은 옛 기억의 조각이었다. 생각을 몇 번이나 거른 듯한 그 말의 농도에 하현이 천천히 눈을 떠 아래를 내려다보았다.

저 밖의 하늘만큼이나 새까만 그녀의 눈이 그를 가만히 올려다보고 있었다. 그리고 하현은 그 눈에다가 선선히 고개를 끄덕여 주며 긍정했다.

"반달아, 달아. 그렇게 부르곤 했습니다."

"혹여, 예전에 할머님께서 제게 하셨던 말씀을 기억하십니까? 보름을 하루 앞두고 하늘에 올랐다고 하셨던 그 말씀 말입니다."

하루가 부족하여 영가가 되었다고 했었던가, 어렴풋하게 떠오르는 기억에 하현이 약간 눈매를 찡그리며 고개를 끄덕였다. 그러고 보니 그렇게 말을 했던 것 같기도 한데.

그 말이 여기서 왜 나오나 싶어 하현이 의아해하자 연화가 살포시 웃으며 말했다.

"왠지 그냥 지금 그 말이 생각나서 말입니다. 개기 월식에서 하루를 앞둔 오늘과 보름에서 하루를 앞두고 오른 제 모습이 묘하게 연관된다고나 할까요. 해서 내일이 조금 염려가 되기도 합니다."

어째 듣고 보니까 그런 것 같기도 하고. 비슷한 듯 비슷하지 않은 상황에 하현이 조금 애매하게 고개를 갸웃거리는데 연화가 안겨 오듯 그의 가슴에 재차 뺨을 기대었다. 그리고 하현은 머릿속에서 조금 빠르게 진행되던 생각을 일시에 정지했다. 이거, 혹시 신호인가.

하지만 연화는 무의식적인 행동이었던 듯 그의 상태를 전혀 눈치채지 못한 모양이었다. 그녀는 여전히 새처럼 안겨 있는 채로 말을 잇고 있었다.

"하지만 그때와 지금은 상황이 아주 많이 달라져 있으니까요. 제 옆에는 언제고 떠 있는 달이 있으니 저 하늘의 달님이 잠시 모습을 감추셔도 심려하지 않으렵니다. 그렇지요?"

하며 생긋 웃는 모습이 너무나도 사랑스러워서 하현은 결국 더는 참지 못하고 움직이고 말았다.

"……!"

연화는 가만히 닿아 오는 입술에 움찔했다가 스르르 눈을 감았다. 입술에 닿는 감촉도 몹시 좋았지만 이마에 닿은 촉감이 매우 좋았다. 도톰하고 부드러운, 따뜻한 느낌이었다.

그리고 하현은 다시 한번 그녀의 매끄러운 이마에 입술을 대었다가 천천히 미끄러지듯 눈에 키스했다. 오른쪽 눈에 지그시 입술을 대었다가 살짝 떼어 왼쪽 눈에 잠시간 머물렀다.

이러다가 내내 눈꺼풀이 붙어 버리면 어쩌지, 하는 말도 안 되는 생각까지 할 정도로 그 순간이 너무도 달콤했다. 그래서 숨조차도 제대로 쉬지 못하고 그의 입맞춤을 받고 있는데 하현이 천천히 그녀의 어깨를 잡았다.

얇은 옷 사이로 전해져 오는 그의 손의 온도가 너무도 뜨거워 연화는 저도 모르게 입술을 살짝 벌렸고 하아, 숨소리가 붉고 도톰한 입술 사이로 얕게 새어 나왔다.

그리고 연화는 눈을 꼭 감았다.

"연화 씨."

이렇게 속삭이는 건 정말 반칙이야. 연화가 속으로 중얼거렸다. 이렇게 귓가에서 속삭이면 온몸이 녹아내리는 것만 같았다. 다리의 힘마저도 빠져 스르르 주저앉아 버릴 것만 같았다.

지금 역시 순간적으로 휘청거리고 말았고, 하현은 이제 조금은 익숙한 모양으로 그녀를 부축하고서 한 팔로 단단히 안아 들었다.

그리고 연화는 자신의 앞섶을 헤치고 미끄러지듯 들어오는 그의 손에 고개를 살짝 뒤로 젖혔다. 옷 위로 살짝살짝 스치는 감각에 온몸의 신경이 모조리 다 곤두서는 느낌이었다. 이내 완연히 풀어진 옷고름 사이로 저고리만큼이나 뽀얀 살결이 드러났고, 그 넉넉한 두 언덕에 하현이 얼굴을 담뿍 묻으려던 찰나였다.

띵동—

짧지는 않았지만 함께 살아오면서 처음으로 듣는 낯선 소리에 연화의 눈이 동그랗게 커졌다. 그리고 그것은 하현도 마찬가지였다. 그의 집 주소를 아는 사람은 (공식적으로는) 세상천지에 단 두 사람, 은씨 부자뿐이니, 그러니까 미르 아니면 교수님이라는 말이었다.

하지만 이 시간에 교수님이 연락도 없이 찾아오실 일은 없는데…… 설마 송이원은 아니겠지.

하현의 표정이 몹시 미심쩍어졌다. 설마 그렇게까지 생각이 없는 사람일까.

아니야, 가능성이 없지는 않아.

이미 분위기는 다 깨져 버린 지 오래였기에 하현이 연화에게 눈짓으로 잠시만 있으라고 하고서 재차 띵동 소리가 시끄럽게 울리는 현관으로 걸어갔다.

"누구냐?"

그의 목소리가 조금 사나워져 있는 것은 연화의 착각만은 아닌 듯했다.

"어, 하현이 형이다. 형, 저 미르예요! 미르요! 은미르! 형 동생!"

"……."

미르의 왕왕거리는 모양에 하현은 문을 열어 주지 말까 잠시간 심각하게 고민했다. 하지만 저대로 밖에 뒀다가는 층간 소음이라며 항의가 들어오지 않을까 생각될 정도로 벌써부터 수다를 떨고 있는 그의 모습에 하현은 결국 한숨을 푹푹 내쉬며 문을 열어 주었다.

'주소를 알려 준 내가 잘못이지. 내가 죄인이네.'

하지만 그의 생각은 그대로 멈추어졌다. 집 안에 들어서자마자 미르가 던진 말 때문이었다.

"어라? 꽃 아가씨?"

말을 던진 사람도 의문형이었고, 말을 들은 사람도 의문이었다.

하현과 연화, 미르 세 사람의 눈이 정확하게 맞닿았다.

*　　*　　*

하현은 속으로 생각했다.

'올해가 아홉수였던가.'

아니, 그럴 리가 없었다. 내 나이가 몇인데.

하지만 올해 첫날부터 이러저러한 일들을 당한 터라 이런 생각이 드는 게 유난은 아니었다. 영가와 이어지질 않나, 신검과 계약하질 않나, 하나만 있어도 엄청난 이벤트들이 줄줄이 이어진 것이었다.

그리고 그건 아마 이 집도 마찬가지일 것이다. 만약 집이라는 놈에게 입이 붙어 있다면 아마 엄청난 불평과 하소연이 늘어졌겠지. 한 명도 들이지 않던 청정 구역(?)에 연화가 들어오고, 가주가 들어오고, 미르와 파에다가 심지어는 악령 놈들까지 떼거리로 우르르 들어왔으니까.

게다가 들어오기만 했으면 말을 안 한다, 온통 부수고 할퀴고 태우고 오만 가지 난리를 쳤으니 그가 문이라면 절대로 열어 주고 싶지 않을 터였다.

하지만 그건 오로지 집 사정이고, (사실 집에 옴팡 빙의한 집주인의 마음이었지만) 지금 그 집의 한 지분을 차지하고 있는 거실의 소파에는 세 사람이 쪼르륵 앉아 있었다.

그 모양이 꼭 아까 하현이 예로 들었던 월식의 모습과 엇비슷한 것 같아서 잠자코 또르륵 눈동자를 굴리던 연화가 입술로만 조금 웃었다. 그것을 본 것일까, 미르가 그녀와 똑같이 웃었다.

"꽃 아가씨 진짜 예쁘시네요."

"어마, 고마워요."

"사실만을 말했을 뿐인걸요. 역시 하현 형은 눈이 높은 게 맞았어."

"……."

하지만 눈이 높다고 인정받은 하현의 기분은 그다지 높지 않았다. 아니, 좋지 않았다. 이래서 보이고 싶지 않았던 건데, 아직은 안전(?)하다고 생각했던 건데!

그러나 두 사람은 그런 하현의 마음 상황은 전혀 신경 쓰지 않는 모양이었다. 특히 미르는 조금 들뜬 것 같기도 했다.

"아니, 제가 지난번에 아가씨 예쁘냐고 물었을 때 형이 아주 당연하다는 듯이 바로 긍정했거든요. 그래서 도대체 얼마나 예쁘면 저 눈 높은 양반이 한 번에 수긍할까 궁금했단 말이죠. 그렇다고 내가 형도 아니고 아가씨 모습을 볼 수가 없으니까 그냥 그렇겠거니, 예쁘겠거니 생각했는데 와 진짜 여배우다, 여배우. 이건 아이돌급이 아니야. 여신급이야."

'하현도 양반이셨구나.'

서로 정 다른 곳을 짚고 있다는 게 문제 아닌 문제였지만.

하지만 어디까지나 생각의 문제고 대화 내용은 꽃으로 가득이라서 하현만 속이 답답할 뿐이었다. 엇나가는 것 같으면서도 묘하게 대화가 이어진단 말이지.

그런 하현의 속을 알까, 미르가 그를 흘끗 보더니 의미심장하게 웃었다.

"그래, 그러니까 이제까지 그렇게 뻥뻥들 걷어찼지."

"걷어찼다고요?"

연하의 눈이 동그래지자 켕기는 것이 있는 하현은 마음이 급해졌다. 저놈이 이번엔 무슨 말을 하려는 거야?

"야, 야 인마. 너 지금 무슨……"

"네에, 하현이 형이 외모는 괜찮잖아요. 그래서 중고등학교 때는 뭐 이 바닥이랑 이쪽 동네에서 좀 유명했고요, 외국으로 가서도 초반엔 한 학기에 한 번은 꼬박꼬박 고백을 받았었어요. 아닌가, 한 달에 한 번이었…… 으읍!"

결국 듣다 못 한 하현이 날듯이 달려와 그의 입을 콱 틀어막았고, 코까지 막혀 버린 미르가 손을 크게 파닥거렸다. 숨을 못 쉬겠다는 간곡한 표현이었지만 그게 지금 하현의 눈에 들어올 리가 없었다.

얘는 대체 언제 적 이야기를 하는 건지, 얼굴이 다 화끈거렸다. 미르가 거의 헤엄을 치는 것처럼 손을 내저으며 하현의 팔에서 벗어났다.

“으왁, 하악, 형이 날 죽일 뻔했어. 날 살해할 뻔했다. 악령이 아니라 형이!”

“엄살은, 네가 이상한 헛소리를 하니까 그런 거잖아.”

새빨갛게 달아오른 얼굴로 숨을 헉헉 몰아쉬던 미르의 표정이 몹시 억울해졌다.

“엄살도 아니고 헛소리도 아니거든요. 진짜 요단강이 보일 뻔했다고요. 그리고 무슨 데이 때마다 사탕이니 초콜릿이니 목도리니 받아 와서 나 주던 게 누군데! 사탕도 싫어하고 초콜릿도 싫어하고 목도리도 넘쳐난다고 나 주곤 했잖아요. 아마 내 학창 시절의 당은 형이 다 채워 줬을걸요?”

“달콤한 것을 싫어하셨구나.”

“네에, 그러니까 혹시라도 간식을 먹을 일 있거든 달콤한 것은 꽃 아가씨 전부 다 드세요. 형은 입에도 안 댈 테니까요.”

미르는 잔뜩 볼이 부은 채로 불평하면서도 연화의 말에는 착실하게 대꾸를 해 준다.

그 모양이 조금은 귀여워 보여서 하현은 대답 대신 픽 웃고 말았고, 연화도 그의 눈에 어른거리는 따뜻한 기색에 살포시 웃었다. 그리고 내내 참고 있던 것을 물어보기로 했다. 궁금한 것이 참으로 많았지만 그중에서 제일을 꼽는다면…….

"한데, 도령께서 예까지는 어쩐 일이신가요? 혹여 이번 역시 악령을 대비함인 건 아닌지……."

반가운 것도 반가운 것이었지만 미르에게는 미안하게도 그를 처음 본 순간 들었던 감정은 걱정, 두려움, 근심이었다. 그도 그럴 게 지난번 만남 때 그 사달이 일어났었으니까, 이 집 안이 온통 절단 났었으니까.

아직도 그때 들이닥쳤던 악령들 그 우글우글한 광경이 눈에 선연하여 영화는 절로 몸서리가 쳐졌다. 그래서 에둘러 이번 역시 무슨 일이 생기는 것이냐고 물어본 것이었다. 그 말에 미르가 조금 난감한 표정으로 머리를 긁적였다.

"그게 사실, 잘 모르겠어요."

"뭐?"

하현이 황당하게 되물었다. 너무도 당연하게 쳐들어와서 너무도 당연하게 자리 차지하고 앉길래 당연한 이유가 있을 줄 알았는데 잘 모르겠다니, 이건 또 무슨 소리인가 싶어서였다.

미르는 좀 전보다 조금 더 난감한 표정으로 자신의 새하얀 머리를 재차 긁적였다.

"아니, 그게 가주께서 삭이라고 하셨거든요."

그 말에 하현과 연화의 눈이 동시에 부딪혔다. 삭, 이제는 낯설지 않은 말이었다. 미르가 계속해서 말했다.

"솔직히 말하면 저도 잘은 모르겠어요. 삭이니라, 이렇게 단 한마디 하셨는데 그 소리를 듣자마자 형이 생각났거든요. 그 왜,

어렸을 때부터 계속 듣곤 했잖아요. 형은 삭 때마다 몸 사려야 한다고요."

하현이 떨떠름한 표정으로 고개를 끄덕였다. 그래, 그러곤 했다. 크면서부터는 좀 나아졌지만 어렸을 적에는 가주께서 문밖에도 나가지 못하게 했었다. 그러자 미르가 어깨를 으쓱이며 제품 안을 가리켰다.

"그리고 파까지 데려가라고 하신 거 있죠? 나한테 도움이 될 거라고는 하셨는데 그건 정말 무슨 말씀이신지 도통 모르겠어요. 아직까지는 형의 물건인데. 그렇잖아요, 기한이 아직 안 되었으니까 주인은 형이라고요. 물론 그 전에 가져갈 생각도 없구요."

가져간다 해도 가져갈 수 없는 물건이기도 했다.

어느 틈에 하현의 얼굴은 조금 가라앉아 있었다.

'파를 가져가라고 했다고? 나에게가 아니라 미르에게 도움이 될 거라는 말은 무슨 뜻일까.'

그를 다음 주인으로 내정하기야 했지만 그 사실은 미르 말고는 누구에게도 흘리지 않았다. 그렇다고 미르가 가주께 직접 말을 했을 리도 없고…… 어떻게 알게 된 것일까. 역시 그녀의 귀는 집 안 어디든 다 열려 있다는 것일까 싶어 하현은 쓴웃음을 지었다. 그리고 고개를 들어 문득 창 너머의 하늘을 바라보았다.

"뭐, 그 말이랑 굳이 짝을 맞출 생각은 없다만 무대는 그럴듯

하네."

"무대라고요?"

미르가 고개를 갸웃거리며 하현을 따라 하늘을 올려다보았다. 밤이 더욱더 깊어서 그런 것일까, 달이 유독 노랗게 보였다. 아니, 어떻게 보면 조금 붉어 보이는 것 같기도 했다. 그에 연화까지 고개를 든 탓에 세 사람이 나란히 같은 방향을 바라보게 되었다.

'저게 곧 가려진단 말이지.'

하현이 고개를 살짝 틀어 미르를 바라보았다. 얘는 아는 건지 모르는 건지 분간을 잘 못 하겠다니까.

"너도 뉴스 봤잖아, 개기 월식. 엄청 오랜만에 찾아왔다고 매스컴에서 난리던데."

"아아, 그거요."

미르가 중얼거리며 고개를 끄덕였다. 모를 리가 없었다. 못 들었을 리가 없었다. 이곳으로 오는 차 안에서도 얼마나 시끌시끌했던가.

그리고 미르가 잘생긴 얼굴을 보란 듯이 찡그렸다.

"저 진짜 그거 싫어요. 자연 현상이라고 해도 싫어, 진짜. 누구는 뭐 신기하다고 난리지만 난 싫어요. 기분 나빠. 아, 꼭 형 때문은 아니더라도요. 아무튼 싫어."

말 한마디에 싫다, 라는 말이 도대체 몇 번이 들어가 있는 거야.

게다가 저 옆에 얌전히 앉아 있는 연화도 그의 말에 깊이 동조라도 하듯 계속 고개를 끄덕이고 있어서 하현은 결국 단단히 다물고 있던 입술을 흐트러트리고 말았다.

아이고, 이 귀여운 것들 같으니.

"그런데요, 형."

"또 뭐냐."

뭐라고 투덜거리는 것처럼 한참을 꿍얼거리던 미르가 문득 고개를 들더니 하현을 보며 눈을 빛냈다.

얘는 또 왜 이래. 아무 말 없이 물끄러미 올려다보기만 하는 모양이 이상해서 하현이 의아한 표정으로 그를 바라보았다.

"왜, 뭔데."

"아직도 제가 은미르로 보여요?"

순간 멈칫한 것은 그의 미소 때문이 아니었다. 순간적으로 구름에 달이 완전히 가려진 것 때문이 아니었다. 때마침 울린 자정을 알리는 알람 소리 역시 아니었다. 그런데 내가, 자정에 알람을 맞춰 놓았던가?

"……."

연화조차도 숨을 죽일 정도로 무거운 침묵이 잠시간 이어졌지만 이번 역시 미르의 청량한 웃음소리로 인해 깨졌다.

"아하이, 형도 참. 이런 장난에 아직도 속으면 어떡해요! 이게 도대체 언제 적 농담인데."

"……."

“꽃 아가씨는 몰라도 형은 이런 장난에 한두 번 걸리는 것도 아니고, 하긴 형이 이런 반응을 보여 주니까 내가 계속하지. 고맙습니다, 리액션 부자님.”

하현은 온화하게 웃으며 온화하게 한 손을 들어 온화하게 내리쳤다. 쫘악, 결코 온화하지 않은 소리가 아름답게 울려 퍼졌다. 미르가 비명을 질렀다.

“아! 아, 진짜 아파. 완전 아파. 아, 형 완전 제대로였어요. 소리 들었어요? 으악 스톱!”

거실을 꽉 메우고 현관을 너끈히 넘을 정도의 찰진 소리였지만 하현은 물론이거니와 연화 역시 조금도 그를 가엾이 여기지 않았다.

데인 게 있고 겪은 게 있는데 이런 소름 끼치는 농담이라니, 할 곳과 안 할 곳을 먼저 구분해야 했다. 하현이 웃으며 으르렁거렸다.

“다시는 그딴 농담하지 못하게 오늘 한 번 제대로 리액션 해주마.”

그리고 또다시 올라가는 그의 흰 손에 미르의 안색이 그의 하얀 머리카락만큼이나 창백해졌다. 오, 주여. 저거 맞으면 이번엔 진짜 등짝이 장난 아니게 부풀 것 같은데.

“혀, 형! 스톱! 미안! 잘못했어요! 아니, 분위기가 꿀꿀하길래 농담 한번 던진 건데 이렇게 될 줄은 몰랐……”

“하현!”

설마 말리는 것일까, 하현은 고개도 돌리지 않고 대꾸했다.

"제가 그동안 당한 게 있어서요, 말 나온 김에 제대로 리액션 좀 해 보려고 합니다."

그게 무슨 말인지 정확히 파악은 못 하겠으나 대충 맥락을 헤아려 보아서는 반응이라는 말인 것 같았다.

하지만 연화에게 지금은 그보다도 더 중한 일이 있었고, 두 남자 엎치락뒤치락하면서 서로 안든 뭘 하든 그녀의 눈에는 하나도 들어오지 않았다. 연화는 두 손을 꽉 쥐며 있는 힘껏 외쳤다.

정신 차려요, 이 남자들아!

"파!"

그 한 마디, 단 한 음절에 순간 두 사람의 몸이 얼어붙은 것처럼 일시에 멈추었다. 파라고?

하현과 미르는 마치 동물의 그것처럼 고개를 돌려 급히 연화를 바라보았고, 연화가 바라보고 있는 곳으로 시선을 돌렸다. 그리고 입을 딱 벌렸다.

"파!"

탁자에 얌전히 올려져 있던 파가 눈이 부시도록 푸른빛을 내뿜으며 허공에 떠 있었다.

* * *

"파?"

같은 이를 부르는 말이었지만, 두 남자의 입에서 나온 어감은 몹시 달랐다.

하현은 왜 그렇게 떠 있냐는 물음이었고, 미르는 어떻게 떠 있냐는 물음이었다. 당신이 왜, 어떻게, 그리고 어째서.

미르는 떨리는 눈으로 푸른 검을 바라보았다. 조금 눈물이 고여 있는 것 같기도 했다. 그가 떨리는 목소리로 말했다.

"이제 날 수 있는 거예요?"

"뭐?"

하현이 무슨 말이냐는 듯 미르를 돌아보았다. 좀 전의 일은 이미 다 잊은 듯한 모습이었다.

"그게 무슨 말이야. 이제 날 수 있냐니? 그럼 이제까지는 날지 못했다는 거야?"

미르는 잠시 망설였다. 사실, 알리려고 했다. 알리는 게 맞다고 생각했다. 지금은 하현이 파의 주인인 이상 그에게 알리는 게 마땅하다고 생각했다.

하지만 가주의 생각은 달랐다. 하현은 지금 스스로와 연화를 지키는 데 총력을 쏟아도 모자를 터, 파는 가주 본인과 미르의 선에서 지키자고 했던 것이었다. 그래서 알리지 못했고, 때문에 마음이 안 좋았다. 그런데 그것을 이렇게 말하게 될 줄이야.

하현이 계속해서 눈으로 묻고 있었고, 미르는 잠시 주저하다가 어렵게 입을 떼었다.

"본가에서, 영 자체가 공격받았어요."

"……!"

하현은 순간 아무 말도 할 수 없었다. 그 한마디의 말에 충격적인 사실이 몇 개나 들어 있는 걸까.

'그' 본가에서 공격받은 것도 경악스러운 일이었지만 더욱 심한 것은 영 자체가 공격받았다는 말이었다.

미르의 말은 '검'이 아니라 '영', 즉 파 자체라는 것이 분명했다.

하현이 순간 말을 못 잇고 있는데 미르가 잠시 입술을 깨물다가 이어 말했다. 그의 얼굴에는 죄책감과 미안함이 가득 어려 있었다.

"지난번 습격 이후로 가주께서는 파의 문을 열어 두셨다고 했어요. 또다시 깊이 잠겨서 나오지 못할 수 있으니 그럴 경우에는 직접 접촉해서 그녀를 깨우시겠다는 것이었죠. 하지만 열린 문으로 들어갈 수 있는 건 우리뿐만이 아니었어요."

"송이원."

이를 갈 듯이 나온 말에 미르가 똑바로 고개를 끄덕였다. 더없이 확실한 긍정이었다. 하현의 얼굴이 와작 일그러졌다.

"그 미친 여자가……!"

"다행히 난 그녀의 목소리를 들을 수 있었죠. 그리고 하루에 몇 번이고 그녀가 쉬고 있는 방 앞을 서성이곤 했고요. 때문에 늦게나마 위험에 처한 파를 도울 수 있었어요. 하지만……."

미르의 시선이 여전히 밝게 빛나고 있는 파에게 닿았다. 씁쓸한 표정이었다.

"그녀의 몸은 이미 공격을 받아 뚫려 있었어요. 그리고 손쓸 수 없이 무너졌고, 급히 가주께 데리고 갔지만……."

"……."

하현은 아무 말도 하지 않았다. 이미 미르의 말에서 모든 것을 알 수 있었다.

본체가 공격을 받았고, 영이 뚫렸다. 그리고 '가주께 데리고 갔지만……'에서 끝난 말의 뒤는 묻지 않아도 알 수 있었다. 모르는 게 바보였다.

하현이 아무 말도 하지 않고 묵묵히 고개를 끄덕이자 미르의 입매가 울듯이 일그러졌다.

"네, 그래요."

그리고 두 남자는 파를 바라보았다. 좀 전과는 확연히 다른 눈빛이었다.

지금 파는 마치 신호등의 녹색 불처럼 거의 거실을 다 밝히듯 환하게 빛을 뿜고 있었다. 그리고 평소와 달리 그녀의 영이 밖으로 나오지 않은 상태였다. 그저 검만 공중에 떠올라 빛나고 있을 뿐이었다. 미르의 표정이 걱정스러워졌다.

"그런데 갑자기 왜 이러는 걸까요. 혹시 무슨 변화라도……."

"윽!"

미르는 급히 하현을 돌아보았다. 그리고 깜짝 놀랐다. 그의 얼굴이 창백하게 질려 있었기 때문이었다.

미르가 그런 그를 부르려던 차, 하현이 먼저 움직였다.

'젠장……!'

늘 아는 범주 내에서 행동하려고 했다. 계획되어 있는 생활, 삶, 내 구역 안에서만 안전하게 활동하는 게 편하고 맞다고 생각했다. 하지만 언제부터인가 계획대로, 생각대로 되는 일은 하나도 없었다. 늘 자신의 생각을 빗겨 가고 놀리듯이 뛰어넘었다. 그리고 지금 자신이 하고 있는 것이 이제껏 마주했던 상황들 중 가장 최악이었다.

"형, 지금 뭐 하는 거예요? 안 돼요, 몸에 무리가 와요!"

그의 행동을 눈치챈 미르가 경악한 표정으로 그를 불렀지만 하현은 멈추지 않고 손을 움직였다. 그의 팔이 움직일 때마다, 손날이 허공을 그을 때마다 기묘한 문양이 주홍빛으로 수놓아졌다. 마치 하현의 눈동자와 같은 그런 색이었다.

'이걸 실제로 해 볼 거라고는 생각하지 못했는데.'

언제였더라, 미르가 보여 준 적이 있었다. 형의 특기는 공격이고 자신의 특기는 보호, 방어라면서 천천히 보여 준 문양이었다. 아마 형의 상성과 자신의 상성이 많이 달라서 형이랑은 안 맞을지 모르겠지만 아무튼 자신은 이렇게 보호막을 발동시킨다며 보여 준 진이었다.

그리고 하현은 지금 그것을 그려 내고 있었다. 그것이 완성되어 갈수록 미르의 얼굴이 창백해졌다. 아무리 그라고 해도 너무 무모했다. 갑자기 실전이라니, 분명 몸에 무리가 갈 게 뻔했다.

"형!"

"하앗!"

미르가 그를 부른 것과 하현이 기합을 외친 것은 거의 동시였다. 곧바로 그 문양에서 빛줄기가 사방으로 뻗어 나와 그들을 크게 둘러쌌다.

완벽한 구의 모습이었다. 하지만 그것에 감탄하기도 전, 미르는 숨을 급히 참으며 양손으로 허공을 쥐었다가 폈다.

"읏!"

"미르 도령?"

전에 없이 새파랗게 질린 그의 얼굴에 연화가 다급하게 그를 불렀지만 하현이 그녀의 어깨를 잡아 자신의 뒤로 끌었다.

"여기 뒤에 있어요."

"하현, 도대체 이게 어떻게……."

된 거예요, 라고 말을 끝맺기도 전에 연화는 입을 다물고 한 발 뒤로 물러났다.

탁 트인 유리창 너머로, 새까만 하늘 이상으로 어둑어둑한 구름이 잔뜩 깔려 있었다. 하지만 그 구름에는 시뻘건 안광이 수두룩하게 번쩍이고 있었고, 그제야 연화의 눈에 두 개의 보호막이 선하게 보였다.

집 전체를 두루 두르고 있는 주홍빛의 구는 하현이었고, 미르와 파, 하현과 연화를 감싸고 있는 것은 새하얀 빛의 반구였다. 그리고 세 사람은 그 구름들을 마치 밟고 선 듯이 하늘에 떠 있는 여자를 발견했다.

"송이원."

자신의 이름을 중얼거린 걸 듣기라도 한 걸까, 도도하게 그들을 내려다보던 이원의 시선이 정확히 연화에게 닿았다.

"어머나, 저건 또 뭐야."

그와 동시에 달이 완전히 구름에 가리어졌다.

새까만 어둠, 완연한 그림자, 달이 정확히 가려진 개기 월식이었다.

* * *

연화는 하늘을 올려다보았다.

달이 완연히 모습을 감춘 새까만 밤하늘, 그리고 그녀의 시야 정중앙에 차갑고 도도하게 생긴 여자가 긴 머리를 휘날리며 서 있었다.

'송이원.'

꿈속에서 언뜻 본 적은 있지만 그때는 저 검은 머리카락이 큰 비중을 차지해서 얼굴까지 자세히 기억할 수 없었다. 그리고 그간의 일들을 모두 다 알고 나니 새삼 그녀가 새로이 보였다.

'저 사람이 하현에게 선을 넣은 사람이고, 파와 미르를 괴롭게 한 사람이구나.'

생각을 마친 연화의 시선이 이전보다 냉랭해졌다. 나의 사람들을 아프게 만든 사람.

"예까지는 어쩐 일입니까."

"뭐야?"

마치 유리 조각처럼 매섭게 돌아오는 반문에 연화가 서늘하게 눈을 깜빡였다.

과연 내 목소리가 들리는구나, 싶었기 때문이었다. 이 와중에 이런 생각이 들면 어쩌라는 건지. 하기야 미르의 눈에도 똑똑히 보인다면 지난번에 말했던 것처럼 영 능력이 있는 모든 이의 눈에 보인다는 말이겠지.

"하현에게, 그리고 나에게 보냈던 모든 영가들이 진즉에 다 소멸되었음을 똑똑히 알 터. 꼬리를 말고 뒤에 숨어 몸을 보전하지는 못할망정 불나방처럼 이리 꼬여 드는 모양이 참으로 한심해서 말입니다."

"연화 씨?"

하현은 입을 딱 벌렸다. 아니, 저렇게 도발해서 어쩌자는 거야?

그도 그였지만 미르는 더욱더 놀란 모양이었다. 그럴 수밖에 없는 게 미르가 이제껏 봐 온 연화는 언제나 상냥하고 부드러운 모습이었으니까. 뒤에 물러나 있을 거라는 생각과 달리 오히려 앞에 나서서 눈을 빛내고 있는 그녀의 모습이 놀라웠을 것이다.

한편, 그런 사실을 모를 연화는 화가 나서 견딜 수가 없었다. 어쩌면 사람이 저리 악할 수 있을까, 독할 수 있을까. 자신의 사리사욕을 채우자고 애꿎은 이들을 괴롭게 하는 저이의 모습을 더는 볼 수가 없었다. 게다가 예가 어디라고 얼굴을 들고 이곳을 찾아오냐는 말이다. 연화의 새까만 눈동자가 분노로 반짝였다.

"구태여 말을 높일 이유도 없군요. 당신에게 차릴 예의는 더 이상 남아 있지 않……"

"저 댕기 머리 년이 뭐라는 거야?"

이원은 어이가 없다는 듯한 표정으로 팔짱을 꼈다. 아까부터 자신을 계속 째려보고 있길래 뭔가 싶어서 가만 봤더니 무슨 사극 말투로 씨불이고 있다. 어이가 없어서, 사극 찍다가 죽기라도 한 건가.

이원은 머릿속을 스치는 생각에 픽, 작게 비웃으며 고개를 돌리다가 순간 멈칫했다. 뒤늦게 그녀가 한 말이 귀에 들어왔기 때문이었다. 자신에게 보냈던 모든 영가들이 소멸했다? 이원의 고개가 뱀처럼 휙 돌아갔다. 다시금 연화의 모습을 싸악 훑어보는 시선이 진득했다. 그리고 석류처럼 열린 입술에서 소름 끼치도록 살벌한 목소리가 흘러나왔다.

"너구나?"

이제야 알아볼 수 있었다. 이제야 똑바로 생각이 났다.

지난번, 하현의 집을 투시했을 때 보았던 그 여자였다. 금박과 적박으로 두루 친 이부자리 위에 하현과 나란히 누워 손을 잡고 자던 그 계집이었다. 영가 주제에 인간 행세를 하는 게 우스워 보였던 그년이었다.

이원의 눈에서 불꽃이 튀었다. 그녀의 눈이 연화의 말간 얼굴을 빗겨 가 그녀를 보호하듯 막아선 남자, 하현에게 날카롭게 박혔다.

“당신, 제정신이야? 감히 날 밀어내고 영가 따위와 정을 통해? 이미 죽은 년 따위를?”

“아직 안 죽었다면?”

“뭐?”

이원의 반문이었지만 연화와 미르 모두 귀를 의심하는 표정으로 하현을 바라보았다. 그가 무슨 말을 하는 건지 이해를 할 수가 없었기 때문이었다. 하지만 하현은 침착하게 다시 말했다.

“이 사람이 죽은 사람이 아니라면 어쩔 거냐고. 그리고 똑똑히 알아 둬야 할 건.”

‘그냥 하는 말이 아닌 것 같은데?’

미르의 시선이 연화에게 닿았다가 다시 하현에게 닿자마자 그는 입을 쩍 벌릴 수밖에 없었다. 하현이 천천히 한 손을 들어 올렸기 때문이었다.

‘미쳤어!’

오늘만 해도 이 말만 몇 번째 하는 건지.

미르는 마음 같아서는 머리를 쥐어뜯고 싶었다. 방어막을 만들지 않나, 힘을 형상화해 몸에 감지를 않나, 하나만 해도 저기 저 본가 안채에 가서 한동안 요양해야 할 일을 지금 그는 연거푸 하고 있는 것이었다. 아니면, 하현이 자신의 힘을 각성을 한 것일 수도 있었다.

그가 그런 생각을 하는 사이에 하현의 손이 주홍색으로 완연히 물들기 시작했고, 이원은 그것을 보자마자 반사적으로 몇 걸음 뒤로 물러섰다. 공포에 질린 듯한 본능적인 움직임이었다. 그럴 수밖에 없는 게, 저 손을 본 게 바로 요전번이었다. 저 손에 찢겨 죽은 영가가 수도 없이 많았다. 말 그대로 사신의 모습을 보는 것 같았다. 이원은 이를 악물었다.

'요행이라고 생각했는데!'

지난번의 그 한 번도 대단하다고 생각했다. 신을 받지 않은 몸이 신력을 몸에 두르고 휘두르는 건 말도 안 된다고 생각했다. 하지만 그게 또다시 자신의 눈앞에 보인 것이다. 이번에는 얼마나 죽일까, 이번에도 지난번처럼 도륙을 할까.

'왜 저 사람만, 왜 나만, 왜 또!'

분노일까, 억울함일까, 아니면 슬픔일까. 알 수 없는 감정이 북받쳐 올라와서 이원의 몸이 바들바들 떨렸다.

그때였다.

땡그랑—

무언가 바닥에 떨어지는 소리가 났고, 반사적으로 고개를 돌린 그곳에는 푸른 검이 빛을 잃고 바닥에 떨어져 있었다. 그걸 본 세 사람의 얼굴이 일시에 굳어졌다. 그리고 곧 연화가 날 듯이 달려갔다.

"파!"

연화는 급히 파를 두 손으로 주워 들었다가 당황한 표정을 감추지 못했다.

이전에도 이와 같이 그녀를 두 손으로 잡은 적이 있었다. 분명 파닥파닥거리던 박동을 느꼈었다. 하지만 그때와 달리 지금 그녀는 너무나도 가벼웠다. 마치 안이 텅 빈 것 같은, 빈껍데기 같은 느낌이었다. 거기까지 생각이 미친 연화의 얼굴이 창백해졌다.

"파, 파, 안 돼요. 가지 말아요."

무슨 말을 하는 건지 연화 스스로도 잘 몰랐다. 그저 생각나는 대로 말했을 뿐이었다. 가벼워진 검이 마치 그녀가 떠난 모양 같아서, 그런 비어 버린 모습 같아서 겁이 났다. 그런 연화의 눈에 이원의 모습이 크게 들어왔다.

"조심해요!"

연화는 눈을 질끈 감았다. 이원이 뒤로 손을 크게 뻗었다가 앞으로 내지르는 것과 동시에 검고 긴 창이 자신들을 향해 빠르게 날아왔기 때문이었다.

하지만 시간이 지나도 고통은 느껴지지 않아서 연화는 살짝 눈을 떴다가 크게 깜빡였다. 그녀의 앞을 하현과 미르가 순서대로 막고 있었기 때문이었다.

하현은 이원에게 등을 돌린 채로 연화의 앞을 막아서고 있었고, 미르는 그런 하현의 앞을 막고 서 있었다. 그리고 두 사람의 앞에는 각각의 다른 색의 방어막이 단단히 버티고 있었다.

이원은 설마 보호막이 겹겹이 있을 거라고는 생각하지 못한 듯 조금 당황해 보였고, 미르는 그 모습을 보며 씨익 웃었다.

"저기 말입니다, 누님. 뭔가 착각하시는 것 같아서요."

"뭐야?"

이원이 날카롭게 되받아쳤고, 미르는 천천히 손을 내리면서 그녀에게 싱긋 미소 지었다. 청량한 웃음이었다.

"설마 여기에서 전력이 하현 형밖에 없다고 생각하시는 건 아니겠지요? 형에게 비하면야 아주 부족하지만 일단은 나도 있고, 저기 저 꽃 아가씨도 있는데 이렇게 대놓고 돌덩어리 취급하는 건 좀 서운해서요."

그러면서 미르는 연화에게 살짝 눈짓했다. 자신이 이원의 신경을 끌 테니까 파를 돌보아 달라는 뜻이었다. 그의 시선 가득 파가 담겨 있음을 너무나도 잘 알고 있는 연화가 곧장 고개를 끄덕이고 파를 가슴 깊이 끌어당겨 안았다.

'파, 파. 들려요?'

할머니, 하늘 할머니, 보고 계세요?

연화는 눈을 꽉 감았다. 제발, 제발 보고 계시다면 제 기도를 좀 들어주세요. 소원을 좀 들어주세요.

하지만 당연하게도 아무런 소리도, 변화도 없었다. 그저 딱딱한 검의 촉감만 느껴질 뿐이었다.

연화는 그런 그녀를 다시금 꽉 붙들었다.

어느덧 파는 완연히 푸른빛을 잃어 다시 일반 검의 모습으로 돌아가 있었고, 온도 또한 몹시도 차가워져 있었다. 날을 가득

덮은 새하얀 반점들이 유난히 도드라진 모습이 너무나도 아파 보여서 연화는 결국 울고 말았다. 제발, 제발, 제발.

"깨어나 줘요, 파. 제발……!"

눈물이 뚝뚝 떨어졌다. 연화는 속으로 그녀를 향해 계속해서 말을 걸었다.

들려요? 들려요, 파?

'언젠가 이런 적이 있었어요. 이번이 처음이 아니에요. 그때도 당신은 침묵했고, 나는 당신을 찾았어요. 약속했지 않느냐고, 계약하지 않았냐고 내가 말했지요. 그리고 그때 당신은 돌아와 줬잖아요, 나한테 왔잖아요.'

물론 그때와 지금은 다르다. 그때에 비해 지금이 상황적으로도, 그녀의 상태도 많이 안 좋다는 것도 알았다. 하지만, 하지만 만약 신께서 보고 계신다면 다시 한번 기회를 주길 바랐다.

그녀가, 파가 보고 싶었다. 그녀의 단발머리 모습도, 새초롬한 얼굴도 보고 싶었다. 눈물이 솟구쳐 새하얀 뺨을 타고 흘렀다. 턱에 망울져 뚜욱뚝 떨어져 내렸다.

'부탁이에요. 당신은 날 지켜야 하잖아…… 지키기로 했잖아. 그러니까 돌아와요, 와서 날 지켜 줘요. 제발.'

"당신이 부러웠어."

나직하게 속삭이는 듯한 목소리에 연화는 눈을 번쩍 떴다. 하지만 곧 입술을 깨물었다. 파가 말한 게 아니었기 때문이었다.

이원이었다. 그러나 그 말의 내용에 연화는 곧 다시 고개를 들

수밖에 없었다. 부러웠다고? 허탈한 독백은 모든 것을 놓은 듯한 느낌이었다.

이원의 시선을 한 몸에 받은 하현의 얼굴에는 아무런 표정도 떠올라 있지 않았다. 마치 아무것도 듣지 않은 듯한 모습이었다.

그러나 애초부터 대답을 기대하지 않았는지 이원은 대수롭지 않은 표정이었다. 이원은 무표정한 얼굴로 손만 움직여서 뺨 옆으로 흘러내린 머리카락을 귀 뒤로 넘기며 말했다.

"할 수만 있다면 당신이 되고 싶었어. 하지만, 그래, 말도 안 되는 일이었지. 절대로 있을 수 없는 일이었어. 그래서 당신의 여자라도 되고 싶었나 봐."

"……."

처음으로 하현의 얼굴에 미약하게 감정이 올라왔다. 그 감정은 연민이었다. 사실 조금은 알고 있었다. 처음에는 그녀가 왜 이렇게 자신에게 집착할까, 자신의 힘에 집착할까라고 생각했지만 지난번 연화가 말한 이후로 계속 걸린 것이 있었다.

질투라고밖에 생각하지 않았었는데 원망일 수도 있겠구나. 자신을 거절한 것에 대한 감정일 수도 있겠구나. 하지만 연이어 연결된 생각은 그래도 나에게 그래선 안 되지, 라는 생각이었다. 본인의 가문이 정씨 가문에 한 짓이 있는데, 당장 자신의 부모에게 한 짓이 있는데.

하현으로서는 절대로 이해 불가인 문제였다. 아무리 힘이 탐

난다 하더라도 이건 아니었다.

굳게 다물어져 있던 하현의 입술이 처음으로 움직였다.

"내가 아니라 내 능력이 목적이었던 거겠지."

그 말에 이원의 붉은 입술이 쓱 올라갔다. 메마른 미소였다.

"맞아. 당신같이 무뚝뚝하고 재미없는 남자는 내가 사양이거든. 하지만 그걸 상쇄할 만큼 탐나는 사람이었어, 여러모로."

그러면서 이원은 천천히 오른손을 들어 올리며 눈을 내리깔았다.

그녀는 여전히 창문 밖에 있었고, 검은 구름에 둘러싸여 밤하늘에 떠 있는 상태였다. 비정상적인 일이 일어나는데도 모든 게 너무나도 자연스러워서 이상할 정도였다.

그 태연함에 갑자기 기시감이 들어 미르가 경계하는 표정으로 그녀를 바라보았다. 하지만 이원은 여전히 아까와 똑같은 모습이었다. 그녀는 자신의 손을 내려다보며 혼잣말처럼 중얼거렸다.

"왜 하늘은 날 그런 집안에서 태어나게 했고, 왜 동시대에 당신 같은 사람을 만나게 하였을까. 왜 나는 남자가 아닐까."

거의 방백이었지만 말이 향한 상대는 분명히 있었다. 질문 같지만 질문 같지 않은 단정적인 어조에 하현은 대답을 하지 않았다. 대답할 말도 대답할 마음도 없었기 때문이었다. 그리고 연이어 나오는 그녀의 말에는 약간의 웃음기까지 어려 있었다.

"왜 나에겐 당신 같은 능력이 없을까. ……당신은 그토록 지긋지긋해했다던데."

"……."

하현은 입술을 깨물며 한 발 앞으로 나섰다. 이원의 말 때문이 아니었다. 그녀의 자조 때문이 아니었다. 어느샌가 이원의 양손에는 악령들이 마치 갑옷처럼 단단하게 얽혀 있었기 때문이었다. 하현의 그것처럼 몸에서 아지랑이같이 어른거리는 힘의 모습이 또렷하게 보였다.

이원은 새까맣게 물든 자신의 손을 천천히 위로 들어 올렸다. 그녀의 탄탄한 몸에서 뻗어 나오는 힘이 몇 중의 방어막 너머에까지 확연히 느껴질 정도로 거세서 저절로 그의 인상이 찡그려졌다.

"큭……."

그의 나직한 잇소리를 들었을까, 이원이 즐겁게 말했다.

"그래서 이번 생은 그른 것 같으니 다음 생에서 해 보려고."

"뭐?"

순간적으로 하현이 되물었다. 이번 생은 그른 것 같다는 게 무슨 말인지 이해할 수 없었기 때문이었다. 이원은 그 말에 대답이라도 해 주듯 친절하게 다시 말했다.

"아무리 해도 이번 생은 틀렸으니까."

그리고 그와 거의 동시에 하얀 불꽃이 번쩍 튀었다. 이원이 강하게 내저은 손에서 검은 구가 날아와 박힌 것이었다. 하현과 미르의 방어막이 공격은 막았지만 충격까지는 채 다 흡수하지 못

해서 주위가 웅웅 울렸다.

그리고 그에 연이어 재차 콰앙, 소리를 내며 막이 양옆으로 흔들거렸고, 그 사이로 미세하게 검은 연기가 흘러들어 왔다. 하현의 표정이 와작 일그러졌다.

"연화 씨, 뒤로 물러나요!"

파와 함께 저 뒤로 물러나 있다고 생각했던 연화가 어째서인지 막과 가까이에 있었다. 그리고 좀 전부터 공격이 유독 그녀가 있는 곳에만 집중되고 있다는 사실을 깨달은 하현이 연화에게 급히 소리쳤다.

이미 마음은 진즉에 그녀가 있는 쪽으로 가서 저 뒤쪽으로 데려다 뒀지만 왜인지 몸이 마음처럼 움직이지 않았다. 하현의 얼굴에 낭패감이 스쳤다.

'무리했나.'

확실히 무리였다. 아무리 자신이라고 해도 방어와 공격을 동시에 하는 것은 드문 일이었다. 아니, 살면서 몇 없는, 거의 없는 일이었다. 또 지금은 지켜야 할 사람이 적어도 하나, 많으면 셋이었고 더군다나 오늘은……

'젠장.'

하늘을 올려다본 하현의 입에서 짧은 욕지거리가 나왔다. 하늘은 온통 새까맸다. 별조차도 없는 것처럼 온통 칠흑 같은 어둠이었다. 월식이 이미 시작한 모양이었다.

'왜 하필 오늘…… 설마 노린 건가?'

주홍색 눈동자가 살짝 흔들렸다. 일부러 오늘을 노리고 온 걸까? 달이 없는 날을 노리고?

그의 안색이 달라진 것을 보았을까, 이원이 천천히 손을 들어 올렸다.

"전력은 개뿔, 막기에도 급급한데 더 볼 것도 없겠지. 얼마나 버티는지 보는 것도 재밌겠네."

"뭐?"

하현은 급히 고개를 돌렸다가 입술을 깨물었다. 언제 온 것일지 모를 악령들이 푸른 막 가까이에 새까맣게 몰려 있었다. 마치 녹이 슨 것처럼 부분부분 들러붙어 있기까지 했다.

어느새 미르의 안색은 눈에 띄게 창백해져 있었다. 마치 숨을 쉬지 못하는 것 같은 모습이었다. 연화가 어떻게든 도와주려고 했지만 악령들 때문에 그에게 쉽게 다가가지 못했다. 사실 그녀도 하현의 보호막 덕분에 악령들의 공격을 겨우 피하고 있는 상황이었다.

'젠장.'

하현은 초조함을 감추며 위를 흘끗 올려다보았다. 아직까지는 무리 없지만 아까 이원의 공격 때문에 조금 균열이 생긴 것 같기도 했다.

하지만 저대로 둘 수도 없어서 하현은 더 생각할 것도 없이 손을 뻗어 미르 주위에 가득한 놈들을 저 뒤로 밀어내려고 손을 힘껏 뻗었고, 그와 거의 동시에 놈들이 지난번처럼 검은 물처럼 흘뿌려졌다. 마치 안개와 같은 모습이었다.

'됐나?'

순식간에 흩어지는 모습에 잠시 안도했지만 놈들은 물러간 게 아니었다. 그의 공격이 미치지 못하도록 흩어진 다음 하나로 뭉쳐 구름의 형태를 만들어 내기 시작한 것이었다.

지난번보다도 훨씬 빠른 태세 전환에 하현이 급히 손을 내저어 앞을 막으려 했지만, 이원이 그보다 빨랐다.

파앗—

"……!"

무언가 눈앞에 번쩍였고, 곧 그와 이원을 사이에 두고 있던 전면 유리창이 깨지는 소리도 내지 않고 와르르 무너졌다. 얼어붙었던 얼음이 와장창 깨지는 듯한 모습이었다.

깨진 유리 조각들과 유리 부스러기들, 그리고 먼지들이 자욱하게 일어났지만 그녀의 목소리는 똑똑히 들렸다. 아니, 못 들을 수가 없었다.

"난 이제 더 이상 갈 곳이 없어. 갈 곳을 없애고 왔거든."

'뭐라고?'

하현이 반사적으로 고개를 들었다. 갈 곳을 없애고 왔다는 말이 무슨 뜻일까. 설마 자신이 생각하는 그것인가 싶어서 그녀의 얼굴을 보았지만 이원은 알 수 없는 미소만 짓고 있었다.

"가야 할 곳도, 해야 할 것도, 찾아야 할 것도 나에겐 더 이상 없어."

하현의 표정이 굳어졌다. 아무래도 자신이 생각하고 있는 그 것이 맞다는 확신이 들기 시작했다. 갈 곳이라는 건 그녀의 집이겠지, 그녀의 가문이겠지. 그렇다면 저렇게 영가들이 폭주하는 것도 조금은 이해가 되었다. 마지막이라는 처절함 때문이었다.

하지만 이원은 그가 계속 생각을 하게 가만두지 않았다. 그녀의 붉은 입술이 즐겁게 올라갔다.

"내 계획들을 당신이 다 부수었으니 나도 당신이 아끼는 것 하나만 부술게."

"……!"

하현의 표정이 확 변했다.

부순다고? 하현이 반사적으로 연화가 있는 곳을 바라보았다. 그리고 그의 시선이 닿음과 동시에 고군분투하고 있던 미르가 온 힘을 다해 그녀를 향해서 몸을 날렸다. 자신의 힘으로 연화를 보호하려고 한 것이었다.

하지만 그 역시 힘이 거의 남지 않은 상태였고, 연화는 자신의 앞을 가로막는 미르를 보며 눈을 크게 떴다. 그의 등이 보였고, 그의 앞으로 날아드는 검은 창이 보였다. 그리고 다음 순간, 비명 같은 외침과 함께 연화의 몸이 휙 돌았다.

"싫어요!"

지긋지긋했다. 더 이상은 싫었다. 보호받는 것도, 남에게 신세를 지는 것도, 걱정을 끼치는 것도, 빚을 지는 것도 다 싫었다. 그래서 연화는 있는 힘껏 미르를 붙잡고 그 반동으로 빙그르르

돌았고, 그녀의 등이 그대로 새까만 창 앞에 노출되었다. 하현의 얼굴이 창백하게 질렸다.

"안 돼!"

"꽃 아가씨!"

하현과 미르 두 남자가 경악하며 그녀를 불렀지만 연화는 미동 없이 눈만 꽉 감았다.

이미 죽은 몸, 이미 한 번 죽은 몸, 이리 가도 아무런 미련 없었다. 아쉬움 없었다. 두 사람을 지키기만 한다면, 지킬 수만 있다면 이미 죽은 이 몸 꽤 쓸모 있게 버리고 가는 것이겠지.

그때였다.

"……!"

하현과 미르는 비명을 지르던 모습 그대로 얼어붙었다.

기대도 하지 않았던 것, 상상도 하지 않았던 것, 생각도 하지 못했던 일이 일어났기 때문이었다. 쐐액, 공기를 가르는 날카로운 소리와 함께 푸른 검이 빛과 같이 날아들었고, 이원의 공격을 그대로 마주했다.

그리고 미르가 고통스럽게 비명을 질렀다.

"안 돼!"

까아아앙—

그것은 비단 창과 검의 맞부딪힘이 아니었다. 이원은 창에 자신의 힘을 가득 담아 있는 힘껏 내질렀고, 파 역시 자신의 온몸으로 그것을 받아친 것이었다.

힘과 힘을 넘어서는 그 이상의 충돌에 새하얀 빛이 뿜어져 나와 시야를 백색으로 물들였다. 그 견딜 수 없는 환함에 연화도 눈을 감았고, 미르도, 이원도 눈을 꽉 감았다.

그러나 하현만은 그대로 뜨고 똑똑히 보았다.

'파……?'

어째서일까.

어째서 지금, 아까 자신이 말했던 그 설명이 떠오르는 것일까. 멍한 머릿속으로 단편적인 조각이 드문드문 떠올랐다. 마치 녹화된 화면을 느릿느릿하게 재생하는 듯한 그런 느낌이었다.

이원의 공격은 마치 작열하는 태양 빛 같았고, 푸른빛 가득한 파는 마치 지구 같았다. 그리고 그녀에게 가려진 하현의 얼굴에 짙은 그림자가 졌다.

월식이었다.

*　　*　　*

'졸려.'

파는 눈을 깜빡였다.

'너무, 졸려.'

답답했고, 나른했고, 졸렸다.

몸에 힘이란 힘은 다 빠진 느낌, 이대로 눈을 감으면 길고 긴 잠에 빠져 버릴 것 같은, 그런 기분이었다. 수고했어, 이대로 좀 쉬어, 라고 사근거리는 것만 같은 그 유혹이 너무나도 달콤해서 파는 이대로 있고 싶었다. 그렇게 쭉 눈을 감고 싶었다.

'그래…… 꽤 오래 버텨 왔으니까. 이제는 그만 쉬어도 되겠지.'

문득 생각했다.

언제부터였더라…… 얼마나 이 안에 갇혀 있었던 걸까. 이제는 제대로 생각도 나지 않는 과거였다. 그 오랜 기억에 파는 살짝 웃었다. 사람이 죽기 전에는 인생이 주마등처럼 스윽 지나간다더니 그 말이 참으로 맞는 것일까. 그때, 아주 오래전에 숨을 거둘 때는 그러지 않았었는데.

'당시에는 억울함만 가득했으니까.'

눈을 감아도, 떠도 보이는 게 온통 새까만 어둠뿐이었기에 머릿속에 떠오르는 생각은 온갖 색으로 생생했다. 파는 멍하게 눈을 깜빡이다가 자신이 가진 기억 중 가장 오래된 기억을 떠올려 보았다.

'내게 있는 가장 오래된 기억.'

자매였다.

그녀에게는 동생이 하나 있었다. 동생은 몹시 어여쁜 아이였다. 얼마나 예뻤느냐면 이제 막 댕기를 묶을 수 있을 정도로 머리가 길었을 그 어렸던 즈음부터 미인이라고, 미색이 벌써부터 꽃을 피운다는 말을 들을 정도였다.

아주아주 고운 아이, 그리고 그 이상으로 마음도 곱고 여린 아이였다.

'그래, 마치 연화 그 아이처럼.'

하지만 집은 가난했다. 초가집이라고 말하기도 민망할 정도로 흙벽이 무너져 가고 바닥이 푹 꺼져 있는 그런 집이었다.

어느 날, 그런 집에 도움이 되어 달라는 요청을 받았다. 이 고을 유명한 부잣집의 노총각에게 시집을 가라고. 실상 요청이 아닌 명령이었다.

얼핏 계산해도 나이 차는 스무 살쯤, 누가 봐도 돈으로 팔려 간다고 생각할 수밖에 없는 상황이었다. 게다가 그이는 성격이 포악하다느니, 손버릇이 고약하다느니, 얼굴이 곰보라느니 등등 온갖 흉흉한 소문의 중심에 있었고 그런 이의 아내가 되는 게 너무나도 싫었다.

싫어.

싫어.

싫어!

하지만 그럼에도 불구하고, 혼인을 결심한 이유는 단 하나였다. 자신의 소중하고 아리따운 동생은 더 나은 환경에서 살게 하고 싶어서, 나보다는 나은 곳으로 가게 하고 싶어서.

그래서 혼례 날의 수치를 참았고, 첫날밤의 역겨움을 견뎠고, 그 이후의 밤을 버텨 내었다. 하지만 거기까지였다.

언제였더라, 몇 번째 밤이었더라. 한껏 쏟아 내고 내내 지독히도 괴롭힌 것이 즐거웠던 것일까, 남편은 울음을 삼키고 있던 그녀에게 히죽거리며 말을 건넸다.

혼자니까 외롭지 않느냐고, 혼자 있는 것이 적적할 테니 귀여운 여동생을 옆에 데려와 주겠다고, 자매끼리 우애 있게 지내보라고.

그렇게 연이은 말에 그 즉시 마음을 먹었다. 이 사람을, 죽여야겠구나.

어찌 자매를 한 번에 품을 생각을 할까, 어찌 한 자매를 나란히 부인으로 맞을 생각을 할까, 인간의 탈을 쓰고 어떻게, 어떻게.

그날 밤, 술에 옴팡 취해 깊이 곯아떨어진 그의 얼굴 위로 두툼한 흰 베개가 얹혔고, 그 위에 앉듯이 올라타 온몸으로 그 푹신한 것을 짓눌렀다.

잠에서 깬 남자가 그 아래에서 벌레처럼 바르작바르작거렸지만 그의 신음과 거친 숨소리는 푹신한 베개가 고맙게도 모두 다 막아 주었다.

이윽고 그의 몸짓은 잦아들었고, 이튿날 아침 차가운 시신 옆에서 비명을 지르는 것으로 끝났다. 아니, 끝날 줄 알았다. 하지만 그것은 시작에 불과했다.

'죽어 줘야겠다.'

이번 역시 가문을 살리라는 요청, 부탁, 명령이었다. 다른 점이라면 이전에는 친정, 이번에는 시댁이랄까.

기울어져 가는 집안에 조금이나마 보탬이 되기 위해 원치 않는 혼인, 팔려 가는 수모를 겪었는데 이번에는 목숨을 내놓으라는 말을 들은 것이었다. 열녀문을 세우기 위해서였다.

웃음이 나왔다. 누가 죽였는데 누구 보고 열녀라는 것일까, 저이의 목숨 줄이 이 손에 끊어졌는데 왜 나더러 열녀가 되라는 것일까.

하지만 집안사람들은 물론이거니와 주위 이웃들, 심지어는 저 높으신 곳에 계신 윗분들도 고을의 이름을 드높이기 위해 죽음을 강요했다.

이걸로 짧게 끝내라며 푸른 검을 손에 단단히 쥐여 주었다. 그리고 푹신하고도 새하얀 베개 위를 짓누르고 앉았던 날로부터 얼마 지나지 않아 푸른 검은 붉게 물들었다. 네가 죽어 준다면 친정 식구들은 배곯을 일 없이 먹고 살 것이다, 라는 말을 들은 밤의 일이었다.

'모든 것은 널 지키기 위해서였어. 널 돕기 위함이었어. 너만큼은, 너는 꼭 행복하길 바라서.'

그러나 한이 너무나도 독하게 맺혀서 이승을 떠나지 못했다. 검을 뽑지 못했다. 가녀린 몸, 그 가엾은 심장에 단단하고도 깊이 박힌 단검을 수많은 사람이 뽑아 보려 애썼지만 영이 붙어 있었기 때문일까, 힘센 장정들도 차디찬 시체에 푹 찔려 있는 푸른 검을 뽑지 못했다.

겁에 질린 사람들이 유명한 무당을 간곡히 청하고 청했고, 그렇게 한바탕 굿을 한 다음에야 겨우 뽑아내었다.

하지만 검이 뽑힌 것은 한이 풀려서가 아니었다. 화를 거두어서가 아니었다. 시집와서 단 한 번도 보지 못했던 동생, 그 아이의 눈물 젖은 얼굴을 보니 힘이 풀렸기 때문이었다.

'왜 이리 얼굴이 상했니, 왜 이렇게 몸이 말랐어. 돈이 생겼는데 왜, 왜.'

그리고…… 그 후로 이제껏, 오랜 세월이 흘렀음에도 자신은 이 검을 떠나지 못하고 있었다.

'언제 갈 수 있을까, 언제나 쉴 수 있을까.'

파는 웃으며 한숨을 쉬었다. 잊어버린 줄 알았던 기억들이 이리 생생히도 생각날 줄이야.

이제는 희미해져 버린 그 한이라는 게 아직도 날 붙잡고 있는 것일까, 그렇게 생각하면서 하루를, 일 년을, 십 년을, 백 년을 버텨 내었다. 언젠간 다시 만날 일이 생기겠지, 하늘이 나를 조금이나마 가엾이 여기겠지, 혹은 벌을 거두겠지 싶어 내내 참고 견뎠다. 그리고 지금도…….

"파!"

"……!"

순간적으로 들린 목소리에 두 눈이 번쩍 떠졌다. 머릿속에서 재생되고 있던 화면이 뚝 끊겼다.

그리고 파는 급히 주변을 둘러보았다.

온통 새까맣고 새까맸다. 그녀의 얼굴이 딱딱하게 굳어졌다. 등줄기가 싸하게 차가워지는 기분이었다.

'내가, 내가 이제껏 무슨 생각을 하고 있었던 거지? 내가 왜 아직도 이 안에 있는 거야, 왜 다시 이 안에 갇힌 거야!'

파는 주위를 둘러보았다. 지난번 미르 그이가 했던 말을 똑똑히 기억했다. 문이 있다고 했다. 문을 열어 두었다고 했다. 다시 자신이 가라앉아 반응이 없을 때를 대비하여 그 문을 열어 놨다고 했다.

그곳으로 송이원 그 여우가 들어오게 되었지만, 어쨌거나 문이 있다면 나갈 수는 있다는 말이었다. 파의 눈동자가 빠르게 움직였다. 어디야, 어디야, 어디야.

그리고 그것을 알았을까, 목소리가 다시 들렸다. 이제는 못 알아들을 수 없는 목소리, 자신을 불러낸 목소리, 연화였다.

"부탁이에요. 당신은 날 지켜야 하잖아……. 지키기로 했잖아."

웃음이 얼핏 나왔다.

계약, 약속. 그렇지, 맹약. 하현과 한 약속이었다. 무슨 일이 있더라도 연화를 지킬 것, 그것이 계약 조건이었다. 하지만 이제는 글쎄, 굳이 조건이 아니어도 하고 싶었다.

동생을 닮은 아이, 여리고 예쁜 아이를 지키고 싶었다. 너만큼은, 그래 너만큼은.

"그러니까 돌아와요, 와서 날 지켜 줘요. 제발."

바로 그 순간, 저 멀리에 아주 실낱같이 가느다란 빛이 보였고, 파는 그대로 그 작은 빛을 향해 힘껏 몸을 날렸다. 그리고 달을 가렸다.

까아아앙—

소름 끼치는 소리였다. 비명 같은 소리였다. 아니, 비명이 들린 것 같기도 했다. 내가 지른 거였던가.

"이게…… 대체……."

연화는 얼어붙은 것처럼 자리에 굳어선 채 그 장면을 바라보았다.

다가올 고통을 예상했고, 죽음을 예감했고, 이별을 감내했다. 하지만…… 이런 이별은 아니었다. 쉼 없이 바들바들 떨리는 입술 사이로 흐윽, 알 수 없는 신음 소리가 새어 나왔다.

"아니…… 아니야…… 아니야……."

쐐액, 하는 바람을 찢는 소리가 익숙해서, 하지만 예서 들을 거라고는 생각지 못해 놀라워서 눈을 떴고, 그 직후 마주한 것은 태양이었다.

검고 검은 것과 푸르고 흰 것이 크게 부딪혀서 크나큰 빛을 만들어 내었다. 붉은 섬광을 만들어 내었다. 월식이 이런 것일까.

새빨간 것을 푸른 것이 온몸으로 힘껏 가리어 뒤를 덮었고, 그 작은 지구에 가려진 연화와 하현의 얼굴에 짙은 그림자가 드리워졌다. 하현의 얼굴이 절망으로 새까맣게 물들었다.

"안 돼!"

무사할 리가 없었다. 원체 성하지 못한 그녀였는데 저 공격을 맞고 버틸 수 있을 리가 없었다. 지금도 간신히 검에 붙어 있는 그녀인데, 균열이 진행 중인 상황인데!

한편 자신의 공격이 막힌 것에 놀란 듯 이원은 몹시 당황한 표정으로 밤하늘에 떠 있었고, 하현은 더 이상 참지 못하고 그대로 앞으로 뛰어들었다.

"파!"

제발 닿길 바랐다. 목소리를 들어 주길 바랐다. 무언가 반응이라도, 아주 작은 것이라도 상관없으니 제발 어떤 반응이라도, 무슨 반응이라도 해 주었으면 했다. 간절히 바랐다.

'제발, 제발!'

미르는 눈을 크게 부릅뜨며 입술을 꽉 깨물었다. 잠시라도 눈을 떼고 싶지 않았다. 모든 걸 다 보고 싶었다.

'제발 돌아서요, 말이라도 해 줘요, 어떤 말이라도 좋으니 제발, 제발 목소리를 들려줘요.'

하지만 누구의 목소리도 닿지 않는 듯 검은 여전히 허공에 떠 있는 채로 밝은 빛을 뿜어내고 있었고 아무런 변화도 없이 이전과 똑같이 환하게 떠올라 있기만 했다.

하현과 미르는 그래서 더 이상하다고 생각했다. 정상적으로 보이지 않았다.

하현이 그녀에게 손을 뻗은 순간 바로 그 이상의 일이 일어났다.

따앙—

"……!"

하현이 급히 손을 거두었다. 그의 손이 닿기 바로 직전에 무언가 바닥에 큰 소리를 내며 떨어졌기 때문이었다. 그리고 그와 연화와 미르는 똑똑히 보았다.

요란한 소리를 내며 바닥에서 구르고 있는 것은 검의 손잡이 부분이었다. 그걸 단번에 깨달은 하현의 얼굴이 딱딱하게 굳어졌고, 연화는 바닥에 떨어진 그것과 파를 번갈아 바라보았다.

끔찍한 악몽 같았다. 하지만 그것은 시작에 불과했다.

탁—

하현이 급히 한쪽 무릎을 꿇으며 손바닥을 뻗었다. 무언가 또 떨어지는 것이 보였기 때문이었다. 그의 손바닥에는 푸른 검 조각 하나가 간신히 걸치듯 올려 있었고, 연화는 비명이 나올 것만 같은 입술을 두 손으로 꽉 눌렀다.

파가, 부서지고 있었다.

안 돼, 안 돼, 안 돼!

"파!"

하현이 다시금 그녀를 불렀지만 되돌아오는 말은 없었다. 그저 하나하나, 마치 허공에서 푸른 눈물이 떨어지듯 고인 한이 녹아가듯 바닥에 한 조각 한 조각 땡강거리며 떨어질 뿐이었다.

성인 남자의 손 한 뼘 정도밖에 되지 않는 단도였기에 파의 조각은 그리 많지 않았고, 이윽고 검의 날 맨 앞부분 그 뾰족한 것이 마지막으로 바닥으로 가라앉자 사위가 조용해졌다.

"……."

말도 안 돼.

스스로의 입술을 막은 연화의 손에 힘이 풀어져 스르르 아래로 떨어졌다. 다리에서 힘이 풀려 자리에 주저앉은 그녀를 하현이 급히 붙들었지만 연화는 일어서지 못했다. 믿고 싶지 않았다.

'파가, 깨졌어……?'

고개를 저었다.

'아니, 아니, 아니. 그럴 리 없어. 아니야. 저거 아니야. 파는, 파는!'

눈물 가득 담긴 까만 눈동자에 푸른 조각들이 담겼다.

고작 해 봤자 대여섯 개 정도의 조각, 저 안에 담겨 있던 이를 사랑했다. 좋아했다. 벗이라 여겼고, 나를 지켜 주는 소중한 이라고 믿었다. 실제로 자신의 목숨을 몇 번이나 구해 준 은인이기도 했다. 한데 그이는 마지막까지…….

"날…… 대신해서……."

담겨 있던 눈물이 두 뺨을 다시금 흠뻑 적셨다. 젖은 뺨 위로 새로운 물줄기가 흘러내렸다. 연화가 도리질하며 바닥을 쳤다.

"싫다고 했잖아요, 대신은 정말 싫다고. 약속했잖아요, 나랑!"

맹약이라고 했다. 이것도 약속이라고 했다. 그 검은 물의 습격 때 자신을 지키느라 푸른 검에 하얗게 타들어 간 점이 수없이 생긴 날, 그날 품에 꼭 안고 약속했었다.

스스로를 희생하지 말라고, 대신은 정말 싫다고. 그런데 왜, 왜!

"파!"

목메어 갈라진 목소리가 흰 공간을 왕왕 울렸다.

*　　*　　*

이원은 아무 말도 하지 못했다. 할 수 없었다.

공격이 막혀서? 아니. 신검이 부서져서? 그 이유도 있었지 무엇보다도 그녀를 얼어붙게 만든 것은 그들의 절실함이었다.

도대체 저 영가가 무엇이길래, 고작 영가 하나를 지키기 위해 몇 중의 보호를 한 것일까. 뒤에 선 미르가 그녀를 자신의 보호막 내로 힘껏 끌어당겼고, 하현이 그 앞을 가로막았다. 그리고 그 앞으로 저 검이 날아들었다.

모두가 보호했다. 모두가 스스로를 희생했다. 몸을 아끼지 않고 내던졌다. 이해할 수 없었다.

이원은 조금도 납득할 수 없었다.

'왜……?'

왜 저렇게 절실한 건데.

목숨을 아까워하지 않는 건데.

그 절실함이라는 게 뭔데.

'나는 조금이라도 더 살기 위해 몸부림치는데 당신들은 어떻

게 남을 위해 몸을 내던지는 거야? 아쉬워하지 않는 거야? 대체 어떻게?'

살아남기 위해서, 살아남아야 해서 짓밟고 올라서기만 했던 이원으로서는 조금도 이해할 수 없었다. 이 상황 자체가 이상했다. 그녀의 세계 안에는 없었다. 희생? 헌신? 보호? 절대로 느껴본 적도 없는 감정이었다. 그래서 이원은 움직이지 못했다. 처음 겪는 그 장면을 바라보기만 했다.

그리고 그때, 그들의 눈에 희미한 아지랑이가 보였다.

"파……?"

하현의 갈라진 목소리가 상대를 향했다. 그의 말에 연화와 미르가 번쩍 고개를 들었고, 다음 순간 연화는 앞으로 달려 나가 매달리듯이 외쳤다.

"파, 파. 당신이에요? 파!"

틀림없었다. 반듯하게 잘린 저 단발머리와 새초롬한 표정. 틀림없는 파였다.

꼭 잡고 싶었다. 반투명하게 보이는 저 인영을 손으로 잡고 싶었다. 품에 안고 싶었다. 하지만 닿으려다가 산산이 부서져 버린 푸른 검이 생각나서 연화는 선뜻 손을 대기가 무서웠다. 심장이 두근두근 떨렸다.

연화가 자신을 향해 울듯이 바라보기만 한 것을 알았을까, 파가 그녀에게 희미한 미소를 보냈다. 다 알고 있다는 듯한 작은 웃음이었다. 하지만 연화는 오히려 그 웃음을 보고 나자 심장이 쿵 떨어지는 기분이 들었다. 진정 마지막 같았다.

'안 돼, 안 돼요. 싫어요. 안 돼!'

[계약은 유효하지?]

또렷하게 나온 목소리에 하현이 천천히 고개를 들었다. 분명 자신에게 하는 말이라고 생각했기 때문이었다.

'나에게 할 말, 내가 들을 말. 그리고 너의 목소리.'

하현의 눈이 파의 눈과 정확히 마주했다. 새까만 눈동자, 연화와 같지만 다른 눈. 그리고 또랑또랑한 목소리.

'……내내 듣고 싶다고 생각했었는데.'

언제였을까, 미르가 자신에게 '파의 목소리가 들린다'라고 했을 때 재미있다는 생각이 들었고, 다행이라는 생각도 들었다. 한편으로 조금은 부러웠다.

자신도 그녀와 의사소통이 되면 좋을 텐데, 그녀의 생각을 알 수 있으면 좋을 텐데. 하지만 이런 식으로 듣기를 원한 것은 아니었다.

그러나 그가 원하든 원하지 않든 파의 목소리는 똑똑히 들렸고, 하현은 자신을 똑바로 바라보는 그녀에게 천천히 고개를 끄덕였다. 그리고 그녀에게 답해 주었다.

"응."

그것을 똑바로 알아들은 걸까, 파의 표정이 밝아졌다.

하현은 눈물이 날 것만 같았다. 그녀가 계약 조건을 지켰기에 자신 또한 끝까지 이행하는 것뿐인데 왜 그렇게 고마운 표정을 짓냐고, 다행인 표정을 짓는 거냐고 물어보고 싶었다.

"후……."

깊은 탄식 섞인 한숨이 길게 흘러나왔다. 후회, 안타까움, 분노, 아쉬움이 모두 담긴 짙은 한숨이었다.

한편, 파는 연화를 보고 있었다. 언제부터였을까, 같은 공간에 있을 때에는 항상 이렇게 바라볼 수밖에 없었고, 눈에 들어오는 횟수가 나날이 늘어 갈수록 마음에도 들어오게 된 연화였다. 그렇지만 우는 모습을 보고 싶지는 않았어. 그것도 나 때문이면 더더욱.

'바보 같긴, 왜 저렇게 펑펑 우는 거야. 사람 마음 약해지게.'

파는 입술을 꾹 깨물며 고개를 살짝 흔들었다. 죽기 전 단도로 직접 잘라 버린 새까만 단발머리가 턱 끝에서 팔랑거렸다. 할 말은 꼭 해야만 했다. 특히 저 바보에게는 더더욱.

이전보다 조금 더 단단해진 눈빛이 반듯이 연화에게 닿았다. 그때처럼 울고 있는 동생에게 닿았다.

[야, 너 자책하지 마.]

"……!"

들려.

연화의 눈에 곧장 새로운 눈물이 차올랐다.

들려, 들렸다. 파의 목소리가 들렸다. 매번 듣지 못해서 아쉬워하던 그녀의 목소리가 들리는데 왜 이렇게 눈물이 나는지, 그토록 듣고 싶어 했던 목소리를 들었는데 왜 이렇게 마음이 찢어지는 것 같은지. 약속했다. 듣고 싶었지만 지금은 듣고 싶지 않아.

그리고 그 말의 내용에도 숨이 막혔다. '어떻게 안 해요', 라는 말이 곧장 치솟았지만 할 수 없었다. 그 외에도 하고 싶은 말이 너무나도 많아 쉽게 말을 고를 수가 없었기 때문이었다.

연화는 고르고 고르다가 결국 그 무엇도 내뱉지 못하고 입을 꽉 다물고 말았다.

그것을 알았을까, 파가 천천히 눈을 깜빡여 연화를 보았다. 어쩐지 눈물이 조금 고여 있는 것 같기도 했다.

[대신 아니야. 희생도 아니고.]

연화의 눈이 조금 커졌다. 아까 자신이 한 원망에 대한 답이었기 때문이었다.

자신 대신에 죽는 것도, 자신을 위해 희생하는 것도 싫다고 했었다. 하지 말라고 했었다. 그 약속을 왜 어기냐고 화를 내었다. 그것에 대한 답이 뒤늦게 돌아오고 있었다.

파가 계속해서 말했다. 얼음처럼 차가운 온도의 목소리였지만, 분명 물기에 젖어 있음이 느껴졌다.

[다시 말하지만 난 계약자와의 계약을 지킨 것뿐이야. 내 할 일을 한 거라고.]

파는 일부러 뾰족하고 퉁명스럽게 말하고 있었지만 연화는, 그리고 하현은 분명히 알고 있었다. 아니, 알 수밖에 없었다. 반투명한 파의 몸이 잘게 떨리고 있었기 때문이었다.

연화는 결국 고개를 떨구고 말았다. 이런 거, 싫어. 정말 싫어. 정말.

파는 고개를 다시 살짝 돌렸다. 그것은 아주 작은 행동인데도 불구하고 이제껏 해 온 그 어떤 것보다도 제일 힘들었다.

보고 싶지만, 보고 싶지 않아. 하지만 보고 싶어. 그리고 이제는 봐야만 해.

'……진짜 못 할 짓이네. 두 번은 못 해, 절대로.'

점점 더 힘들어지고 있었다. 속이 아팠다. 마음이 짓눌리고 있었다. 그러니까 좀만 더, 조금만 더, 이제 하나만 더.

"파."

자신에게 말할 걸 미리 알았던 것일까, 미르가 천천히 그녀를 불렀고, 파가 천천히 그를 바라보았다. 입술을 떼기가 어려웠지만 다행히 목소리는 막히지 않고 흘러나왔다.

[……내가 받을 걸, 당신에게 넘길 거예요.]

목소리가 나와서 다행이라고 생각했다. 이 말을 할 수 있어서 다행이라고 생각했다. 내 목소리를 듣는 사람이 당신이어서, 울어 주는 사람이 당신이어서 다행이고 고맙다고 생각했다.

그리고 이것은 예정되어 있던 이야기. 계획된 이야기. 정해진 이야기였다.

목소리를 들어 주는 유일한 사람이자 마음을 주게 된 단 하나의 사람, 하현과 가까운 사람이며 이 가문에 소속되어 있고 뛰어난 영력을 가진 사람.

파 역시 가업을 이을 생각이 없는 하현을 알았고, 그가 미르를 어떤 마음으로 바라보는지 또한 잘 알았다.

그리고 그 사람이 이 사람이고, 나의 목소리를 듣고 마음을 듣는 사람임에 감사했다. 그렇다면 미련 없이 줄 수 있을 테니까, 아까움 없이 모두 다 넘기고 훌훌 털 수 있을 테니까.

하지만 아까움은 없어도 아쉬움은 남아 있었다. 그런 파의 목소리는 맑지 못했고, 점점 더 탁해졌다.

[정하현의 힘이 당신에게로 갈 거예요. 그럼 지금처럼 픽픽 쓰러지지도 않을 거고, 힘들지도 않을 거예요.]

"파."

파는 입술을 다부지게 깨물었다. 울지 않을 거야. 소리 하나 내지 않을 거야. 한 방울의 눈물도 보이지 않을 거야, 그렇게 다짐했다.

하지만 다음 순간 미르가 한 말에 결국 무너지고 말았다.

"그럼 앞으로도 목소리 계속 들을 수 있어요?"

[…….]

"그럼, 계속 당신 볼 수 있어요?"

[…….]

아니. 못 해. 못 들어. 못 봐.

말을 해야 하는데, 사실을 이야기해야 하는데 입술이 도무지 떨어지지를 않았다. 파들파들 떨리던 게 조청을 바른 것처럼 딱 달라붙어 떨어지지 않았다. 그래서 파는 아무런 말을 하지 못했고, 미르가 재차 그녀에게 말했다.

"또, 만날 수 있어요?"

찬찬히 쌓이고 쌓여 일렁거리던 감정의 보가 기어이 터져 쉼 없는 흐름을 만들어 내었다. 파는 결국 두 손으로 얼굴을 덮고 말았고, 반투명한 눈물이 뺨을 타고 흘러 턱에서 멍울져 뚝뚝 떨어졌다.

연화는 입술을 손으로 재차 막았다. 비명이 나올 것만 같았다. 파가, 사라지고 있었다. 파가…… 투명해지고 있었다. 연화가 거세게 도리질 쳤다. 안 돼, 안 돼, 싫어요. 안 돼!

"힘 다시 가져가면 안 돼요?"

[…….]

예쁜 눈에서 흐른 눈물이 하얀 뺨을 흠뻑 적셨다. 미르가 끅끅 소리를 내며 울고 있었다.

"제발. 떠나지 않으면 안 돼요?"

[……미르.]

눈물로 젖어 있던 미르의 얼굴이 멍해졌다. 처음으로 들은 자신의 이름, 파가 부른 자신의 이름. 그게 왜 지금이야. 왜 지금이야. 왜, 이제야.

하지만 파는 점점 투명해져 이제는 머리끝, 손끝마저 투명하게 녹아들고 있었고, 미르는 더 이상 참지 못하고 그녀를 와락 품에 끌어안았다.

지난번처럼 뺨을 때려도 좋으니, 화를 내도 좋으니 제발, 제발 떠나지 말아요. 제발.

하지만 파는 그를 밀어내지 않았다. 밀어내는 대신, 손을 들었다.

[또 봐요.]

잘 있으라는 말은 안 할 거야. 잘 못 지낼 테니까, 그런 말은 안 할 거야. 그러니까.

[우리 또 만나요.]

그리고 미르의 품에는 그 무엇도 남지 않았다. 마지막 인사를 한 것을 끝으로 파는 영영 사라졌다.

영이 사라진 텅 빈 조각, 푸른 검의 잔해뿐이었다.

그렇게 끝이었다.

*　　*　　*

살면서 믿고 싶지 않은 일이 참 많았다. 믿을 수 없어, 라는 말을 한 적이 수없이 많았다. 언제부터는 아예 입버릇처럼 말하곤 했다. 믿을 수 없다고, 못 믿어, 라고. 지금 또한…….

"믿을…… 수 없어."

연화가 중얼거린 말에 하현은 천천히 고개를 돌려 옆을 바라보았다. 하현 역시 그 말에 깊이 동의했다. 그만큼 믿을 수 없었고, 믿고 싶지도 않았다.

그때였다. 녹색 빛이 갑자기 번쩍였고, 하현은 뒤늦게 고개를 확 들었다. 웅크리듯 제 품을 스스로 안고 있던 미르가 손을 확 뻗은 것이었다.

그리고 다음 순간, 쾅 하는 충격이 집 전체를 뒤흔들었다. 간발의 차이로 미르가 이원의 공격을 막을 수 있었다.

"……!"

하현은 반사적으로 연화를 보호하면서 주위를 둘러보고는 이를 악물었다. 언제 왔는지 새까만 악령들이 보호막 밖에 우글우글했다.

게다가 방금 그 공격은 하현과 연화 두 사람이 파가 소멸된 충격에 빠져 있는 틈을 노리고 날아온 것이었다.

연화는 하얗게 질린 얼굴로 하현의 소매를 잡았고, 하현은 그녀를 부축해 자리에서 일어날 수 있도록 도우면서 미르를 돌아보았다.

"은미르, 괜찮냐?"

"……."

미르는 대답 대신 손을 들었다. 그의 손짓에 따라 다시금 반투명한 막이 집 전체를 덮었고, 미르는 숨을 크게 들이마시고서 눈에 힘을 주었다.

그러자 막 위로 자잘한 진동이 일기 시작했고, 의아한 표정으로 그것을 올려다보던 하현의 안색이 곧바로 싹 변했다.

"야, 인마!"

"무리 아니에요."

하현이 입술을 꽉 깨물었다. 무리가 아니긴 뭐가 아니야!

지금 미르는 막 위에 다른 힘을 얹고 있었다. 이 정도 크기의 보호막을 유지하는 것만으로도 힘이 들 텐데 그 위에 다른 것을 얹는다니, 분명한 무리였다.

게다가 그 다른 힘은 공격 계열임이 분명했다. 방금 전 달려들었던 검은 것 하나가 비명도 지르지 못하고 그대로 타들어 갔기 때문이었다.

"……야."

하현의 표정이 무섭게 변했고, 그가 미르의 어깨를 자신 쪽으로 확 끌었다. 지난번에 악령들을 막느라고 그의 속이 얼마나 상했는지 전해 들었다. 얼마나 힘들었는지, 요양했는지 잘 알고 있었다. 또다시 그렇게 둘 수는 없었다. 상하더라도 자신이 상하고, 아프더라도 자신이 아픈 게 나았다. 몸은 힘들지언정 마음은 그게 훨씬 편했다. 하현이 으르렁거리듯 말했다.

"무리 맞잖아."

"하나만 끝내면 돼요."

하나만?

미르가 하늘을 바라보았고, 그의 시선을 따라 하현도 저 위를 바라보았다. 그리고 그의 말을 바로 이해했다. 이원이 정확히 그들의 시야에 들어오는 밤하늘에 떠 있었다. 미르가 여전히 등을 보인 채로 말을 이었다.

"악령들의 수가 많긴 하지만 그들을 조종하는 건 저 여자에요. 저 여자만 무력화시키면 악령은 아무것도 아니라는 거죠."

"하지만 만약 놈들이 폭주하게 된다면?"

그 말에 미르가 천천히 고개를 돌려 하현을 바라보았다. 확실히 그것도 문제였다. 그런 일이 없길 바라지만, 최악의 경우 해방된 놈들이 제멋대로 날뛸 수도 있었다.

게다가 지금은 여러모로 열세였다. 월식이 계속되는 중인 데다가…… 심지어 파도 없었다.

하지만 그는 오래 고민하지 않았다.

"어차피 끊어야 해요. 계속 이 안에 있을 수는 없으니까."

그 말에 하현이 마뜩잖은 표정으로 고개를 끄덕였다. 그의 말대로 월식이 끝날 때까지 이 안에서 언제고 기다릴 수도 없는 노릇이었다.

그리고 지금으로써는 미르의 말대로 이원을 무력화시키는 것 빼고는 다른 방안이 없었다.

"한 번도 했는데 두 번을 못 할까."

지난번 병원에서 은 교수와 함께 있을 때 이원이 데리고 온 거의 모든 영가들을 찢어 죽였고, 이원마저도 그러려고 했었다.

'이럴 줄 알았으면 그때 병원에서 아예 눌러 버릴 걸 그랬네.'

뒤늦은 아쉬움이 생겼지만 이미 지나 버린 일, 지금이라도 마무리하면 될 일이었다.

하현은 두 손을 아래로 늘어뜨렸고, 곧 그의 손 주변에서 회오리치듯 바람이 어른거리기 시작했다. 이윽고 그의 눈동자 빛과 같은 주홍색 힘이 손에 두툼하게 둘렀고, 하현과 미르의 시선이 맞닿았다.

파앗—

이원은 급히 뒤로 물러났다. 저 아래에서 갑자기 강한 빛이 검은 구름을 뚫고 지나갔기 때문이었다. 간신히 몸은 피했지만 영가들 다수가 소멸했고, 다치지 않은 놈들도 잔뜩 겁에 질린 것이 보였다. 이원의 입매가 일그러졌다.

"잘도 쏘아 대네."

이원은 이를 악물었다.

아까 노렸어야 했다. 좀 더 빨리 공격했어야 했다. 놈들이 다 넋을 빼놓고 있을 때 정신을 차릴 틈 없이 몰아쳤어야 했는데 신검이 소멸하는 장면은 처음이라서 지켜보다 보니 틈을 줘 버리고 만 것이었다.

이원은 스스로를 질책하면서 손을 휘저었다. 그러자 악령들이 검은 채찍처럼 하나로 이어지기 시작했고, 이원은 당연하다는 듯 그것을 낚아채어 몇 번 휘둘러보았다.

채찍은 날카로운 소리를 내며 허공을 찢었다. 제법 소리가 들을 만하다고 생각하면서 이원은 그것을 저 아래에서 어른거리고 있는 막을 향해 있는 힘껏 휘둘렀다. 그러자 채찍 끝이 보호막을 강하게 때렸다.

"온다!"

하현이 낮게 말했지만 미르는 조금도 미동도 없었다. 그는 자신을 향해 날아오는 채찍을 담담하게 바라보았다. 그리고 곧 검은 것이 그의 머리 위를 가득 덮었다.

콰아앙—

그들 위로 덮친 것은 가히 엄청난 소리였다. 만약 하현이 주위로 소리가 새어 나가지 못하도록 사전에 막지 않았다면 주변에 사는 사람들이 뛰쳐나왔을 정도로 몹시 큰 굉음이었다.

하지만 이원도, 미르도, 심지어 연화까지도 눈 하나 깜짝하지 않았다. 이원은 입술을 깨물며 앞을 노려보았다.

'설마, 아무 타격도 없다고?'

그럴 리가 없었다. 방금 그 일격은 맘먹고 제대로 들어간 공격이었다. 한 번에 깨지지는 못해도 약간의 균열이라도 생겨야 했다. 하지만 그녀의 목적과 기대와는 달리 미르의 막은 조금도 균열이 생기지 않았다.

그 위를 덮고 있던 매캐한 연기가 지나가고 나서도 조금의 변화가 없자 이원의 얼굴에 당혹스러움이 가득 어렸다.

'뭐야, 지난번이랑 너무 다르잖아!'

지난번에는 결계를 유지하는 것도 힘들어 보였었다. 아니, 아까만 해도 그랬다. 아까만 해도 악령들에 둘러싸여 코를 막고 괴로워하던 놈이었다.

'그런데 어떻게 한순간에 달라진 건데?'

그 시각, 하현도 비슷한 생각을 하고 있었다. 파와의 계약에 따라 자신의 힘이 미르에게 넘어가게 되었지만 그것은 '마지막

날' 이후에야 넘어갈 예정이었고, 그때까지는 연화를 지켜야 하기에 자신이 내내 갖고 있을 생각이었다. 결론적으로 아직 그의 힘은 조금도 넘어가지 않은 상황이었다.

'그런데 어떻게……?'

등을 보이고 있음에도 불구하고 그 눈빛을 느꼈을까, 미르가 여전히 이원을 바라보면서 입술만 움직였다.

"그렇게 보지 말아요, 나도 잘 모르겠으니까요. 왜인지 모르겠지만…… 힘들지 않아요. 아프지도 않고요. 아마……."

미르는 입을 다물었다. 아마 파의 선물일까요, 라고 말하려던 건 그냥 삼켰다. 별로 말하고 싶지 않았다. 그래서 미르는 말을 잇는 대신에 막 위에 다시금 힘을 얹었고, 곧바로 챠아악 하는 소리와 함께 연기 여럿이 피어올랐다.

하현도 그가 무엇을 말하려는지 알 것 같아서 더는 묻지 않기로 했다.

'그리고 지금은 이게 더 급선무야.'

하현은 고개를 끄덕이며 그의 옆으로 나란히 서며 손을 들었다.

"오냐, 그렇다면 다행이고."

그러면서 하현은 자신들에게 달려드는 놈들을 하나하나 겨냥해서 본격적으로 없애기 시작했다.

미르의 막은 물리적인 공격을 막는 것은 물론이고 놈들이 이 안으로 들어오지 못하게끔 전기를 맞은 충격을 주어 접근할 때마다 소멸시키고 있었다. 하현은 그들이 막에 접근을 하지도 못하게끔 저 멀리서 혹은 근거리에서 산산이 찢어발기고 있었다.

그야말로 2인 1조. 조금의 틈도 주지 않고 하나하나 찬찬히 없애 버리는 모양에 연화는 놀란 표정을 감추지 못했다. 완벽한 짝이었다.

'합이 신기할 정도야.'

등을 맡겨도 조금도 불안하지 않은 사이, 보지 않아도 어떤 것을 할지 아는 사이 같았다. 그렇지 않고서야 어떻게 말 한마디 하지 않고 저럴 수 있을까.

지금 하현과 미르는 연화를 사이에 두고 공격하는 중이었다. 두 사람의 철통같은 방어 덕분에 사이에 끼어 있는 연화는 완벽하게 안전했고, 그런 모습이 똑똑히 보여서 이원은 점점 더 초조해지고 있었다.

'틈이 없어.'

옆에서 공격할라치면 미르가 잽싸게 막고, 그 막는 것과 거의 동시에 하현이 손을 뻗어 악령을 집어 채어 찢었다. 조금의 망설임도 없는 손속은 완벽한 살육이었다. 만약 영가들에게 피와 살이 있다면 저 주변은 새빨간 피로 홍건할 게 분명했다.

이원은 '아버지'에게 느끼는 것과 조금 다른 공포를 느꼈다. 그 남자가 피도 눈물도 없는, 모든 이들에게 날을 세우고 있는 양면 톱날 같은 사람이라면 정하현. 저 사람은 장검이었다.

자신의 사람에게는 무한히 잘해 주되 자신의 맞은편에 있는 이에게는 끝없이 잔인했다. 조금도 다가오지 못하도록, 틈도 내주지 않고 베어 버리는 그런 사람이었다. 그리고 저이에게 나는, 죽어 마땅한 악녀겠지. 악역이겠지.

"……."

이원은 문득 고개를 들어 주위를 둘러보았다. 원래도 많지 않았지만 이제는 정말 몇 남지 않았다. 그나마 있던 것들도 저기 저 남자들에게 찢기거나 타 버렸고. 왜일까, 웃음이 나왔다.

"풋."

순간 웃음이 쏟아져 나와 견딜 수 없었다. 저 아래에서부터 차고 올라오는 묘한 감정에 웃음이 터져 나왔다. 왜 웃지, 뭐가 웃기지, 스스로도 생각해 보았지만 이유를 알 수 없었다. 그냥 웃겨, 웃겨서. 내가 웃겨서.

이원은 허리를 꺾으며 소리 내어 웃었다.

"……미친 건가?"

하현의 표정이 이상해진 것도 당연한 일이었다. 저 위에서 줄곧 이쪽을 죽일 듯 노려보고 있던 이원이 갑자기 숨을 못 쉴 정도로 폭소하고 있었으니 연이은 충격에 정신에 문제가 생긴 게 아닌가 싶었다.

그도 그럴 게, 그간 지켜본 것으로 유추하면 이원과 악령들은 직접적인 계약 상태로 보였다. 악령들이 소멸할 때마다 그녀의 상태가 점점 안 좋아졌기 때문이었다. 분명 육체든 정신이든 무리가 가고 있을 것이었다.

지금, 그녀의 주위에는 더 이상의 구름은 없었다. 어느덧 한눈에 보일 정도로 놈들의 수가 줄어든 것이었다. 가뜩이나 궁지에 몰린 상황에다가 정신적인 충격까지 연이어 오고 있고, 아까 그녀의 말에 따르면 '돌아갈 곳' 또한 없다고 했다.

최악의 경우에는 극단적인 행동까지 할 수도 있다는 말이다. 미르의 표정이 심각해졌다.

"형."

"응, 알아."

조짐이 이상하니 조심하라는 말이었다. 하현 역시 그녀의 상태가 정상이 아니라는 게 느껴져서 예리한 표정으로 이원을 예의 주시했다.

이원은 여전히 허리를 꺾고 깔깔거리면서 웃고 있었다.

'우스워, 정말.'

이원은 배가 아플 정도로 웃으면서 얼굴을 손바닥으로 쓸었다. 말간 물이 배어 나왔다.

모든 게 우스웠다. 무엇 때문에 살아왔는지 허무했다. 이 틈바구니에서 살아 보겠다고 저 남자와 자려고 했던 자신도 우스웠고, 늘 언제나 버러지 취급해 왔던 자신에게 역으로 당해 꼴사납게 죽음을 맞이했을 그 남자, 아비도 같잖았다.

게다가 영가 따위를 지키겠다고 난리를 피우고 있는 저 두 남자도 우스웠고, 마찬가지로 저 영가를 지키다가 소멸한 그 계집도 우스웠다.

그래서 뭘 어쩌겠다고, 뭐가 달라진다고. 무슨 소용이라고. 동시에 화가 났다.

'저년이 미워.'

새하얀 사람. 온통 희기만 한 여자. 자신은 단 한 번도 받아 본 적 없는 걱정과 보호를 너무나도 당연하게 받고 있는 저 여자가 싫었다.

힘은 쥐뿔도 없으면서 자신에게 대들던 꼴도 괘씸했다. 그 허세는 다 어디 가고 남자들 뒤에 저렇게 숨어 있냐는 말이다. 그것도 정하현에게, 자신이 눈독을 들이고 있던 남자에게!

이원은 눈을 꽉 감았다 뜨며 연화를 노려보았다. 그 앞에 선 하현을 노려보았다.

"이룬 것 하나 없더라도 하나는 마치겠어."

"뭐?"

미르가 눈을 가늘게 떴다. 뭐라고 중얼거린 것 같았는데. 하현도 마찬가지로 이원의 입 모양에 집중했다. 목소리가 들리진 않아도 분명 뭐라고 중얼거리고 있었다. 그리고 무의식적으로 그것을 따라 했다.

'널 죽일 거야.'

하현의 얼굴이 확 굳어졌다. 그러나 그가 어떻게 반응하기도 전, 이원이 먼저 움직였다. 남아 있는 모든 악령을 자신의 몸 전체에 두른 것이었다.

그녀는 떨어지듯 직활강하여 하현에게 달려들었다. 그야말로 몸으로 달려드는 육탄이었다.

하현이 질린 표정으로 몸을 돌렸다.

"안 돼!"

하현은 곧바로 연화의 앞을 막아섰다. 아니, 막아서려고 했다. 이원이 노리는 것은 분명히 연화였고, 그런 그녀에게서 연화를 지키려고 한 것이었다. 지킬 수 있을 줄 알았다. 하지만……

"크윽!"

속절없이 밀려나고 말았다. 이원에게 붙어 있는 악령의 힘이 너무나도 거세서 그대로 옆으로 밀려났다. 어떻게 손을 대지 못할 정도로 세찬 바람에 하현은 뒤로 주욱 밀려나면서 발끝에 힘을 주고 있는 힘껏 앞으로 몸을 숙였다.

'버텨야 해!'

강하게 악문 잇새로 신음이 새어 나왔다.

가까이 가지는 못할망정 멀어질 수는 없었다. 손에 닿아야만 했다. 연화를 지켜야 했다. 그래서 있는 힘껏 손을 앞으로 내뻗는데 그것을 보았을까, 이원에게 붙어 있던 놈들 중 몇몇의 붉은 눈동자가 하현에게 꽂혔고 조금도 망설임 없이 그에게로 날아왔다.

그것을 본 미르가 비명을 질렀다.

"형!"

하현의 앞이 텅 비어 있었다. 몸을 앞으로 내미느라 순간적으로 그의 몸 전체가 훤히 노출이 된 것이었다. 곁눈으로 그것을 확인한 이원의 붉은 입매가 씨익 반호를 그리며 올라갔고, 하현은 바람 사이로 희미하게 보이는 그녀의 입 모양을 다시 한번 확실히 읽었다.

'죽여.'

그리고 눈을 감았다. 자신에게 달려드는 검은 구름들, 그에 가득한 붉은 안광, 그리고 이원의 붉은 입술.

죽여, 죽여, 죽여. 그 목소리가 들리는 것만 같아 하현은 눈을 꽉 감았다.

그때, 흰 천이 나비처럼 나부꼈다.

파아아아—

하현은 눈을 깜빡였다. 아니, 감았다. 그리고 다시 떴다. 하지만 아무것도 보이지 않았다. 눈이 멀어 버린 것처럼 온 세상이 온통 하얗기만 했다. 벌써 죽은 것일까, 고통 없이 단번에 끝난 것일까.

"안, 돼!"

끔찍한 비명 소리에 곧바로 꿈에서 깨어난 듯 그는 번쩍 정신이 들었다. 비명이라고 해야 할지, 절규라고 해야 할지 모든 게 끝나 버린 것 같은 처절한 목소리였다. 그리고 그의 눈앞에 드러난 것은……

"……!"

하현과 미르의 앞을 가로막고 있는 사람, 연화의 손에 단단히 쥐어져 있는 낯익은 것. 도화 단도였다.

하현의 눈이 크게 흔들렸고, 미르는 기시감을 느꼈다.

'이거, 본 적 있어.'

언제였더라, 그래 맞아. 하현의 집을 엉망으로 만들었던 바로 그때였다. 자신의 거의 정신을 잃고 있을 때 마지막으로 본 것은, 그리고 기억하는 것은 온통 새하얀 사방과 연화였다. 그녀의 몸과 나무 단도에서 뿜어 나오던 희고 센 빛이었다.

그것이 이번에도 발현된 것이었다.

미르는 그녀의 상태를 보기 위해 급히 연화의 얼굴을 살폈다. 하지만 그녀는 그들에게 등을 돌리고 있었고, 두 남자가 볼 수 있는 것이라고는 가지런히 땋아 내린 긴 댕기 머리와 가녀린 등뿐이었다.

하현의 표정이 초조해졌다.

"연화 씨!"

그의 부름에도 연화는 아무런 답이 없었고, 하현은 그녀에게로 가려다가 문득 주위를 둘러보았다.

여전히 새하얗고, 여전히 깨끗했다. 마치 빛이 그대로 남아 있는 것 같은 모습이었다.

'남아 있는 것 같은……?'

하현은 급히 미르를 바라보았다. 그 역시 하현과 같은 것을 생각하고 있었던 듯 시선이 연화에게 단단히 고정되어 있었다. 그리고 하현은 지난번 가주가 자신에게 했던 말을 기억해 냈다.

'정화, 라고 했어.'

정화.

불순하고 더러운 것을 깨끗하게 하는 것이었다. 희게 만들어 버리는 힘이었다. 오직 연화만이 쓸 수 있고, 그녀에게만 내재되어 있는, 하늘이 준비한 선물이었다.

'그렇다면 그 힘에 덮인 악령들은……!'

하현의 표정이 밝아졌다. 이제야 주변이 온통 하얀 이유를 알았기 때문이었다. 이미 전부 다 소멸, 아니 정화된 것이었다. 모두 다 지워지고 닦여져서 남아 있는 것은 오직 단 하나뿐이었다.

"송이원."

온통 새하얀 세상에서 검은 사람, 바닥에 주저앉아 있는 사람, 이원이었다.

* * *

"……."

이원은 아무 말도 하지 않았다. 아니, 할 수 없었다. 생전 한 번도 느껴 보지 못한 고통 때문에 정신을 차릴 수가 없었다.

혼자라고 생각했지만 실은 혼자가 아니었다. 적다고는 생각했지만 그래도 그 적은 수나마 자신의 곁에 있었다. 연결되어 있었다. 잘 생각나지 않는 아주 어릴 적부터 영가들과 연결이 되어 있었고, 나이를 먹고 힘을 깨닫고 한정적인 자신의 능력을 절감하고 난 다음부터는 그들을 자신의 주위에 둘렀다.

계약을 맺어 자신을 지키도록, 곁을 지키도록 명령했다. 그런데 지금은, 완전히 혼자가 되었다.

"싫…… 어."

아무것도 연결되어 있지 않은 느낌, 넓디넓은 세상에 혼자 내던져진 기분. 그것이 너무나도 생경하여 이원은 머리를 콱 쥐고 어깨를 감싸 안았다.

추웠다. 무서웠다. 싫어, 싫어, 싫어. 이런 거 싫어!

타박—

작은 발걸음 소리에 이원이 고개를 번쩍 들었다. 본능적인 몸짓이었다. 그리고 그녀는 이를 악물며 손을 매섭게 내저었다.

"꺼져!"

평소 같으면 악령이 쏘아져 나갔을 터였다. 눈 깜짝할 사이에 바람처럼 날아가 저 앞에 있는 이를 와득 쥐어뜯었을 터였다. 하지만 지금은 아니었다. 지금은, 그 무엇도 없었다.

이원의 눈에 절망이 까맣게 들어찼다. 믿을 수 없었고, 믿기도 싫었다. 제게 연결된 그 어떤 영가가 없다는 사실도, 모든 게 다 끊겨 제게 남은 거라고는 이 몸 하나뿐이라는 것도 믿을 수 없었다.

그리고 그런 그녀에게 또렷한 목소리가 확실하게 닿았다.

"불쌍한 사람."

연화였다.

이원은 그녀의 목소리에 반사적으로 고개를 홱 돌렸다. 비단 목소리 때문이 아니었다. 그녀가 한 말, 그리고 그 안에 가득 들어 있는 감정 때문이었다.

그것은 오로지 하나였다.

'연민.'

이원의 입매가 바르르 떨렸다. 그녀의 눈이 표독스러워졌다. 닥쳐, 닥쳐, 닥쳐.

"닥쳐!"

감히 네가 나의 무얼 안다고 동정한단 말인가. 연민을 갖는단 말인가. 저를 죽이려던 사람에게, 지금도 죽이려는 사람에게!

이원은 원망스러웠다. 만약 지금 힘만 있다면, 아니 내 손에 날카로운 것 그 무엇만 있다면 저 영가의 얼굴을 그어 버리고 싶었다. 눈을 찔러 버리고 싶었다. 동정하지 마, 날 측은해하지 마!

이원이 이글거리는 눈으로 연화를 노려보았다.

"살아남았다고 뻐기는 거야? 이겼다고 자랑이라도 하는 거냐?"

짜증 나, 재수 없어. 엿 같아.

이원은 살쾡이처럼 이를 드러내고 뒤로 물러났다. 도움 하나 안 되는 다리는 머저리같이 아직도 힘이 풀려서 일어나지도 못하고 있었다. 그야말로 땅을 기는 버러지가 따로 없었다.

이원은 이를 악물며 손바닥으로 바닥을 짚고 몸을 뒤로 밀었다. 연화가 다가오는 게 소름 끼쳤다. 욕이 나왔다. 그림자도 보기 싫었다.

하지만 연화는 아까와 조금도 다르지 않은 모습으로 천천히 걸음을 옮기고 있었다.

타박, 또다시 들려오는 그 침착한 발걸음 소리에 이원의 입매가 팽팽하게 다물어졌다.

"사랑하는 이 없고, 사랑받는 이 없고, 지킬 이 없고, 지켜 주는 이 없는 사람."

"닥쳐!"

이원이 주위를 둘러보았다. 뭐라도 보이면 바로 집어 던질 기세였다. 하지만 세상은 그 무엇도 없이 온통 새하얗기만 했고, 이원은 점점 가까워지는 연화를 죽일 듯 노려보다가 손바닥에 밟히는 것을 내려다보았다.

통 유리창이 깨진 파편, 유리 조각이었다. 다 깨져 버린 유리창, 마치 자신과 같은 날카롭고 보잘것없는 조각.

훅 불어오는 바람이 차가웠다. 등줄기가 서늘했다. 자칫 잘못하면 아래로 뚝 떨어져 버릴 것만 같이 아슬아슬했다.

이원은 뒤를 돌아보지 않았다. 대신 손을 뻗어 유리 조각들을 손에 잡히는 대로 쥐고 연화를 향해 내던졌다. 유리 조각은 연화의 발끝에도 닿지 못하고 떨어졌다. 날카로운 단면에 사정없이 베여 피가 흐르는데도 이원은 아랑곳하지 않았다.

"연……"

하현이 연화에게로 다가가려고 했지만 미르가 가만히 그의 어깨를 잡았다. 일단 두고 보자는 말이었다. 또한 지금 끼어들어도 도움이 될 것 같지 않아서 하현도 다시 손을 내렸고, 두 남자는 뒤에서 지켜보았다.

그 와중에도 투명했던 조각들이 붉은 꽃잎처럼 흩날리고 있었다.

"꺼져, 꺼지라고!"

이원의 손바닥은 멀쩡한 곳을 찾아보기 어려울 정도로 온통 붉어져 있었고, 그녀의 손바닥에서 시작된 피는 가느다란 손목과 팔뚝을 타고 흘러 바닥으로 뚝뚝 떨어지고 있었다.

하지만 이원은 자신의 몸은 신경 쓰지 않고 연화를 노려보기만 했다. 온통 희기만 한 세상에 검은 옷과 붉은 피가 바닥에 흐트러져 있었다.

자신과 달리 옷에 피 한 방울 튀지 않은 단정한 연화의 모습에 이원의 눈에 절망이 고였다.

"오지 마!"

연화는 멈추지 않았다. 천천히 이원에게 가까워졌고, 이제는 발끝이 닿을 정도로 가까워져 있었다.

이원은 바닥에 주저앉은 채 아무렇게나 뻗고 있던 자신의 발을 움찔, 끌어당겼다. 뾰족한 구두 앞굽에 무언가 닿은 느낌이 났다. 연화의 다리였다.

연화는 자리에 멈춰 선 채 이원을 가만히 바라보았다. 고요한 호수 같은 눈동자가 보였다.

"악밖에 없던 당신이 정화되었으니, 이제 그 안에는 무엇이 남아 있을까요."

이원의 표정이 멍해졌다.

무엇이 남아 있냐고? 무엇이 담겨 있냐고?

이제까지 살아오면서 쌓아 왔던 것은 오기, 분노, 억울함, 후회, 한탄, 자격지심, 체념이었다. 남을 향한 화살과 스스로를 향한 화살뿐이었다.

양날의 검으로 어느 쪽으로든 상처만 주기만 했다. 그나마 자신에게 힘이 되어 준 게 악령들인데 그것들을 다 없애 버린 당사자가 할 말은 아닌 듯싶었다.

이원이 입술을 짓씹으며 낮게 중얼거렸다.

"닥쳐."

"진정하고 내 말을 들어 줘요."

"닥치라고!"

이원은 자신에게 내미는 연화의 손을 거칠게 쳐 버렸다. 어느덧 그녀는 자리에서 일어나 있었지만, 양쪽 종아리는 물론이고 무릎까지 엉망이었다.

아래쪽에는 아직도 유리가 박힌 채로 피가 흘러나오고 있었다. 하지만 이원은 아픔을 느끼지 못하는 것처럼 연화에게서 멀어지려고 안간힘을 썼다.

"진정하라고? 말을 들으라고? 내가 왜, 무엇 때문에? 죽일 거면 그냥 깔끔하게 죽여. 헛소리하며 동정하지 말고!"

와작, 유리가 밟히는 소리가 요란했다. 어느덧 이원은 창가 바로 앞까지 밀려나 있었고, 그 모습을 본 하현과 미르가 시선을 교환했다.

더 이상 뒤로 갔다가는 위험했다. 지금만 해도 바깥에서 불어오는 바람에 이원의 긴 머리카락이 사방으로 흩날리고 있던 터였다.

하현이 그쪽으로 가려고 했지만, 그보다도 연화가 더 빨랐다.

연화는 이원에게 재차 손을 내밀었다. 아까 이원이 내쳤을 때 손톱에 긁히기라도 했는지 하얀 손에 생긴 생채기에서 옅게 피가 배어 나오고 있었다.

이원의 시선이 그 붉은 것에 홀린 듯 꽂혔다.

"이제 다 끝났어요. 더는 없어요. 당신에게 매어 있는 짐들도, 부담을 주는 것들도 더 이상은 없어요. 그러니까……!"

'그러니까 죽지 말고 다시 시작해요. 나처럼.'

그렇게 말하려고 했다. 그렇게 말하고 싶었다. 하지만 끝까지 말을 맺지 못했다.

"연화 씨!"

연화는 경악한 표정으로 몸을 숙였다. 버티려고 애썼다. 갑자기 한순간에 일어난 일에 정신이 아득했다. 그러나 손을 타고 흐르는 피가 생생했다. 그 붉은 것이 하나로 멍울져 아래로 뚜욱뚝 떨어지기 시작했고, 붉게 맺혀 흐르는 그것을 바라보며 연화가 비명을 질렀다.

"꽉 잡아요!"

이원은 눈을 깜빡였다.

"……하."

하마터면 혹할 뻔했다. 짐도, 부담도 더는 없다는 말에 흔들릴 뻔했다. 다 끝났다는 말에 하마터면 눈물이 나올 뻔했다. 주제에 무슨 울음이냐고, 눈물이냐고 생각했지만 다 되었다는 말과 표정, 눈빛에 그만 고개를 끄덕일 뻔했다.

하지만 역시, 자신에게 주어진 결말은 하나였다.

"제발, 내 손 놓으면 안 돼요!"

한 발 뒤가 낭떠러지라는 것을 알고 있으면서도 왜 디뎠을까. 왜 한 발 물러났을까. 앞으로 한 발이었으면 살았을지도 모를 테지만 뒤로 한 발은 죽음이었다. 층수로는 몇 층 안 된다 하더라도 높은 대지에 세워진 건물이라 높이는 상당했다.

연화는 있는 힘껏 손을 뻗어 이원의 손을 그러쥐었다. 그러나 이원의 손은 피로 끈적끈적해서 자꾸만 미끄러졌고, 그녀를 붙드느라 연화의 몸에도 상처가 계속해서 늘어나고 있었다.

새하얗던 옷이 붉은 피로 점점이 물들어 갔다. 진득한 빛이었다. 수없이 많은 상처가 벌어지는 듯한 고통에 이원의 얼굴이 일그러졌다.

"으윽!"

"안 돼, 버텨요. 조금만 더…… 하현!"

도와줘요, 혼자서는 더는 안 돼, 도와줘요. 그 말에 하현이 급히 다가왔지만 아무런 도움이 되지 못했다. 그가 다가오는 것을 보자마자 이원이 꽉 잡고 있던 연화의 손을 확 놔 버렸기 때문이었다. 연화의 눈이 경악으로 물들었다.

"안 돼!"

시간이 멈추는 것 같다는 말이 이런 것일까, 마치 시공간이 멈춘 것처럼 모든 행동이 천천히 느릿느릿 보였다. 이원이 손을 놓아 버리는 것도, 그런 그녀를 향해 재차 손을 뻗는 것도, 위로 손을 뻗은 채로 아래로 아래로 떨어져 내리는 모습도 모두 느리게 보였다.

믿을 수가 없었다. 그래서 연화는 다시 힘껏 아래로 손을 내뻗었다. 뻗었지만—

"그만."

"……!"

휙, 몸이 돌려져서 하현의 품에 안기고 말았다. 거의 창 너머로 몸을 반쯤 넘기고 있는 그녀를 보다 못한 하현이 끌어안은 것이었다.

그가 그녀의 얼굴을 돌려 한쪽 귀를 자신의 가슴에 묻게 하고서 다른 손으로 반대편 귀를 막았다.

소리를 듣는 건 자신 하나로 충분했다. 그녀는 오롯이 자신의 심장박동 소리만 듣기를 바랐다. 떨어지는 소리를 들으면 더 충격을 받을 테니까, 부딪치는 소리를 들으면 더 자책할 테니까.

그래서 하현은 연화를 더욱더 깊이 끌어당겨 안았고, 빳빳하게 굳어 있는 그녀의 등을 쓸어 주었다. 충격으로 바들바들 떨리는 몸을 그가 다독여 주었다.

"그만해요, 연화 씨."

무슨 말을 해야 할지 계속 생각했다. 짧은 시간 내에 많은 생각이 들었다.

잘했어요, 수고했어요, 고생했어요? 무엇을 잘했고, 무엇을 수고했고, 무엇을 고생했다는 말인가. 연화는 자책하고 있을 게 뻔한데. 좀 더 빨리 잡을걸, 좀 더 단단하게 잡고 있을 걸 후회하고 있을 게 뻔한데 거기다 대고 무슨 말을 할 수 있느냐는 말이다. 그래서 결국 고민 끝에 한 말이 저거였다. 그만하라고, 이제 그만이라고.

"충분히 노력했어요."

사력을 다해서 잡았다는 말이 이보다 더 정확할 수 없을 정도로 연화는 최선을 다했다. 하현은 연화의 몸을 꼼꼼히 살펴보았다. 그녀의 옷은 누구의 것인지 모를 피로 붉게 드문드문 물들어 있었고, 손과 발에도 상처가 가득했다.

그에 떠오른 것은 이제는 완연히 사람의 옷을 입었구나, 라는 생각이었다. 이리 상처를 입어 피를 흘린다는 것은 육체가 입혀졌다는 거니까, 더는 영가가 아니라는 것이니까.

'하기야, 이제는 다른 이의 눈에도 보이니까.'

그럼에도 이리 몸을 아끼지 않고 내던진 것은 어떻게든 이원을 잡고 싶었다는 것이었다. 잡고 싶고, 구하고 싶고. 자신에게 어떤 짓을 했던 사람임을 다 아는데도 불구하고 마지막까지 살리고 싶어서.

"노력했어요, 당신은."

그리고 하현은 입을 다물었다. 상황이 상황이었고, 처지가 처지였던지라 자신과 미르는 이원을 궁지로 몰리는 데 사력을 다했다. 그녀를 해치우려고 노력했다.

미르는 파에 대한 감정이 강했을 테고 자신은 연화를 지키기 위한 마음이 강했다. 어떻게든 연화를 보호하려고 애썼다. 게다가 자신들이 이제까지 싸워 왔던 것은 산 사람이 아닌 죽은 이들, 영가들이었다.

이미 죽은 이들을 상대로 싸웠기에 우습게도 '죽음'이라는 것에 좀 무뎌졌었다. 그래 봤자 소멸이라고 생각해서, 그래 봤자 죽은 이들이라고 생각해서.

하지만 지금은 아니었다. 송이원은…… 죽은 이가 아니었다.

"……."

하현은 아무 말도 못 하고 바들바들 떨기만 하는 연화를, 새처럼 떠는 그녀를 품에 안고서 천천히 안쪽을 향해 걸었다. 파의 조각을 손에 담고 있는 미르를 향해 걸었다.

뻥 뚫린 창으로 들어오는 바람이 차가웠다. 어쩐지 조금 눈이 내리는 것 같기도 했다. 그것을 보았을까, 미르가 천천히 고개를 들어 하늘을 올려다보았다.

"……눈이 오네요."

올해의 첫눈이었다.

14장

열세 번째 보름

시간은 빠르게 지나갔다.

그 사건 바로 이튿날에 유리창을 곧바로 교체했고, 미르와 하현은 혹시나 모를 상황을 대비하여 집 안 곳곳에 결계와 장치들을 설치해 두었다.

그리고 혹시 굉음을 들었거나, 이원의 흔적을 발견했다거나 하여 경찰이 방문하지 않을까 걱정했지만 어떤 일도 없었다.

마지막으로, 하현과 미르가 제대로 마음을 단단히 먹고서 이원이 추락했을 만한 자리를 몇 번이고 찾아갔지만 이상하게도 그녀의 흔적은 그 어디에서도 찾아볼 수 없었다.

그야말로 공중에서 사라진 것 같은 모양에 하현과 미르는 손을 털 수밖에 없었다. 가주에게 부탁한다면 그녀의 행방을 추적

할 수도 있을 테지만 굳이 그렇게까지는 하고 싶지 않았다.

그냥 이 선에서 끝내는 것이 맞는 것 같았다. 미르는 여전히 속이 풀리지 않은 모습이었지만 더 이상 할 일도, 대상도 없었기에 그저 울 뿐이었다. 파를 향한 애도를 할 수밖에 없었다.

이후, 미르는 연화를 찾아왔다.

'여기, 부탁해요.'

그가 건넨 것은 파의 조각들이었다. 산산이 깨진 그것들을 미르는 작은 조각까지 모두 소중히 모아 연화에게 주었고, 연화는 그의 부탁대로 작은 주머니를 만들어 그 조각들을 담았다. 그리고 튼튼하고 긴 끈을 만들어 주머니에 엮어 주었다. 언제나 몸에 지니고 싶다는 말에 대한 소박한 선물이었다.

그것을 받은 미르는 감사하다고 깊이 인사하고서 이곳에 더 있을 이유가 없다는 말과 함께 본가로 돌아갔다. 훌쩍 왔을 때처럼 갑작스럽고 빠른 이별이었다.

그 후 연화는 이상할 정도로 평소와 같았고 오히려 태연하고 밝아 보였다. 파가 없는 빈자리가 클 텐데, 아직도 이원의 눈동자가 생각날 텐데 매우 아무렇지도 않은 모습이었다.

미르와 하현은 사람들의 눈을 의식하고 살피는 데에 도가 텄으니, 더 의아하게 느껴졌다.

하지만 두 사람 다 어디가 이상해 보인다고 하지 못할 정도로 연화는 괜찮아 보였고, 결국 두 손을 든 것은 남자들이었다. 영석연치 않지만 어쨌든 연기는 아닌 것 같다고, 생각보다 연화의 멘탈이 튼튼한 것 같다는 찜찜한 결론을 내렸다.

그리고 하현은 버릇 하나가 생겼다. '달력'을 보는 버릇이었다.

"하현."

"……?!"

오늘도 역시나 하현은 평소처럼 휴대폰으로 달력을 보고 있었고, 귓가에서 가까이 들린 목소리에 그는 제자리에서 펄쩍 뛰고 말았다. 어찌나 집중을 하고 있었는지 연화가 바로 옆까지 다가온 것도 몰랐던 모양이었다.

그 펄쩍 뛰는 모양에 오히려 연화가 더 놀라 버렸다.

"뭐, 뭐 이상한 거라도 보십니까?"

"아니요!"

아니 꼭 그렇게 강하게 부정하지 않으셔도 되는데, 라는 떨떠름한 말에 하현이 슬며시 짓궂게 웃으면서 휴대폰을 바지 뒷주머니에 넣었다.

"그런데, 이상한 게 뭡니까?"

"뭐가요?"

"당신이 저에게 방금 이상한 거라고 하지 않았습니까. 그 이상한 게 뭔데요?"

"그, 글쎄요."

연화가 눈동자를 또르륵 굴렸다.

'이건 태연하려고 애쓰는 모습.'

하현은 속으로 작게 웃었다. 아무리 노력해도 연화는 당황하면 꼭 티가 나곤 했다. 그러니 이리 괜찮은 모습이면 진짜 괜찮다는 말이었다. 그에 조금 안도를 느끼며 하현이 재차 짓궂게 말했다.

"휴대폰으로 볼 만한 이상한 게 무엇이 있을까, 나는 잘 모르겠는데요?"

"그, 음, 저도 잘 모르겠습니다만."

그렇게 말하며 고개를 돌렸지만, 하현은 연화의 귀가 새빨갛게 달아올라 있는 것을 놓치지 않았다. 귀까지 저렇게 된 거라면 얼굴은 어떨지 보지 않아도 훤히 알 것 같았다.

하현은 결국 참지 못하고 소리 내어 웃고 말았다. 아, 진짜 귀여워.

"귀여워요, 연화 씨."

"……."

"당신 진짜 귀여워."

"……."

연화는 애써 태연한 듯 고개를 들며 큼큼 헛기침을 했고, 하현은 그녀의 머릿속에 잠시 무엇이 왔다 갔는지 생각했다.

얼마 전에 후배 녀석이 형님 요즘 좀 힘들어 보이시는데 이거나 보고 힘내시라는 말에 뭔가 싶어 링크를 눌렀는데 곧바로 시뺄건 사이트로 직행한 것이 기억났다.

어떻게 끌 사이도 없이 사정없이 올라오는 낯 뜨거운 팝업을 필사적인 연타로 줄줄이 없앴지만 최종 보스는 역시 마지막에 있었다. 시뻘건 사이트의 배경 화면이 너무나도 적나라한 그런 장면이었던 것이었다.

그리고 가장 큰 문제는 그것이었다. 하현의 옆에 연화가 있었다는 사실.

평소답지 않게 당황해서 손이 재빠르게 움직이는 그의 모양에 '무엇 하십니까?' 하면서 곁에 와서 들여다보았는데, 그 안에 과거의 자신과 하현이 했던 그 야릇한 모양, 그 이상이 온통 출렁출렁 범람하고 있었던지라 연화가 그대로 방을 향해 후다닥 도망가 버렸었다.

그 후로 한동안 하현의 얼굴도 제대로 보지 못할 정도로 화끈화끈해 있었는데 그랬던 그녀가 이런 장난을 먼저 걸어오니, 하현으로서는 귀엽고 재밌고 고마울 뿐이었다.

웰컴, 어서 오소서.

"연화 씨."

"……."

연화는 화끈거리는 얼굴을 가라앉히려고 하는지 연신 손부채를 부치고 있었고, 하현은 자신의 가슴팍 근처에서 팔랑거리고 있는 하얀 손을 살짝 잡았다. 연화는 움찔했지만 빠져나가려는 노력은 없었다.

그래서 하현은 그녀의 손을 잡고 자신 쪽으로 가만히 끌었고, 연화가 못 이긴 듯 두어 걸음 가까이 와 자연스럽게 하현의 가슴에 뺨을 기대었다. 익숙하고 가벼운 포옹이었다.

하현이 연화의 귓가에 입술을 가까이 묻고 속삭였다.

"나 좀 봐 줄래요?"

"제 얼굴이 너무도 붉은지라……."

"난 그것도 좋은데. 내가 그만큼 좋다는 말이잖아요."

그렇게 말하면 더 부끄럽잖습니까, 라고 항의하며 연화가 고개를 들었다. 아쉽게도 아까보다는 덜하지만 여전히 잘 익은 복숭아처럼 붉은 안색이었다. 그 얼굴을 보며 하현이 가만히 웃었다.

"사실 난 말이죠, 표현이 굉장히 서툰 사람입니다. 제대로 된 애정을 받아 본 적이 그다지 많지 않아서요. 아시겠지만 할머님이 약간…… 강하시기도 하고요."

약간이라기엔 과하게 줄어든 감이 없잖아 있지만.

하지만 연화는 다른 의미로 갸웃거리고 있었다. 연화에게 그의 할머니는, 다시 말해 가주는 늘 따뜻한 사람이었기 때문이었다. 첫 만남부터 지금까지 줄곧 자애롭고 따뜻한 모습만 보았으니까. 그래서 고개를 갸우뚱거리고 있는데 그것을 어떻게 받아들였는지 하현이 멋쩍은 듯 귀 근처를 긁적였다.

"아니, 뭐, 당신에게는 표현이 적지 않았을 수도 있지만 사실 나도 하면서 매번 놀라서요. 그러니까 내 말은 당신 한정이라는 말입니다. 전부 다."

연화는 눈을 동그랗게 뜨고 그를 바라보다가 살포시 웃고 말았다. 이건 자신도 알 것 같았다. 저 표정은 분명, 쑥스럽고 낯간지러워할 때 나오는 그의 표정이었다.

'부끄러워하시고 계시는구나.'

귀여우시긴.

서로가 똑같은 생각을 나란히 하고 있다는 사실을 과연 알까. 연화와 하현은 얼굴을 마주하고 후후 웃었다. 그리고 하현이 연화의 입술에 가볍게 입을 맞추었다.

"……!"

예고도 없던 입맞춤에 연화의 눈이 동그래지자 하현이 다시 쪽, 재차 같은 곳을 찾았다. 이번에는 이전보다는 조금 더 길게 머문 입술이었다. 그것이 애틋하게 느껴져 연화의 눈이 깜빡깜빡했다.

"……하현?"

"예전에도 했던 말이긴 한데."

"……?"

예전에도 했던 말이라고?

갑자기 불쑥 나오는 말에 연화가 하현을 올려다보았다. 그리고 눈을 재차 깜빡였다. 하현의 표정이 왠지 조금 슬퍼 보였기 때문이었다. 슬프다, 라고 해야 할지 아니면 씁쓸하다고 해야 할지.

아아, 그래. 속상하다, 라는 말이 정확했다.

'왜? 무엇이 속상하지?'

영 이해를 할 수가 없어 그저 올려다보고만 있는데 하현이 연화의 어깨를 가만 끌어안았다. 표정을 보이기 그런 모양이었다.

"저는 당신의 머릿속에 들어갈 수 없어요."

"……하현."

"그래서 당신이 무슨 생각을 하고 있는지, 어떤 마음인지 말해주지 않으면 몰라요. 그래서 그게 좀 속상합니다. 난 당신에 대한 모든 걸 다 알고 싶거든요."

그 말에 담긴 진심이 붉어서 연화가 순간 숨을 멈추었다. 그의 입술만큼이나 붉어 보였다.

연화는 잠시 머뭇거리다가 대답했다. 그것을 망설인 거라고 생각한 것일까, 하현의 눈이 그녀의 얼굴을 가만 훑었다.

"하오나, 저는 숨기는 것이 없는걸요. 말하지 않은 건……."

"혹시 현실을 부정하는 겁니까?"

"예?"

갑자기 이건 또 무슨 이야기람. 말하지 않는 것과 현실 부정이 무슨 상관이라고?

연화가 눈을 동그랗게 뜨며 되물었지만 하현의 표정은 진지했다.

"파가 소멸했다는 것, 송이원이 그렇게 되었다는 사실을 당신이 받아들이지 못하는 건 아닐까 싶어서요."

"왜 그렇게 생각하시지요?"

그 말에 말이 막힌 건 하현이었다. 많고 많은 대답을 예상했지만 왜 그렇게 생각하느냐고 되묻는 것은 예상 답안지에 없었기 때문이었다. 그리고 왜 그렇게 생각하냐니, 하현의 입장으로서는 당연한 일이었다.

"슬퍼하지 않으니까요."

어떻게 보면 이상한 말이었다. 연화가 슬퍼하면 그 누구보다도 더 슬퍼하고 위로하고 아니라고 다독여 줄 사람이 하현이었다. 그럼에도 하현은 내내 이상하다고 생각했다. 자신과 미르 이상으로 파와 많은 시간을 보내고 가까웠던 건 연화였고, 마지막까지 파를 품에 안고 있었던 것 역시 연화였다.

그리고 이원에게 당하기도 많이 당했지만 어쨌거나 마지막의 마지막까지 그녀의 손을 잡았던 것도, 그녀와 눈을 마주했던 것도 연화였다. 그런데 그녀는 마치 그것들을 깨끗이 잊은 듯 너무나도 평온하게 지내고 있었다. 그녀가 슬퍼하길 바라는 건 아니지만, 이런 반응은 오히려 불길하게 느껴졌다. 하현은 그것을 말한 것이었다.

어떻게 생각해도 이해도, 납득도 되지 않아 조금 걱정스럽게 연화를 바라보다가 하현은 잠시 멈칫했다. 연화가 가만히 웃고 있었기 때문이었다. 마치 '아아, 그거요'라고 말하는 것 같은 고요한 웃음이었다.

연화가 입술을 떼었다.

"저는 그들이 아예 갔다고 생각하지 않습니다."

매끄럽게 나온 대답에 하현이 다시 한번 연화를 바라보았다. 제대로 이해를 하지 못한 것이었다.

'아예 갔다고 생각하지 않는다고?'

전혀 이해할 수 없는 말에 뒤늦게 "네?" 하고 되묻자 연화가 천천히 말을 이어 갔다.

"저는…… 명계에 갔었으니까요. 그곳에 갔다가 돌아온 몸이니까요. 그렇기에 그게 끝이 아님을 아주 잘 알고 있습니다. 언젠간 다시 만날 거라고, 꼭 만날 수 있을 거라고 생각해요."

연화는 확신했다.

하늘 할머니를 만났던 그곳이 명계라고 생각했다. 자신처럼 되돌아오는 경우는 극히 드물 테지만 정상적으로 그곳을 거쳐 또 다른 곳으로 가게 된다면 그곳에서 만날 수 있겠지, 그이들을 볼 수 있겠지, 그렇게 생각했다. 그때 파를 만나면 있는 힘껏 껴안아 주고 싶었다. 많이 기다렸냐고, 보고 싶어서 서둘러 왔다고. 그렇게 말하면 파는 분명 타박하겠지만.

그 장면이 저절로 상상되어 연화가 미미하게 웃음을 지었다.

"그렇기에 많이 슬프지 않습니다. 지금 당장은 아쉽고 보고 싶고 허전하지만, 반드시 만날 거라고 생각해요."

하현은 쉽게 대답할 수 없었다. 그는 죽어 본 적이 없으니까, 명계라는 곳을 가 본 적이 없으니까, 그저 영을 소멸시키는 사람이니까. 하지만 그 역시 윤회, 환생이라는 것을 믿기는 하기 때문에 대강 납득한 표정을 지으려고 했다.

사실 이런 주제는 지금은 결코 반가운 쪽이 아니었다. 듣고 싶지 않은 말이자 가능하면 안 들었으면 하는 말이 있었기 때문이었다. 하현은 급히 말을 돌리려고 했지만 그보다 연화가 먼저였다. 그녀는 조금 머뭇거리다가 말을 이었다.

"그리고…… 곧 볼 테니까요."

하현의 표현이 일그러졌다. 그가 듣고 싶어하지 않은 바로 그 말이었기 때문이었다.

심장이 철렁했다. 쿵쾅쿵쾅 뛰었다. 곧 볼 테니까요, 그 말이 뜻하는 바가 무엇인지 너무나도 확 와닿아서 찬물을 뒤집어쓴 것처럼 싸했다.

하현은 저도 모르게 연화의 어깨를 붙잡고 말았다. 왜일까, 이 사람이 갑자기 어느 순간 훽 하고 사라져 버릴 것만 같았다.

"연화 씨."

방금 그건, 그 말은 자신과 헤어지는 날이 다가오고 있다는 말이었다. 이 말이 나오지 않길 바랐다. 모르고 있길 바랐다. 그냥, 잊고 있길 바랐다. 하지만 자신도 아는 일을 당사자가 모를 리 없었다.

그래서 하현은 흔들리는 눈으로 연화를 바라보기만 했다. 아니라고 말할 수 없었다. 말할 수 있을 리가 없었다. 그리고 그의 침묵을 긍정이라고 생각했는지 연화가 살짝 입술을 깨물었다. 꽉 쥐인 주먹이 잘게 떨리고 있었다.

갑자기 변한 분위기도, 말의 무게와 내용도 버거웠지만 반드시 말해야만 했다. 정리해야만 했다. 하지만 그래도.

'아파. 너무…… 힘들어.'

언젠가는 말해야 한다고 생각했다. 말할 때가 올 거라고 생각했다. 하지만 그게 지금이 될 줄은 몰랐다. 파를 보낸 지 얼마 되지 않은 이날, 자신이 떠나야 할 날이 다가오고 있음을 말해야 할 줄은 몰랐다.

자신도 힘들지만 하현 또한 힘들어할 걸 알기에 쉽게 입술이 떼어지지 않았다. 연화의 눈에 눈물이 고였다.

'떠나기 싫어.'

처음 이 세상에 왔을 때에는 언제 떠나나, 언제나 떠날 수 있나 막막하기만 했다. 일 년이라는 세월이 너무나도 길고 아득하기만 했다.

하지만 지금은 너무도 짧은 시간이었다. 하현을 만나고, 미르를 만나고, 파를 만나면서 여러 가지 일들에 휩쓸리고 그들을 알아 가고. 그 시간이 너무나도 즐겁고 감사하며 소중했다.

어느 한 사람도, 한 순간도 기억에 남지 않는 게 없었다. 그러나 그 와중에도 확실히 알고 있었던 것은, 자신은 떠나야만 하는 사람이라는 것이었다.

이미 한 번 죽은 사람, 하늘로 돌아가야만 하는 사람. 그것은 파가 떠나고, 이원이 떠나면서 더더욱 확실해진 생각이었다.

연화는 간신히 웃음을 지으며 새삼스레 왜 그러냐는 듯 하현을 바라보았다.

"저를 그런 눈으로 보지 마세요, 잘 알고 있습니다. 하현 또한 알고 계셨음을 압니다. 그렇기에 최근 들어 계속 달력을 본 것이겠지요, 날을 세고 계셨던 것이겠지요. 제게 남은 날을요."

"아니, 딱히 그런 건……."

"하여, 얼마나 남았습니까?"

하현은 입을 다물었다. 너무나도 잔인한 상황이었다. 사랑하는 사람에게 몇 날 남았냐고 물어보는 사람도, 그 말에 대답을 해 줘야 하는 사람도.

환자와 가족들을 상대로 비슷한 말을 한 적은 더러 있었지만 이런 상황은 정말…… 싫었다.

'그리고 이걸 뭐라고 말을 해야 하는 걸까. 여명 몇 날이라고 말을 해야 하는 걸까. 무슨 시한부 환자도 아니고.'

하현은 그렇게 속으로 중얼거리다가 문득 떠오르는 생각에 고개를 번쩍 들었다.

"당신은 그날을 모르는 겁니까?"

언제 올라가는지 그날을 모르냐는 말이었다.

그리고 그 말에 연화가 조금 난감한 표정으로 바깥을 바라보았다. 하루 만에 멀쩡해진 유리창. 그 너머의 하늘이었다.

연화는 그 옥색 하늘을 바라보면서 고개를 살짝 끄덕였다.

"언제…… 인지는 정확히는 모릅니다. 정월 보름 전날이 제가 상을 치른 날이라고만 알고 있어요. 보름이 채 되지 못하였다는 말을 들었었으니까요. 하여 해를 넘기면 곧이겠구나, 그렇게만 알고 있습니다."

하현은 반사적으로 휴대폰을 꺼내 들어 음력으로 첫 보름을 따져 보았다. 지금으로부터 얼마나 남았는지, 며칠이나 남았는지 세어 보았다. 그리고 곧 화면을 껐다.

'……곧이다.'

얼마 남지 않았다. 많은 날이 있지 않았다. 해가 다 지나고 새로운 해가 찾아오고 있었으니까. 그들에게 주어진 날들이, 허락된 시간이 그리 많지 않았다.

하현은 자리에서 벌떡 일어났다. 일분일초가 아까웠다. 연화를 가만히 바라보고만 있어도 좋았지만 그녀가 조금이나마 더 좋은 기억을 안고 갔으면 했다. 보내기 싫지만, 정말 싫지만 보내야만 하는 거라면, 가지 못하도록 자신이 감히 막을 수도 없는 상황이라면 할 수 있는 한도 내에서 그녀에게는 좋은 기억만 담뿍 남겨 주고 싶었다.

하현은 일어나서 연화에게 손을 내밀었다.

"가요, 연화 씨."

"어, 어딜 말씀이십니까?"

갑작스레 나온 '가자', 라는 말에 놀랐는지 연화가 얼떨떨한 표정으로 하현을 바라보았다.

하지만 하현은 미리 알려 줄 생각이 없는지 "가 보면 압니다." 라고 대꾸했고, 연화의 손을 잡으려다가 멈칫했다. 그녀의 모습이 새삼스레 눈에 들어왔기 때문이었다.

지금 연화는 댕기 머리에 흰 저고리, 고운 복숭앗빛 치마를 입고 있었다. 연화 말로는 꽃상여를 타고 갈 때 임실댁이 입혀 준 옷이라고 했다. 그래서 이 모습인가 봅니다, 이렇게 말했었다. 하현은 그 고운 모습을 가만히 바라보았다.

'요즘 한복을 입고 다니는 사람이 많기는 하지만.'

특히 인사동이나 고궁 같은 곳 주위에는 한복 대여점도 많아져서 외국인과 내국인이 재미 삼아 많이들 입는다고도 했다. 자신이야 한복은 본가에서 늘 보는 옷이지만 아직은 일상적이지 않은 옷인 것이다.

게다가 머리는 고전적으로 완벽하게 땋은 데다가 몇 번이나 말했지만 연화의 외모는 눈에 딱 뜨일 만큼 아름다워서 사극 촬영을 하는 중이라든가 하는 말을 들을 게 분명했다.

사람들 눈에 보이기 전에는 비교적 자유로웠지만 다른 이들에게 보이게 되니 이제 이목이 신경이 쓰이게 되는 것이었다.

'물론 나한테는 어떤 모습이든 예쁘지만.'

하지만 사람들의 호기심을 굳이 자극할 필요는 없었다. 그래서 하현은 천천히 손을 들어 연화의 머리 타래를 살짝 만져 보았다.

"……하현?"

그럴수록 당황스러운 건 연화였다. 그가 갑자기 느닷없이 밖으로 나가자고 하지를 않나, 가려는 장소가 어디인지도 안 알려 준 데다가 갑자기 고개를 돌리더니 자신을 지그시 바라보았기 때문이었다.

게다가 갑자기 손을 뻗어 머리를 쓰다듬다니, 영문을 모를 일이었다. 하지만 그의 손길을 다정했고, 따뜻했고, 기분이 좋았기에 연화는 그가 쓰다듬도록 가만두었다.

고양이가 왜 사람 손이 닿으면 가르릉거리는지 알 것만 같은 기분이었다. 그리고 곧 나온 말에 연화가 눈을 동그랗게 떴다.

"이 머리, 혹시 풀어도 되겠습니까?"

"예?"

연화가 당혹스러운 표정으로 자신의 머리를 내려다보았다가 하현을 올려다보았다. 마침 맞은편이 통 유리창이라 그들의 하는 모양이 그대로 창에 거울처럼 비쳐 보였다.

그리고 하현은 고개를 끄덕이며 그녀의 땋은 머리를 손가락으로 천천히 만져 보았다. 단단하게 얽어 있는 올록볼록한 질감이 독특했다.

"실례일 수도 있다는 건 압니다. 그래서 조심스럽게 물어보는 것이기도 하고요. 하지만 그, 이제는 당신이 나 외에 다른 사람들의 눈에도 뜨이는지라…… 옷은 둘째 치고서라도 이 머리가 상당히 시선을 끌 것 같아서요."

연화는 그의 말을 쉽게 납득할 수 있었다. 이곳에 온 이후로 드라마나 영화를 통해 사람들의 외양을 관찰했기 때문이었다. 원래부터 복식에 관심이 있었던 데다가 사람의 개성이 드러나는 각양각색의 복식과 머리를 많이 보아 그가 무슨 말을 하는지 곧바로 이해한 것이었다.

그리고 사실, 아주 솔직히 말하면 조금 해 보고도 싶었고.

'생애 거의 대부분을 땋은 머리로 살아왔으니까.'

연화는 선선히 고개를 끄덕였다.

"예."

"예?"

그에 놀란 것은 오히려 하현이었다. 말을 하고서도 난감해하면 어쩌나 속으로 걱정이 이만저만이 아니었는데 의외로 쉽게 승낙해 준 것이었다.

그래서 하현이 놀란 눈으로 연화를 바라보자 그녀는 이미 실행에 옮기고 있었다.

연화는 긴 땋은 머리를 어깨 앞으로 가져오더니 맨 아래 댕기를 풀어 버리고 손가락을 사이사이에 넣어 아래에서부터 찬찬히 풀어 내렸다.

매끄럽게 윤기가 도는 머리카락이어서 그런 것일까, 가느다란 손가락만 넣고 쓸어내리는데도 그것은 마치 검은 폭포수처럼 어깨를 타고 흘러내렸다.

이윽고 연화의 머리는 완연히 풀려 그녀의 어깨와 가슴에 늘어뜨려졌고, 연화는 그것을 두 손으로 모아 어깨 너머로 넘겼다. 허리 저 아래까지 출렁이는 결 좋은 머리카락이 마치 밤하늘 같았다.

"됐습니까?"

하현은 연화를 물끄러미 바라보았다. 그녀는 이리 풀어 내린 머리가 어색한지, 아니면 자신을 바라보는 하현의 눈빛이 어색한지 고개를 외로 돌리고 살짝 눈을 내리깔고 있었다.

유리창으로 그대로 들어오는 햇빛에 차르르 빛나는 머리가 예뻤다. 오래도록 땋고 있어서 자연스럽게 물결치는 그 구불거림이 아름다웠다.

그리고 그것들보다 전부를 모은 것보다 연화의 얼굴이 가장 사랑스러웠다. 하현은 홀린 듯 손을 뻗어 연화의 두 뺨을 감싸 쥐고 천천히 입술을 맞추었다.

"……!"

연화는 반사적으로 어깨를 떨었다. 내가 뜨거운 걸까, 아니면 이 사람이 차가운 걸까. 자신에게 닿아 온 하현의 손이 너무나도 차가웠다. 마치 얼음장처럼 차가워서 정신이 번쩍 드는 것만 같았다.

왜 이리 손이 차요, 그렇게 말하고 싶었지만 자신의 입술은 저 이에게 모두 다 점령되어 있는 터라 연화는 그저 하현의 손을 보듬듯 잡을 수밖에 없었다. 할 수만 있다면 이 손으로 저 차가운 몸을 다 녹여 주고 싶었다. 아직도 마음 어딘가는 꽁꽁 얼어 있을 것만 같은 이 사람의 속내를 다 들어 주고 싶었다.

봄이 오면 좋을 텐데, 복숭아꽃이 피면 참 좋을 텐데. 얼음이 녹아내려 물이 되면 참 좋을 텐데. 내가 있는 시간만이라도, 내 곁에서만이라도.

"읏……."

연화가 얼굴을 붉혔다. 내지 않으려고 하지만 그래도 이렇게 부끄러운 소리가 나오고 만다. 특히 이렇게 한곳을 집요하게 문지를 때면 다리의 힘까지 풀려 버리는 것이다.

하현은 연화가 움찔한 부분을 놓치지 않고 계속 혀끝으로 자극했고, 그의 셔츠를 붙잡고 있던 연화의 손끝에 힘이 들어갔다. 고개가 자연스럽게 점점 뒤로 젖혀졌고, 하현이 그녀의 몸을 단단하게 붙잡았다.

"아!"

연화가 급히 그의 손을 잡았다. 하현이 입술은 여전히 연화의 것 위에 둔 채로 그녀의 아래를 향해 손을 가져갔기 때문이었다.

그에 곧바로 지난번에 보았던 화면의 그 요란하고도 화려한 살색 향연이 생각나는 것은 무리가 아니었다.

연화의 얼굴이 곧바로 새빨개졌고, 하현도 그녀의 몸이 빳빳하게 굳는 것을 즉시 알아챘다. 하지만 여기에서 조금만 더 자극하면 완전히 녹아 버릴 것 같은데.

계속 갈지, 아니면 아쉽지만 일단은 여기에서 멈출지 맹렬하고도 강렬하게 갈등하는데 하현에게 담뿍 안겨 있던 연화가 입술을 열어 입 모양과 숨결로 작지만 또렷하게 속삭였다.

'하. 현.'

하현의 입술이 움찔, 멎었다. 그리고 천천히 눈을 떴고, 연화는 자신을 내려다보는 주홍빛 눈동자를 향해 생긋 웃어 주었다. 아주 예쁜 반호였다.

"나 지금은 어디 안 가요."

"……."

"당신 옆에 딱 붙어 있을 거예요. 그러니까."

그러니까, 그렇게 초조해하지 말아요. 그 말이 들린 것만 같아서, 이미 들은 것만 같아서 하현은 결국 조금 웃고 말았다. 이 사람은 어쩌면 이렇게 자신의 머릿속이라든가 마음속에 드나드는 것만 같은지, 조금은 억울했다. 나는 아무리 해도 저 안에 들어가는 게 무리인데.

하현은 고개를 잠시 젓고서, 그래서 우리 이제 어디 가는 거냐는 듯 품 안에서 눈을 반짝반짝 빛내고 있는 연화를 내려다보다가 손을 스윽 내밀었다.

"가죠."

그러니까 어딜요, 라고 말하고 싶었지만 한 번 숨기면 정말 여간해서는 안 알려 주는 그를 이제는 잘 알고 있는 탓에 연화는 조금 웃고서 그 큰 손에 자신의 손을 얹었다.

곧바로 자연스럽게 깍지 끼워지는 손이 좋았다. 그가 좋았다. 그가 가는 곳, 함께 가는 곳 어디든 좋았다. 그게 명계라도, 저승이어도.

하얀색 현관문이 탁, 가벼운 소리를 내며 닫혔다.

*　　*　　*

하현은 기분이 좋지 않았다.

선선한 날씨도 좋았고, 햇빛이 비치는 시간도 좋았고, 자신의 옆에 서 있는 이도 좋았다. 하지만 딱 하나 거슬리는 게 있었으니, 바로 그 옆에 있는 이를 바라보는 사람들의 시선이었다.

"와. 야, 봤냐? 진짜 예뻐."

"연예인인가? 신인인가 봐."

아닙니다. 아니에요. 아니라고요.

연예인이 아니라 나랑 연인이고, 신인이 아니라 신일 뻔했다가 강제로 하강한 영가다, 라고 말하고 싶었지만 말할 수 있을 리가 없었다.

그래서 하현은 어서 이 버스가 빨리 목적지에 도착하기만을 바라고 있었다. 자리는 왜 또 없어서 서 있는 건지.

이래저래 계속 신경이 쓰이는 일만 쌓여서 조금 울적할 정도였다. 차라리 택시를 탈걸.

'……하지만 택시비가 어마어마했을걸.'

무려 시를 벗어나는 여정이었으니까. 하지만 지금은 차라리 그럴걸, 이라고 후회했다. 이처럼 꽂히는 시선이 많을 줄이야.

하현은 출발하기 전의 자신을 원망했다. 왜 이 생각을 못 했니. 선글라스라도 갖고 올걸, 모자라도 씌워 줄걸. 아니다, 다 됐고 운전면허가 없는 게 이토록 후회되는 것은 처음이었다. 도로에 우글거리는 귀신 따위 치든지 말든지 지금은 모두 다 무시해 버릴 텐데.

그리고 그 당사자 또한 그 시선들이 여간 신경 쓰이는 게 아닌 모양이었다. 연화가 불편한 듯 몸을 틀었다.

"하현, 사람들이 자꾸 당신을 쳐다봅니다."

"내가 아니라 당신일걸요."

아니, 당신 맞사온데.

그렇게 중얼거리며 연화는 또르륵 눈동자만 굴려서 주위를 둘러보았다.

아닌 게 아니라, 이 안에 타고 있는 모든 여인네들의 눈이 자신의 옆에 있는 이에게 꽂혀 있었기 때문이었다. 그들의 눈에 넘실거리는 호감을 벼루에 담는다면 그 먹으로 아마 연서를 수십 장은 쓸 수 있을 거라고 생각했다.

그에 속에 숨겨져 있던 불씨에 슬슬 부채질이 시작되는 것만 같았다. 그리고 그 불씨의 이름은 질투였다.

만약 두 사람이 각자의 속에서 그 붉은 게 똑같이 넘실거리고 있는 것을 알았다면 그저 웃고 말았을 테지만, 서로 전혀 눈치채지 못하고 있는지라 둘의 표정은 그렇게 좋진 않았다.

하지만 이번 역시 그 분위기는 연화에 의해 마무리되었다.

"헐, 대박."

역시나 지켜보고 있던 눈들이 있었는지 주위에서 바로 반응이 나왔지만, 가장 놀란 것은 하현이었다. 옆에 나란히 서 있던 연화가 갑자기 잡고 있던 안전 봉을 탁 놓더니 자신의 팔을 손잡이처럼 꼭 잡았기 때문이었다. 놀란 하현은 곧 풋 웃고 말았다. 연화의 얼굴이 완전 새빨갛게 달아올라 있었기 때문이었다.

표정은 나름 도도하니 표표하려고 노력한 모양이었지만 얼굴빛은 어떻게 하지 못한 모양이었다. 그 모습이 너무 귀여워서 하현은 속으로 큭큭 웃은 다음에 연화의 손을 가만히 잡고 내렸다. 그리고 그녀의 등 뒤로 손을 뻗어서 안전 봉을 잡고는 자신의 팔에 그녀가 기대게끔 살짝 잡고 끌었다.

거의 한 팔에 안긴 것처럼 된 모양에 연화가 눈을 동그랗게 뜨더니 고양이처럼 눈을 감고 생긋 웃었고, 하현 역시 만족스럽게 봉을 다시 고쳐 잡았다.

지금은 뭐, 그다지 나쁘지 않았다. 조금은 더 이대로 쭉 가도 될 것 같은 그런 기분이었다. 하지만……

"이번 정류장은 마루 역, 마루 역입니다. 다음 정류장은……"

"……."

하지만 역시나 타이밍은 그의 편이 아니었고, 하현은 봉을 잡지 않은 다른 손을 뻗어 눈앞의 하차 벨을 꾸욱 눌렀다. 이럴 때는 신이 조금 원망스러웠다.

'아무래도 날 미워하나 봐.'

그가 그런 생각을 하든지 말든지 시외버스는 충실하게 정류장에 정차했고, 하현은 높은 단차 탓에 연화가 걸려 넘어지지 않도록 그녀의 긴 치맛자락을 정리해서 손에 쥐여 주었다.

그리고 버스에서 내리자마자 눈앞이 탁 트이게 드러난 시야에 연화는 놀란 표정을 감추지 못했다. 그도 그럴 게……

"산이에요!"

바로 산어귀였기 때문이었다.

처음 연화를 바깥으로 처음 데리고 나간다는 생각을 하자마자 떠오른 게 바로 이곳이었다.

사람은 환경에 익숙해지기 마련이라고, 연화는 처음에는 낯선 현대 환경에 어색해하면서도 잘 적응하긴 했지만, 아무리 도성에서 살았다 해도 주변에 건물보다는 나무와 숲과 강과 연못이 많고 많았을 터였다.

그런 곳에서 살았던 사람이 바닥은 흙보다는 아스팔트요, 건물은 목조가 아닌 철골 위에 콘크리트인 데다가 높고 우람한 산은 거의 다 깎인 이 도시 한복판에 살고 있으니 여간 답답한 게 아니었을 것이었다. 게다가 산 말고 하나 더 보여 주고 싶은 것도 있고.

'좋아해 줬으면 좋겠는데.'

사실 엄밀히 말하자면 첫 외출은 아니었다. 첫 외출 때는 정말 '이동'에 중점을 둬서, 주위 환경 안내고 뭐고 다 필요 없고 어서 집 안에 들여서 '보호'하는 것이 우선이었다.

그날 이후 집 안을 호시탐탐 노리던 악령들은 씻은 듯 사라졌고, 자신과 미르의 결계와 보호 덕분인지는 모르겠지만 이렇게 원거리 외출을 나올 수 있었다.

'병원 일은…… 나중에 생각하자.'

하현은 조용히 휴대폰의 전원을 눌러 끄며 속으로 중얼거렸다. 그래도 나름 시간을 쪼개서 시험도 열심히 준비했고, 미르의 도움을 빌려 가며 틈틈이 의국에도 다녀오고 있었다.

그의 옷소매를 연화가 잡고 흔들었다.

"하현, 하현, 저게 뭐예요?"

하현은 역시 '리스닝 앤 리피트' 말이 괜히 있는 게 아니라는 생각을 하며 연화가 가리키는 쪽을 바라보았다.

현대어를 배우고 싶다는 말에 하현이 그녀에게 제공한 것은 각종 드라마 DVD였고, 훌륭하고도 모범적인 학생 역할에 십분 몰입하여 연화는 미르의 취향이 담뿍 담긴 그것들을 밤을 새워 가며 모조리 보았다.

덕분에 그녀의 현대 어법은 비약적으로 훌륭해졌고, 지금처럼 애교가 담긴 말까지 할 수 있게 된 것이었다.

"저건 말이죠."

연화가 하현을 바라보았고, 하현은 회심의 미소를 지으며 대답했다.

"별입니다."

*　*　*

연화는 하늘을 다섯 번째 올려다보고 있었다. 아까 내린 자리에서부터 쭉 올려다보고 있으니 분명 자신의 이 모습을 하현이 못 알아챘을 리가 없었다.

하지만 아무리 생각해 보아도 이해가 되지 않았다.

'별이라고?'

지금 하늘은 완연한 하늘색, 그러니까 해가 아직 중천에 떠 있는지라 맑은 하늘빛이었고, 달은커녕 별은 한 조각도 보이지 않았다. 보이지 않는 것이 정상이기도 했다. 햇빛에 가리어 몸을 숨기고 있을 테니까.

한데 갑자기 별이라니 무슨 이야기일까. 게다가…….

'눈에 보이는 건 거의 인공위성이라고 하셨으면서.'

언제였더라, 날이 유난히 쾌청하여 밤하늘이 훤히 보였던 때의 일이었을 것이다. 하늘에 그득하던 구름이 바람에 모조리 밀려나 하늘이 맑게 드러났었고, 검은 도화지 군데군데에 하얗고 노랗게 반짝거리는 것이 반가워서 별이 예쁘다, 라고 했었는데 그것을 흘끔 올려다본 하현이 말했다.

'요즘 도시에서는 별 잘 못 봅니다. 시골 공기 맑은 곳에나 가야 좀 볼 수 있어요.'

그 말에 얼마나 시무룩했던지. 별 본 지가 정말 꽤 되었구나, 싶었기 때문이었다. 물론 지난번에 월식을 설명해 줄 때 TV에서 계속해서 달과 별을 보여 주기는 했었지만 기억에 남지 않았다.

'그도 그럴 게, 달이 어둠에 먹히는 게 소름 끼쳐서 별로 보고 싶지 않았는걸.'

연화는 이제 여섯 번째로 하늘을 올려다보았다. 설마 이 해가 떨어질 때까지 기다리겠다는 말일까. 하현을 곁눈으로 살짝 바라보았지만 다시 묻는 것을 바로 포기했다.

하현은 묘한 고집이 있어서 한 번 알려 주지 않겠다고 하면 번복한 적이 없었다. 예를 들면 자신의 마지막 날이라든가.

달력을 보고 따져 보면 자신도 대략 알 수야 있긴 하지만 직접 세어 보기는 두려웠고, 하현에게 묻는 것으로 대신했다. 그러나 그는 결코 알려 주는 법이 없었다. 하지만 어떤 면에서는 그의 거절이 고마웠다. 궁금하기는 하지만 알면 죽을 날을 받아 놓는 셈이 아닌가.

"힘들지는 않아요?"

문득 옆에서 들리는 목소리에 연화는 돌아보고서 생긋 웃었다. 산을 오르는 게 힘들지 않느냐는 말이겠지. 옷이 조금 거추장스러웠지만 허리에 동여매고 나니 나름 괜찮았다.

연화는 대수롭지 않은 듯 어깨를 으쓱이고서 대답했다.

"신기할 정도로요. 당신도 알겠지만, 난 매우 약했잖아요. 걷기는커녕 서는 것도 내 힘만으로는 제대로 하지 못했죠. 그런데 여기에 오고 난 이후로는 혼자 걸을 수도, 뛸 수도 있어요. 물론 그때 그 고통은 정말 끔찍했지만……."

산을 오르던 연화의 걸음이 잠시 멈칫했다. 그녀가 말하는 건 그때, 하현의 집에서 느꼈던 끔찍했던 과거의 고통을 말하는 것이었다. 가주의 말에 따르면 '육신이 입혀지고 있는 것'이라고 했었지.

하현은 그녀를 가만히 바라보았고, 연화는 쉬지 않고 이어 말했다.

"'그날' 이후로 아픈 적은 단 하루도 없었어요. 더 이상 아프지 않아요. 이렇게 크게 숨을 쉬거나 산을 오르고 있어도요."

"연화 씨."

"잘됐죠?"

화광 변조라는 말이 있었다. 꺼지기 직전에 마지막으로 확 타오르는 불꽃, 반짝이는 그 빛을 말하는 것이었다. 왜 그 말이 지금 생각날까, 하현의 표정이 씁쓸해졌다. 하지만 그는 곧 선선히 고개를 끄덕였다.

"네."

그래도 괴롭지 않아서. 지금 당장은 빛날 수 있어서 다행이었다.

하현은 그녀의 손을 잡고 마지막 계단을 오르는 것을 도와주었다. 한 걸음 한 걸음 떼었는데 어느덧 이 산의 중턱까지 올라온 것이다. 그것이 첫날부터 지금까지 자신과 연화가 같이 해 온 날과 같다고 생각한다면 너무 감성적인 걸까.

'나는 이과인데.'

뭐 그게 무슨 상관이겠느냐마는.

그리고 연화는 계속 의아한 표정이었다. 기껏 산에 올라와 놓고서 왜 건물 안으로 들어오느냐는 표정이었고, 하현은 드디어 그녀가 내내 궁금해하던 것을 대답해 주었다.

"여기는 천문대입니다."

"천문…… 대요?"

"네. 우주를 관측하고 연구하기 위해 만든 시설이죠."

뭔가 몹시 본격적입니다만, 이라는 말을 하는 대신 연화는 픽 웃었다. 왠지 하현이 묘하게 들뜬 것처럼 보였기 때문이었다.

평소보다 말도 많아지고, 표정도 다채롭고. 그 모습이 반짝반짝 예뻐 보여서 자신까지 기분이 좋아지는 것 같았다.

"하면, 예서는 낮에도 별을 볼 수 있다는 말입니까?"

"그것뿐만이 아닙니다."

아니라고? 연화는 의아한 표정으로 그를 바라보았지만, 하현은 의미심장하게 씨익 웃고서 그녀의 손을 잡고 건물 안으로 들어갔다. 그리고 망설임 없이 한쪽 벽면의 문을 열더니 연화를 그 안으로 가만히 밀었다. 아니, 안고 들어갔다.

그들이 들어간 문의 위에는 '천체 투영실'이라고 적혀 있었다.

*　　*　　*

연화는 걸음을 멈추었다. 발을 뗄 수가 없었다. 한 치 앞도 보이지 않을 만큼 주변은 너무도 어두웠고, 빛이라고는 자신이 들어온 저 뒤의 문의 어스름한 빛이 전부였다. 갑자기 엄습해 오는 지독한 어둠에 순간 심장이 덜컥했다.

생각해 보면 이곳으로 온 이래로 단 한 번도 어둠 속에서 지내 본 적이 없었다. 본가에서도 언제나 환한 빛 아래에서 머물렀고, 하현의 집으로 온 이후는 두말할 필요 없을 정도로 언제나 불과 함께했다.

스스로도 잘 몰랐지만 그래, 자신은 어둠을 무서워했나 보다. 어둠이 싫었나 보다.

그래서 더 견디기 힘들었다. 이곳에 왜 왔는지, 자신을 왜 이리로 데리고 왔는지, 왜 하필 이 어두운 방 안으로 밀어 넣었는지 이해가 되지 않았다.

하지만 하현도 함께이니까, 그도 자신과 함께 있으니까. 만약 혼자서 이 방에 밀어 넣어진다면 온갖 방법을 다 동원해 빠져나가려고 애를 썼겠지만 등 뒤에 그의 체온이 느껴졌고, 귀에 그의 숨소리가 느껴졌다. 그래서 연화는 안정을 찾으려고 애썼다. 침착하려고 애썼다. 다행히 불안은 오래가지 않았다.

"……!"

빛이었다.

아니, 불이었다.

'뭐라고 말해야 할까, 이것을 무어라고 이야기해야 내 심정을 그리기에 적합할까.'

무슨 말이든 하고 싶었지만 아무 말도 나오지 않았다. 연화는 홀린 듯 자신의 앞에 그려지는 선을 바라보았다.

수없이 오가는 여러 색의 선들, 그에 반짝이는 검은 하늘. 더 이상 깜깜하지도, 무섭지도 않았다. 빛이 쏟아지고 있었다.

"이게……."

무엇입니까, 라고 물을 필요 없었다. 듣지 않아도 이미 알고 있었다. 별, 별이었다. 별들의 향연이었다. 그리고 그런 그녀를 하현이 뒤에서 가만히 안아 왔다. 숨소리에 담아 사근거렸다.

"당신에게 이걸 보여 주고 싶었어요."

"……."

"별을 보고 싶어 하는 것 같아서. 별을 그리워하는 것 같아서요."

보고 싶긴 했다. 그립긴 했다. 하지만 그것을 이리 한 번에, 못 보았던 것을 내내 쌓아 한 번에 보는 것처럼 장엄하게 볼 줄은 꿈에도 몰랐다.

저쪽 끝에서 흰 선이 포물선을 그리며 이쪽으로 넘어왔다. 그리고 그와 동시에 붉은 것, 노란 것이 잇달아 건너왔다. 반원을 그리던 것은 이윽고 하나의 원을 그리기 시작했고 원 안에 원이 수없이 생기는 것을 연화는 홀린 듯 바라보았다.

그리고 그것이 사라지고 수없이 많은 별들과 성운들이 눈앞에 펼쳐졌다. 은하수였다. 하현이 계속해서 속삭였다.

"견우와 직녀, 알죠? 지난번에 이야기해 준 거요. 저 은하수를 사이에 두고 있나 봅니다."

"칠월 칠석에나 겨우 만나는 그 가엾은 연인 말씀하시는 거지요."

네, 그 가엾은 연인.

어째 연화의 입술에서 나온 말이어서 그런지는 몰라도 하현에게는 더 아프게 들렸다.

하현은 그들이 우리보다는 덜 가엾을지도 몰라요, 라는 말을 삼키면서 연화의 시선을 따라 스크린 가득 펼쳐진 별들을 보았다.

무서우리만치 많고 많은 별들이었다. 이 지구도 저 별들 중 하나라고 생각하면 스스로가 정말 너무나도 작고 미약하고 초라하게 느껴지곤 했다.

아직도 우주의 끝을 모르는데, 그 팽창의 끝을 모르고 있는데 우리가 아는 것은 그 넓고 광활한 것 중 아주 일부라는 사실이 무섭기까지 했다. 자신도 이런데 연화는 오죽할까, 이 아득한 것이 와 닿을까.

하현은 연화를 품 안 가득 안았다. 따뜻한 온기가 닿길 바랐다.

"사실 좀 질투 나기는 했습니다."

"예?"

갑자기 질투라니?

전혀 맥락이 이어지지 않는 것 같은 말에 연화가 이 방에 들어온 이후 처음으로 별에서 시선을 떼었다. 그만큼 의아하다는 말이었다.

"누가 누구에게 질투를 한다는 말입니까?"

"내가 별에게요."

연화는 귀를 의심했다. 그리고 하현의 상태를 의심했다. 저 사람이, 뭐에다가 질투를 했다고?

"왜요?"

"달이 옆에 있는데도 계속 별을 찾았으니까요."

순간적으로 연화는 대답하지 못했다. 자신을 두고 일러 달이라고 하는 것에도 그렇고, 자신이 그가 질투하리만치 그토록 별을 찾았나 하는 것도 있었기 때문이었다. 아니, 하지만 둘째 문제보다도 첫 번째 문제가 더 큰 충격이었다.

'하현이 저런 말도 할 수 있는 사람이었어?'

물론 미르가 들었다면 귀를 씻고 씻어 수백 번 고쳐 씻었을 말이지만.

그가 이 자리에 없는 것이 다행이라 느끼면서도 묘하게 아쉬워서 연화는 조금 작게 웃었다. 쑥스러우면서도 그보다도 더 만족스러운 듯한 표정이었다.

"질투했어요?"

"많이."

"그럼 내가 어떻게 하면 될까요?"

무엇을 원해요, 라는 말에 하현이 연화를 내려다보았다. 그녀치고 도발적인 말이라고 생각했기 때문이었다. 하지만 역시, 예의 평소처럼 의도는 하지 않은 말이었을 것이었다. 만약 의도하고 저런 말을 하는 날이 온다면 그날은 아마 그 누구도 잠에 들지 못할 날이었다. 분명히.

하현은 그날이 좀 빨리 왔으면 좋겠는데, 라고 중얼거리며 겉옷 주머니에 손을 넣었다.

"달을 보면 당신은 무슨 생각이 들어요?"

뭘 원해요, 라는 말을 피하듯 다른 말이 나오는 모양에 연화가 살짝 입술을 삐죽였다. 바보같이, 원한다고 하면 다 주려고 했는데.

그래서 나온 그녀의 대답은 몹시 짧았다.

"당신."

"……."

"당신이라고요. 달. 하현달. 당신."

그 말에 오히려 당황한 것은 하현이었다.

이렇게 직구로 대답이 돌아올 줄도 몰랐고, 빼도 박도 못 하게 그녀가 몇 번이나 자신의 이름을 부를 줄도 몰랐다. 그리고 그 사람이 고개를 돌려서 쪽, 가볍게 입을 맞춰 올 줄도 몰랐다.

"고마워요, 별을 보여 줘서."

"……."

"내 달이 되어 줘서."

자신이 할 말은 아니지만, 이 사람 역시 참으로 많이 변했다고 하현은 생각했다. 아니, 아니지. 원래부터 이런 모양이었을 테지. 다만 그동안 꺼내 놓지 못했을 뿐일 터였다. 그렇게 생각한 하현은 그냥 웃고 말았다.

'처음부터 거창하고 특별하고 대단한 말을 하려던 건 아니었지만.'

하현은 여전히 연화를 뒤에서 안은 채로 주머니에서 꺼낸 것을 손가락으로 단단히 쥐었다. 반들반들한 표면이 손가락 끝에 뚜렷하게 만져졌다.

아마 심장을 만질 수 있다면, 지금 자신의 심장이 만져진다면 이렇게 도드라지게 튀어나와 있겠지. 지금도 입 밖으로 톡 튀어나올 것만 같으니까.

심호흡을 한 하현이 가능한 아무렇지 않은 듯 툭, 말했다.

"달은 지구의 위성입니다."

"……?"

연화는 그 말을 언젠가 들은 적이 있었다. 언제였더라.

아마도 월식이 끝나고 얼마 되지 않아서였을 것이었다. 부쩍 자연 현상에 대한 관심이 많아져서 일식은 뭐고 월식은 뭐고 위성은 뭐고 태양계는 무엇이냐 꼬치꼬치 물어볼 때인 것 같았다.

하현과 미르는 '지구는 둥글다'라는 기본적이고 당연한 상식을 아주 자연스레 받아들인 연화에게 그것들을 포함하여 이것저것을 많이 알려 주었다. 그 정도로 어느샌가 그들은 연화를 '과거'의 사람으로 대하지 않았다. 그저 있는 그대로 서연화라는 사람으로 대해 주었다. 물론 그만큼 연화가 훌륭한 학생이었기 때문이기도 하지만.

그리고 연화는 지금 하현이 말한 위성, 이라는 말을 아주 잘 이해하고 있었다.

'곁을 맴돈다는 그것 말이지.'

하지만 지금 그 이야기가 왜 나왔는지까지는 이해하지 못했다. 연화가 고개를 갸웃하자 하현이 작게 웃고서 말을 이었다. 긴장한 듯 눈매가 살짝 파르르 떨렸다.

"그리고 당신은, 내 지구예요. 내가 바라볼 수밖에 없는 사람, 지켜볼 수밖에 없는 사람, 사랑할 수밖에 없는 사람."

"……."

허리에 가만히 둘린 오른팔, 그리고 왼손에 쥐어져 있는 것의 반짝임에 연화가 입술을 가만히 깨물었다.

어둠에 익숙해져서 그런 것일까, 아니면 저 하늘의 별빛 덕분에 보이는 것일까, 그도 아니면 이것 자체가 스스로 빛을 내는 것일까.

"하현."

떨렸다. 눈물이 날 것 같았다. 아니, 이미 고여 있었다. 깜빡이기라도 하면 곧바로 흘러내릴 것만 같아서 연화는 눈을 위로 떴다.

'왜. 왜 기쁜 일인데, 감사한 일인데 왜 눈물이 나니. 왜.'

너무 기쁘면 무섭다는 말을 이해하지 못했었다. 기쁘면 떨리고 행복하지, 왜 눈물이 난다고 하는지 납득할 수 없었다. 하지만 지금 자신이 그런 상황이었다. 무섭고, 슬펐다.

'저 반지를 받게 되면 내내 이곳에 있고 싶을 것 같아서, 가고 싶지 않을 것 같아서, 하늘의 부름을 외면하고 평생 도망 다니고 싶어질 것만 같아서.'

그래서 연화는 하현의 손을 말없이 바라보기만 했다. 하현은 마치 그런 그녀의 마음을 알기라도 하듯 연화의 손을 가만가만 쓰다듬으면서 천천히 진주 반지를 끼워 주었다.

따로 호수를 재지도 않았건만 마치 주인을 찾은 것처럼 반지는 연화의 넷째 손가락에 아주 잘 맞았고, 하현은 그녀의 손을 가만히 잡고 당겨 그 손등 위에 입술을 맞추었다.

"내게 와 줘서 고마워요."

꼭 하고 싶었던 말이었다. 내내 꼭, 반드시 해야만 한다고 생각했던 말이었다.

처음에는 귀찮았다. 그녀가 아니라 이 상황 자체가 귀찮고 마뜩잖았다. 가급적이면 얽히고 싶지 않은 방향, 결코 휘말리고 싶지 않은 분야였다.

열심히 도망치고 있었으니까, 내내 잘 달아나고 있었으니까. 그렇게 생각했으니까. 하지만 아니었다.

'만약 이 사람을 만나지 못했다면, 연화를 알지 못했다면, 그날 내게로 오지 않았다면 어떻게 되었을까. 난 지금의 이 모습으로 변할 수 없었겠지.'

여전히 외롭고, 여전히 괴롭고, 여전히 상처 속에 살았겠지.

어렸을 때의 해묵은 상처를 여전히 갖고 있으면서 원망 속에 살았겠지.

그래서 하현은 연화에게 감사했고, 그녀를 이곳으로 안내해 준 하늘에 감사했다. 하현이 눈을 감았다.

"……."

따뜻하고 촉촉한 입술이 닿았다. 연화가 있는 힘껏 발뒤꿈치를 들고 그에게 입을 맞춘 것이었다. 채 몸을 틀지 못하고 맞춘 입술은 곧바로 짧게 떨어지고 말았지만 하현은 그녀가 아래로 내려가게끔 가만두지 않았다.

"하……!"

하현, 이라고 제 이름을 부르려고 했던 것일까, 아니면 그저 숨소리일까. 뭐, 아무래도 상관없었다.

하현은 연화의 허리를 꽉 안고서 그녀의 얼굴을 찾았다. 예쁘게 자리한, 촉촉이 빛나는 꽃을 찾았다. 그리고 정신없이 그 안의 꿀을 탐했다.

이제는 좀 익숙한, 하지만 언제나 매번 새로운 그 안은 달고 달았다. 하현은 보드라이 열린 입술 사이로 수월하게 들어가 일부러 내준 듯한 하얀 울타리를 쉽게 젖혔다.

그에 연화는 발가락 끝을 확 움츠렸다. 뭉근히 문지르는 느낌이 자극적이었기 때문이었다. 그 감각이 온몸을 관통하여 몸에 힘이 바짝 들어갔다. 아니 오히려 그 반대로 다 풀리는 것 같기도 했다.

그러나 하현이 그녀가 무너지지 못하게끔 팔로 꽉 안고 있었고, 연화는 그 단단한 팔에 몸을 맡긴 채로 눈을 꽉 감았다.

"읏……."

하현은 부드럽게 어루만지듯이 연화의 그 도톰한 입천장을 혀끝으로 느릿하게 쓸었고, 간지럽고도 기분 좋은 그 기묘한 느낌에 연화가 그의 팔을 꽉 쥐었다. 온몸이 녹아 버리는 것만 같았다.

흐읏, 얕은 신음 소리가 입술 사이로 흘렀지만 아무도 알아채지 못할 정도로 두 사람 모두 서로를 탐하느라 정신이 없었다.

"사랑합니다."

머리가 뜨거웠고, 입술이 뜨거웠고, 몸이 뜨거웠다. 그리고 만약 잴 수만 있다면 심장 또한 이 이상으로 뜨겁게 달아올라 있을 거라고 확신했다.

하지만 그중 가장 뜨거운 게 있다면 그이가 한 말이겠지. 그의 진심이겠지. 연화는 결국 울고 말았다. 아아, 하늘 할머니. 저는 만났어요.

"사랑해요, 연화 씨."

온 마음을 다해 사랑할 이, 다시는 없을 연인, 그리고 나를 진정 이해해 주는 사람. 그 사람이 이 앞에 있는 사람이라 다행이었다. 자신을 사랑한다고 수없이 말해 주는 이라서 다행이었다.

그리고 감사했다.

"은애합니다."

만약 말에도 색이 있다면, 그 색이 사람의 눈이 보이도록 선명하다면 지금 연화가 내놓은 말은 진홍색이었을 것이었다. 붉디붉어서 그 무엇도 덮을 수 있을 만치 짙은 그런 홍색.

연화는 다시 그 말에 진심을 담아 하현에게 전했다.

"은애합니다, 하현."

그리고 하현은 눈을 떴다.

"……?"

뭔가가 이상했다. 느낌이 이상했다. 연화의 고백이 이상하다는 게 아니었다. 그녀의 말을 들은 순간 온몸이 뜨거워지는 그런 기분이었다. 마음이 통했다, 라는 것이 이런 게 아닐까 싶을 정도로 심장이 두근거렸다. 하지만 이것은 그것과는 조금 달랐다.

'그게 아니야.'

분명히 안고는 있었다. 이 품 안에 가득 담겨 있었다. 그런데 왜일까, 기분이 이상했다. 손에 고운 꽃 모래를 쥔 느낌, 그러면서 그것이 조금씩 조금씩 사라지는 느낌이었다. 빠져나가는 기분이었다.

그에 하현이 퍼뜩 연화를 바라보았다. 그리고 비명을 질렀다.

"연화 씨!"

그의 얼굴이 창백해졌다. 하얗게 질렀다. 믿을 수가 없었다. 믿기지가 않았다. 그가 두 팔에 힘을 꽉 주었다. 안 돼, 제발. 아니야. 안 돼!

"아직, 아직 아닌데. 아직 그날이 아니라고!"

품 안의 연화가, 점점 사라지고 있었다.

*　　*　　*

"연화 씨!"

분명히 들렸다. 똑똑히 들렸다. 하지만 대답할 수 없었다.

왜 그가 자신을 부르는지, 왜 저렇게 얼굴이 일그러져 있는지, 왜 이렇게 강하게 쥐는지 알아서, 너무나도 잘 알고 있어서 대답하지 못했다.

"안 돼요, 오늘 아니라고요!"

알아요.

연화가 입 모양으로만 대답했다.

알고 있었다. 아직은 해가 지나지 않았으니까, 정월 보름은커녕 마지막 보름도 채 오지 않았으니까. 그래서 안심하고 있었다. 방심하고 있었다. 오늘이 아닐 거라고 굳게 믿고 있었다. 하지만 그날은 오고야 말았다. 이렇게 빨리, 생각지도 못하게 오고 말았다.

하현이 투명해져 가는 어깨를 와락 껴안았다.

"왜요, 어째서! 일 년이라며, 일 년의 시간이라면서요!"

연화가 와득, 입술을 깨물었다.

일 년, 일 년일 줄 알았다. 그만한 시간이 내게 있을 줄 알았다. 그래서 하루하루 아쉽게 꼽았다. 일다경도 허투루 보내지 않았다. 하지만…….

'모래는 빠져나가고 있었어.'

그래, 마치 자신은 거대한 모래시계 같았다.

정해진 기한을 향해 달려가는, 닳아 가는 모래시계. 작고 작은 틈 사이로 조금 조금씩 빠져나가는 그 모래시계.

연화는 이 사태를 조금은 이해할 수 있을 것만 같았다.

'일정한 양을 차근차근히 내려보내야 하는 그 구멍에, 틈에 문제가 생긴 것이겠지.'

그리고 아마도 그 틈은 도화 단도의 힘.

연화의 생각에 동조라도 하듯 그녀의 품 안에서 흰빛이 어른거리고 있었다. 그에 하현은 결국 울고 말았다.

이렇게 되면, 저런 표정을 지으면 인정하지 않을 수가 없잖아, 받아들이지 않을 수가 없잖아.

"안 돼, 보낼 수 없어요. 오늘에서야 처음 밖으로 나왔는데, 처음으로……."

은애한다, 그 말을 당신에게 직접 들었는데. 채 다 말하지 못한 말이 날카로운 가시가 되어 목에 박혔다. 말을 할 수 없을 정도로 목이 아파 와 입술을 깨물었다. 그가 삼키지 못한 숨을 토했다.

'안 돼, 안 돼요. 이렇게는 못 보내.'

처음이었다. 누군가에게 사랑한다고 말을 하는 것도 이 사람이 처음이었고, 은애한다는 절절한 답가를 받은 것도 처음이었다.

내게 그 말을 해 줄 유일한 사람, 해 준 단 한 사람. 그 사람을 이렇게 급하게 보낼 순 없었다. 하현이 그녀의 손을 깍지 끼워 간절히 잡았다. 그때였다.

"돌아올게요."

"……!"

하현의 눈물에 답가라도 하듯 연화의 입술이 열렸다.

처음이었다. 투명해지기 시작한 이후로 처음 나온 말이었다. 그리고 그 내용은 그가 이 사람에게 들을 거라고는 생각하지 못한 말이었다. 내가 종용했으면 했지, 하지만 그마저도 그녀에게 부담이 될까, 더 슬프게 할까 두려워서 하지 못한 말이었다.

연화는 다시 그 말을 똑똑히 되풀이했다. 얼굴은 눈물로 가득 젖어 있는 데다 목은 잔뜩 메어 있었지만 그녀가 하는 말이, 숨소리가 검이 되어 귀에 강하게 꽂히는 것만 같았다.

"다시 당신 곁으로 돌아올게요. 반드시 돌아와요."

그 말에 깃든 의지가 너무나도 확고해서, 힘이 단단히 들어가 있어서 하마터면 믿을 뻔했다. 힘들고 힘든, 말도 안 되는 일이라는 사실을 너무나도 잘 알고 있음에도 불구하고 믿을 뻔했다.

속마음과 달리 하현은 곧 고개를 끄덕였다. 연화만이라도 그 확신 속에 두게 하고 싶어서. 자신의 말을 굳게 믿고 정말 그 약속대로 돌아올 거라고 믿고 싶어서.

하현은 기도하듯 그녀의 두 손을 힘껏 보듬어 쥐었다. 어느덧 연화의 몸은 거의 흐려져서 저 뒤의 별이 쏟아지는 장면이 그대로 투영되어 보였고, 별들 사이에 묻혀 투명해져 가는 연화에게 하현이 필사적으로 입을 맞추었다.

"가져가요."

반지는 가져가요, 이것만은 가져가요.

"그리고 달을 찾아, 다시 내게로 돌아와 줘요."

보름이 아닌 날에도 언제고 떠 있을 테니까, 이것을 이정표 삼아 내게로 다시 돌아와요.

그 말을 끝으로 연화의 몸은 완연히 투명해져 수많은 별 그 가운데 가장 흰 별로 올라갔고, 하현의 품에는 아무것도 남은 것이 없었다.

그 무엇도, 반지조차도 없었다. 그리고 앞에 놓인 큰 화면에 기울어지고 있는 달이 가득 그려졌다.

얼마 전에 본, 개기 월식이었다.

* * *

"……."

연화는 커다란 대문 밖에 한참 동안이나 오도카니 서 있었다.

문을 여는 방법을 몰라서가 아니었다. 들어갈 용기 또한 없어서가 아니었다. 그저, 생각을 정리하고 있었다. 머릿속과 마음속에 범람하는 생각이 하도 많아 그것을 정리하고 있는 중이었다.

하지만 그 무엇도 정리하지 못했다.

"……흑."

안 돼, 울면 안 돼. 아직은 아니야.

흰 손가락이 곧바로 빠르게 눈가를 훑어, 작게 비집고 나온 방울 여럿을 없애 버렸다.

연화는 울기 싫었다. 울 수 없었다.

마음 같아서는 주저앉아서 펑펑 울고, 땅을 치며 통곡하고, 이리 오긴 싫었다고 그와 함께 더 있고 싶다고 내게 앗아 간 그 시간들을 돌려 달라며 떼를 쓰고 싶었다. 애처럼 울고 싶었다.

하지만 그러지 못한 것은 무서웠기 때문이었다. 진정으로 끝이라고 선고받을까 봐, 다시는 못 내려간다고 돌아가지 못한다고 확언받을까 봐 그게 무서워 겨우 꾹꾹 참고 있었다.

'하늘 할머니, 하늘 할머니가 우선이야. 뵈어야만 해.'

자신의 모든 앞길을 틀어쥐고 계신 분이시니 앞으로의 길 또한 알고 계실 터, 또한 이제껏 지내 온 나날들에 대한 보고도 해야만 했다.

그에 머릿속이 한 갈래는 정리가 되는 것만 같아 오래도록 한 자리를 지키고 서 있던 발걸음이 두어 걸음 앞으로 나아갔다.

어찌나 오랫동안 두 다리 굳게 짚고 서 있었는지 섰던 자리가 깊게 패 있었다. 그리고 연화는 이곳에 처음 날아왔을 적 그랬던 것처럼 손을 들어 어쩐지 온기가 느껴지는 것만 같은 둥근 문고리를 꽉 잡았다. 그리고 흡 숨을 모아 들이쉬고 두어 번 강하게 두드렸다.

"소녀 서연화, 기한이 다하여 예 왔습니다."

* * *

끼이이—

문은 쉬이 열렸다. 마치 그녀를 기다린 것처럼 문은 천천히 열렸고, 그 너머에 서 있던 사람을 본 순간, 연화는 입술을 꽉 깨물었다.

하늘 할머니가 문간까지 나와 서 계셨다. 마치 오래도록 연화가 문을 열기만을 기다린 것 같은 모습이었다.

그리고 그녀가 처음으로 한 말에 연화는 왈칵 울음이 터지고 말았다.

"고생했다."

단 한 마디였는데도 불구하고 마음을 확 파고드는 말이었다. 그 한 마디에 이곳에서 밀려난 이후부터 다시 들어선 지금까지의 일들이 마치 주마등처럼 머리를 스치고 지나갔다.

짧다면 짧고 길다면 긴, 채 일 년이 안 된 그 기간의 일들이 모두 다 한꺼번에 떠올랐다. 그와 함께 눈물이 솟구쳐 그치질 않았다.

슬펐고, 아쉬웠다. 그리고 한편으로는 후련하고 마음이 놓이는 듯한 기분이었다. 결국 왔구나, 이에 끝났구나, 하는 그런 기분이었다. 그 후련함보다도 아쉬움과 먹먹함이 더 커 연화는 두 손으로 얼굴을 덮었다. 덮고 눈물을 삼켰다.

하지만 곧 그 얼굴은 다시금 빛 아래에 드러날 수밖에 없었다. 하늘 할머니가 그녀의 어깨를 가만히 쥐고 천천히 끌어안았기 때문이었다.

그 따뜻한 온기와 다정한 쓰다듬음에 연화는 결국 그녀의 품에 기대어 두 팔로 등을 그러안고 엉엉 울었다. 토하듯 울음을 쏟아 내었다. 옥색 저고리가 곧바로 진녹색으로 점점이 물들었다.

"오기, 싫었어요."

오기 싫었다. 진정 싫었다. 정든 곳을 떠나기 싫었고, 하현과 이별하고 싶지 않았다. 영영 헤어지는 것일까 봐 한 시도 그의 곁을 떠나기 싫었다.

하지만 이별의 날은 생각보다 빨리 왔고, 미처 각오하기 전에 도래했고, 예기치 못한 이별이 솔직히 아직 실감도 잘 나지 않았다. 방금 전 이분을 만나기 전까진, 하늘 할머니에게 '고생했다'라는 말을 듣기 전까지는.

저 말을 들은 순간 '끝났다'는 게 확 실감이 나서 온갖 감정이 샘솟은 것이었다. 그리고 등을 쓰다듬는, 어깨를 토닥이는 손이 너무나도 다정해서 눈물이 그치질 않았다. 다 들어 줄 테니 그 안에 든 것을 모두 다 쏟아 내어 보련, 그렇게 말하는 것 같아 연화는 묵은 것을 끄집어내었다.

"아직 시간이 남아 있을 줄 알았어요. 그랬기에, 그래서……."

인사를 하지 못했다. 마지막 인사를 남기지 못했다. 미르와 가주 할머니에게 안녕히라고, 그간 잘 돌보아 주셔서 감사했다고, 많은 신세를 졌음에도 불구하고 이리 급히 떠나게 되어 송구하다고 인사하지 못했다. 말을 전하질 못했다. 또한……

"하현에게 한 그 말이 마지막이 될 줄 몰랐어요. 은애한다, 그 말을 왜 이제야 했을까요. 왜 이제껏 아꼈을까요."

더 많이 할 걸 그랬다. 더 자주 할 걸 그랬다. 그 감정이 차오를 때마다 말할 걸 그랬다. 이렇게 후회할 걸 그땐 대체 왜 그랬을까.

또 다른 생각이 들자 연화의 손에 와득 힘이 들어갔다. 나는 끝났지만 아직 끝나지 않은 사람들도 있었다. 끝난 것을 납득하지 못하는 사람들도 있었다.

하현, 미르. 그들이 있었다. 연화가 매달리듯이 할머니를 잡았다.

"어쩌면 좋을까요, 저는 이리 왔지만, 남겨진 사람들은 어떡해요. 하현은, 어떡해요."

철석같이 정월 보름 전날이라고 믿고 있었을 것이었다. 그날을 하루하루 눈물로 손꼽으며 마음을 다잡고 있었을 것이었다.

그리고 자신은 그에게 무어라고 말했던가. 당장 오늘, 몇 시간 전까지만 해도 그에게 무어라 했던가. 오늘은 안 간다고, 당신 곁에 딱 붙어 있을 거라고 말했다. 그럼 난 거짓말을 한 것일까.

마음이 미어지는 것만 같았다. 숨을 쉴 수가 없었다. 외로울 텐데, 이제 진정 혼자일 텐데.

"파도, 없어요. 미르 도령도 갔어요. 이제 그 큰 집에, 흑, 혼자인데."

상상할 수 없었다. 감히 미루어 짐작할 수도 없었다. 내내 한 집에 붙어살던 두 사람이 곁에 없다는 건 어떤 느낌일까. 영영 다시 볼 수 없는 깊은 골을 건너간 거라는 걸 받아들이기까지 얼마나 고통스러운 시간이 흘러야 할까.

연화는 문득 그때가 생각났다. 하현의 힘을 빌려 과거로 돌아가 자신이 죽은 직후를 보았을 때였다. 수척한 아비의 모습을 보았을 때였다.

'그 비슷한 짓을 나는 또 하현에게 하고 만 것일까.'

그에 마음이 다시 아파 와 새로이 눈물이 고였다. 그래서 싫었는데. 과거의 일을 되풀이하는 것이 너무도 싫어 남에게 기대기 싫었는데, 짐이 되기 싫었는데, '대신'이 되기 싫었는데.

그 생각을 하자마자 곧바로 날렵한 얼굴이 생각났고, 도도한 눈동자가 생각났고, 새까만 단발머리가 생각났다. 파가 생각났다.

연화는 할머니에게 매달리듯 바라보았다.

"파는, 잘 갔나요?"

이미 왔을 거라 생각했다. 이미 예전에 당도하여 여러 문을 통과했을 것이라고, 저어기 안쪽에 진즉에 들어가 자신을 기다리고 있을 것이라고 생각했다. 하여 파와는 인사할 수 있겠지, 그때는 고마웠다고 나 여기 이렇게 잘 왔다고 인사할 수 있겠지, 그렇게 생각했다. 그래서 만약 가능하면 만나게 해 달라고 할 요량이었다.

하지만 하늘 할머니는 대답 없이 알 수 없는 표정으로 그녀를 내려다보고만 있었다.

"할머니?"

"스스로의 목숨을 끊은 혼은 누군가를 위험에서 건져 내어야만 억압에서 풀어질 수 있단다."

연화가 눈을 두어 번 깜빡이더니 작은 신음 소리가 흘러나왔다. 아니, 어찌 보면 신음보다는 탄식에 가까운 소리였다. 할머니가 계속해서 말했다.

"이곳의 저울이라는 녀석은 꽤나 까다롭고 독한 놈이어서, 한 치라도 눈금을 벗어나게 된다면 도무지 인정해 주질 않거든. 하지만 이번에는 어찌나 그 무게가 정확한지 아주 똑 떨어지는 바람에 도저히 문을 열어 주지 않을 수가 없었더란다."

무슨 소리를 하는 건지 이해를 할 수가 없었다. 할머니의 시선이 왜 애틋해지고 있는지 알 수 없었다. 다만 확실한 건, 파가 무사히 안으로 들어갔다는 사실이었다. 그에 그나마 안심이 되어 연화의 입에서 안도의 한숨이 휴, 길게 나왔다.

"그토록 지키고 싶던 이가 한 바퀴 휘 돌아 이리 새로운 모습이 될 때까지 그 안에 갇혀 지냈으니 얼마나 외로웠을꼬, 해도 기어이 그이를 지키고야 말았으니 깊은 한이야 다 풀어지었겠지."

여전히 이해할 수 없는 말이었지만 무언가 조금 이상한 기분이 들었다. 새로운 모습이라는 건 자신을 말하는 거고, 갇혀 지냈다는 건 파를 뜻하는 말일 터, 무언가 이어질 듯 안 이어지는 답답한 상황에 연화가 거듭 물어보려던 때였다.

"두 번을 만났는데 세 번을 못 만날까."

연화가 그녀를 바라보자, 할머니는 조금 희미하게 웃어 주었다.

"연이 닿으면 세 번이야 못 만나겠냐는 말이다. 그래, 월하노인 그 양반이 이번에도 또한 도와주어야겠지만."

여전히 알 수 없는 말이었지만 그나마 또 알아들은 건 파를 또 만날 수도 있다는 사실, 그리고 월하노인이라는 어른이 약간의 관여를 하신다는 사실이었다.

그 말을 마음 깊이 심어 놓으며 연화는 하늘 할머니를 끌어안은 손에 힘을 주었다. 그리고 그녀의 옷자락을 그러잡았다. 이제 보세요, 할머니. 보세요.

"할머니. 지난번에 저더러 사랑을 만나고 오라고 이르셨지요."

그 말에 할머니가 선선히 고개를 끄덕였다.

"그래, 그랬다."

"흰 종이에다가 아픔일랑은 모두 지워 버리고 아롱다롱 여러 색을 잔뜩 물들여 오라고 하셨지요."

"그래, 그랬다."

이번 역시 대답은 바로 나왔고, 연화는 내내 마음속에 머금고 있던 말을 입술에 담았다. 숨결에 얹었다.

"그럼 지금은, 무슨 색인가요?"

할머니는 바로 대답하지 않았고, 연화는 천천히 몸을 일으켜 그녀를 바라보았다. 등은 여전히 흔들리고 있었지만 더 이상 눈물이 흘러내리지는 않았다.

"기쁨은 선홍색, 슬픔은 짙은 푸른색, 절망은 시꺼먼 색, 행복은 노란색, 그리고 사랑은……."

연화는 잠시 말을 멈추었다. 사랑은, 사랑은 무슨 색일까.

깊게 생각할 것 없었다. 사랑, 하자마자 곧바로 떠오르는 이름은 하현 그이였으니까. 그이의 독특한 눈동자 색이었으니까.

"주홍색까지."

할머니는 여전히 그녀를 묵묵히 바라보고만 있었고, 연화는 그런 그녀의 얼굴을 바라보았다가 이어 말했다.

"이외에도 미처 말하지 못한 여럿 감정들을 이 도화지에 모두 담았습니다. 한 몸에 담뿍 담아 이리 가져왔습니다. 하면 저는 지금 무슨 색일까요."

하현이 가져다준 책들은 참으로 여러 지식들을 담고 있었고, 그중 하나에서 본 적이 있었다. 세상에는 참으로 많은 색들이 있고 그 온갖 색을 다 합치면 검은색이 된다고, 백색과 흑색 사이에 있는 모든 색들을 모두 다 더하면 흑색이라고.

그렇다면 자신은 무슨 색일까. 검은 색일까.

"……이제 다시는 아래로 내려가지 못할 만큼 검어진 건가요."

연화는 눈을 감았다. 할머니의 표정을 보는 게 무서웠다. 고개를 끄덕이실까 봐 두려웠다. 그래서 고개마저도 숙이는데 따뜻한 체온이 두 뺨에서 느껴졌다. 할머니의 주름진 손이었다.

그리고 들리는 말에 연화의 검은 눈동자가 빛에 드러났다.

"아가, 혹여 가산혼색이라는 말을 아니?"

가산혼색. 그 책에서 함께 보았던 말이었다. 빛의 삼원색으로 색을 만드는 방식. 그것이 이에 왜 나올까.

연화가 의아한 표정으로 바라보자 할머니가 조금 웃었다.

"그 안에 흰빛이 없더냐?"

"어……."

연화가 조금 알 것 같은 표정을 지었다. 그 안에 있었다. 최대한의 강도로 붉은색, 푸른색, 녹색을 같은 비율로 비추었을 때 백색이 그 안에 있었다. 흰빛이 있었다.

연화의 표정이 점점 변했다. 까맣게 어두웠던 얼굴에서 빛이 차오르는 듯한 모양이었다. 할머니는 여전히 잡고 있는 어깨를 가만가만히 다독이면서 말을 이었다.

"기쁨, 슬픔, 희망, 이런 감정으로는 검어지지 않아. 어두워지지 않는단다. 검어지는 건, 하나 그 이상의 감정이 응어리졌을 때에 일어나는 것이야."

"하나 이상의 감정이라면……."

"증오와 저주, 한과 미련 같은 그런 검은 감정들 말이다. 너, 마지막으로 그 아이의 손을 잡았을 때 그와 같은 감정을 가진 적이 있느냐?"

연화는 곧바로 그때를 떠올렸다. 손을 잡았을 때, 라는 말을 듣자마자 그때가 생각났다. 이원이 떨어지던 때, 손을 뻗어 그녀의 손을 잡았던 때, 상처가 벌어져 피가 손을 흠뻑 적셔 끈적끈적했었을 때.

그때 자신에게 그런 감정이 있었냐는 말이었다. 그리고 연화는 곧장 대답할 수 있었다.

"아니요."

없었다.

솔직히 말해서 미워한 적은 있었다. 그녀를 미워했다. 파를 소멸시켰으니까, 하현과 미르를 아프게 했으니까. 하지만 그 이상으로 든 감정은 연민이었다.

누구도 사랑하지 못하고 누구에게도 사랑받지 못한 사람, 사랑을 받은 적 없으니 사랑을 주는 방법 또한 몰랐겠지. 그래서 그 손을 끝까지 잡고 싶었다. 나처럼 다시 살아요, 그렇게 말하고 싶었다.

'하지만…….'

그렇게 가 버렸어.

연화는 그녀 또한 이곳에 있는 거냐고 물으려다가 그냥 말았다. 되었다고 생각했다. 그 사람과 자신과의 연은 여기까지, 만약 더 이어진다면 자연스레 또 이어지겠지 싶었기 때문이었다. 그리고 그보다도 다른 게 더 궁금했다.

'그래서 나는 희다는 걸까?'

흰빛이 있다는 말을 듣기야 했는데 무어라 확실하게 꿍 도장 찍힌 게 없어서 뭔가 석연치가 않은 기분이었다.

그에 다시금 입술을 떼려는데 할머니가 제 귀를 한 손으로 탁 쳤다. 마치 모기를 쫓는 듯한, 매우 귀찮아하는 손짓이었다.

"아이고. 시끄럽구나, 시끄러워."

"예?"

연화가 고개를 갸웃했다. 시끄럽다니, 제게는 그 어떤 소리도 들리지 않았는데. 역시 귓가에서 앵앵거리는 벌레라도 있었나 싶어 조심스레 살피려는데 할머니가 보란 듯이 한숨을 푹 하니 내쉬었다.

"아가, 네 여기 온 후 저 아래에서 시간이 얼마나 지났는지 아느냐?"

"한…… 시간 정도 아니옵니까?"

기껏 해 봐야 자리에 가만히 서 있다가 예로 들어온 것뿐인걸.

하지만 할머니의 표정은 좀 모호했다. '네가 생각하고 있는 그게 아닐 게다'라는 표정이었다. 그래서 고개를 재차 갸우뚱하는데 할머니가 손가락을 하나 들어 올렸고, 연화가 영문을 알 수 없는 표정으로 그것을 바라보다가 머뭇머뭇 입술을 떼었다.

"한 시간입니까?"

"아니다."

"하면, 하…… 루입니까?"

"아니다."

아니라고?

연화가 놀란 눈을 깜빡였다. 아니, 한 시간이면 그럴 듯하고 하루면 과하다고 생각했는데 이 또한 아니라고? 도대체 이곳의 시간 체계라는 건 어떻게 생겨먹은 것일까.

연화의 표정이 초조해졌다. 한 달이나 지났다니, 하면 하현은 괜찮은 것일까. 그 시간 동안 안녕했을까. 걱정이 곧바로 찰랑이며 치밀어 올라 표정이 울망해졌다.

그러나 할머니는 그녀의 표정을 짐짓 모른 척하며 고개를 돌렸다.

"이리도 슬피 울어 대니 내가 견딜 수가 있나. 밤이고 낮이고 내내 울어 대어 도저히 쉴 수가 없구나."

"……!"

연화가 입술을 깨물었다. 누구라고 말씀하시진 않았지만 누구인지 곧장 알 수 있었다. 그럴 수밖에 없는걸, 떠오르는 사람이 단 한 사람뿐인걸.

하나 그렇다고 그에 내어놓은 말이 마땅히 없기도 하고, 말은 있으나 그 말까지 내어놓을 염치는 없다고 생각한 연화는 입술을 꼭 다물었다.

그것을 알았을까, 할머니가 흘끔 그녀를 바라보더니 천천히 뒷짐을 지으며 발걸음을 떼었다.

"하나 아무런 대가 없이 고대로 보낼 수는 없는 법, 너는 이리와 나를 돕거라."

연화가 멍한 표정을 지었다. 자신이 무슨 말을 들은 건지 순간 이해가 안 된 듯한 표정이었다.

"돕……?"

"이곳에 처음 당도한 영가들이 너처럼 길을 잃지 않도록 안내를 하라는 말이다."

새까만 눈동자가 제 앞에 선 이에게 똑 닿았고, 할머니는 몸을 돌려 그 안쪽에 있는 문을 향해 손을 뻗으며 말을 이었다.

"외롭고 적적하거든 저기 저 안쪽에 달이 떠 있을 터이니 그것이나 보고."

저 안쪽……?

연화는 할머니를 따라 발걸음을 옮기다가 그녀가 가리키는 문 안쪽으로 고개를 돌렸다. 그리고 자리에 멈칫, 발을 멈추었다. 노란 달 하나가 하늘에 휘영청 걸려 있었기 때문이었다.

예도 하늘인데 저 위에 또 다른 하늘이 있는 것일까, 그 궁금함보다도 달을 본 반가움이 커 눈물이 울컥 치솟았다. 자신의 달님이 보고 싶었다.

그 말갛게 고인 것을 보았을까, 할머니가 조금 다정히 그녀에게 말을 건넸다.

"저것에는 월식도, 삭도, 망도 없을 게다. 그러니 내내 보름달을 보며 인고를 견디거라. 하면 너만치 맑고 맑은 영이 오는 날 그때 내 너를……"

할머니는 말을 끝까지 잇지 않고 몸을 돌려 저 안쪽으로 들어갔지만, 연화는 구태여 그 뒷말을 재촉하지 않았다. 끝까지 말씀을 해 달라 조르거나 종용하지 않았다. 그저 가만히 고개를 숙여 그 뒤에다가 깊이 인사했다.

내내 보름달이 뜬 하늘은 고운 백색이었다.

15장
도화연가

늘 사건 사고가 있는 곳, 언제나 환하게 불이 밝혀져 있는 곳, 그리고 언제나 신음과 울음이 가득한 곳. 그리고 아마, 이곳에 오고 싶다고 생각할 사람은 거의 없을 곳.

항상 죽음의 그림자가 도사리고 있는 이곳은 병원이었다. 그리고 그 병원의 문을 와작 열어젖히고 주홍색 옷을 입은 사람들 여럿이 복도를 빠르게 달렸다.

그들의 손에는 간이침대 난간이 잡혀 있었고, 그들은 급히 달려가며 앞을 향해 외쳤다.

"앞에 비켜 주세요! 응급 환자입니다!"

"공간 확보해 주세요. 비켜 주세요!"

복도에서 대화를 나누던 사람들은 급히 몸을 벽 쪽으로 붙여 그들이 지나갈 수 있게 길을 터 주었다. 응급 구조대와 간이침대는 사람들 사이를 지나 곧 불투명한 자동문 안쪽으로 들어갔다. 그리고 문이 닫혔다.

"정 선생님, 응급 환자예요!"

다급한 노크와 함께 들려오는 소리에 남자가 고개를 들었다.

"뭡니까?"

"방금 119가 도착했는데 신원 미상의 여자예요. 심장 마비로 실려 왔고, 상태가 많이 안 좋아요."

심장 마비, 그 말에 남자가 곧바로 자리에서 일어났다. 그는 일어나자마자 가운에 팔을 꿰고 급히 문을 젖히며 발걸음을 떼었고, 그 빠른 걸음을 뒤따라가며 간호사가 차트를 급하게 넘겼다.

"하지만 환자의 신분을 증명할 만한 게 없대요. 지문 등록도 안 되어 있고, 인적 정보도 없어서 신원 파악에 애먹고 있어요. 일단 상태가 급박해서 수술실로 옮기고 있지만 보호자가 없어서……"

"환자는, 의식 있습니까?"

"아니요. 정신을 잃고 쓰러진 것을 본 사람이 신고했다나 봐요. 119가 도착하기 전부터 의식불명 상태였대요."

남자의 표정이 어두워졌다. 상황이 난감했다. 어떤 응급 상황이라도 환자나 보호자의 동의가 필요했기 때문이다. 만약 강행했다가 문제가 생겼을 경우 일이 매우 복잡해졌다. 남자가 간호사를 바라보았다.

"소지품이 하나도 없었답니까? 휴대폰이라도요."

"아뇨, 없대요. 몸에 딱 하나 있는 거라곤 액세서리인데 그게……."

불투명한 문이 열렸고, 반듯이 누워 있는 사람의 모습이 보였다. 그리고 그 사람의 얼굴을 본 순간 남자는 아무 말도 할 수가 없었다. 아무런 소리도 들리지 않았다.

자신을 향해 계속해서 말을 하는 간호사의 목소리도, 수술대 옆에서 놀란 듯 말을 건네는 사람도, 그 무엇도 들리지 않았다. 그저 윙윙거리는 소리, 자신의 심장박동 소리만 들렸고 저 앞에 누워 있는 단 한 사람만 보였다.

"연…… 화?"

핏기를 잃은 얼굴로 창백하게 누워 있는 사람은, 왼손 약지에 진주 반지를 끼고 있었다.

오래전 품 안에서 거품처럼 사라져 버린 여자, 자신을 두고 달이라고 말할 수 있는 유일한 여자, 그토록 매일같이 울며 기다리던 여자였다.

연화였다.

* * *

문은 닫혔지만, 하현은 문이 닫히는 소리도 듣지 못했다. 그의 시선은 그저 저 앞에 누워 있는 낯익은 여자에게만 꽂혀 있을 뿐이었다. 그의 눈동자가 심하게 흔들리고 있었다.

'연화, 연화 씨가 맞는 건가? 헛것이 아니라 정말로?'

하현은 반사적으로 주위를 둘러보았다. 사람들의 시선에 걱정스러움이 가득했고, 그로 인해 하현은 그들의 눈에도 연화가 똑똑히 보인다는 것을, 저기 누워 있는 것이 실제 사람이라는 것을 확신할 수 있었다.

그의 눈이 순간 흐려졌다.

'진짜라고.'

그녀가 사라지고 나서 많은 시간이 흘렀다. 오랜 시간이 흘렀다. 그 시간 동안 허상 속에 살아왔다. 집 안 어디를 가도 그녀의 흔적이 있었고 사물 하나, 자리 하나에 모두 그녀가 생각났다.

연화가 가져다 달라고 했던 책들, 그도 모자라 잔뜩 다운받아 놓은 전자책들, 그녀가 앉아서 밖을 바라보던 창가 자리, 함께 바라보던 하늘, 같이 누워 있던 침대 그 어디에도, 모든 곳에 다 연화가 있어서 도무지 벗어날 수가 없었다. 더 심각한 것은 헛것도 본다는 것이었다.

'아니, 좋았다고 해야 할지도.'

그 덕분에 그나마 살 수 있었으니까. 허상이라도, 헛것이라도 볼 수 있어서 숨을 쉴 수 있었으니까.

당신 덕분에, 당신으로 인하여.

그런데 그 사람이, 상상 속에서나 볼 수 있었던 사람이 저 앞에 있는 것이다. 하현은 의식을 잃고 누워 있는 그녀를 향해 한 걸음 걸어가다가 순간적으로 발을 헛디뎌 흔들거렸고, 그러자 곧바로 옆에 서 있던 여의사가 그의 팔을 꼭 붙들었다.

"선배, 선배 괜찮아요? 안색이 안 좋아요."

하현은 얼굴을 짚었다. 곧바로 축축해지는 손바닥에는 식은 땀이 잔뜩 있었다. 하현은 자신을 걱정스레 바라보는 이에게 고개를 저으며 손에 팔을 빼내었다.

"아니, 괜찮아."

"괜찮기는, 이렇게 이마에 식은땀이 가득한데."

"됐다니까."

하현은 다시금 자신을 잡는 여자를 향해 단호하게 고개를 젓고서 몸을 돌려 지척에 누워 있는 연화를 바라보았다.

"……."

앞에 보이는 그녀의 얼굴은 새하얗게 질려 있었고, 입술이 고통스러운 듯 살짝 벌어져 있었다. 그녀의 가슴이 미미하게 오르락내리락하는 것을 본 하현의 얼굴에 혼란스러운 빛이 스쳤다.

'도대체 어떻게 된 거지? 분명히 연화 씨인데, 어떻게 봐도 연화 씨가 맞는데 도대체 어떻게…….'

가까이에서 보니 더 확실했다. 더 틀림없었다.

저 얼굴, 저 몸, 저 표정 어느 하나도 잊은 적 없었다. 머릿결마저도 잊은 적 없었다. 그리고 무엇보다도 그녀의 손가락에 끼워져 있는 반지는 그때 천문대에서 자신이 끼워 줬던 그것이 분명했다.

하지만 어떻게 그녀가 이곳에 있는지, 왜 실려 온 것인지, 지금의 신분은 무엇인지 모두 의문스러웠다. 하나도 알 수가 없었다. 지금은 모든 사람들에게 똑똑히 보이는 '사람'의 모습이 분명한데. 마치 그때처럼.

"……!"

하현이 입술을 깨물었다.

그래, 그때와 같은 모습이었다. 그녀가 사라졌던 날 역시 연화는 신력이 없는 사람들 눈에도 똑똑히 보였었다. 지금처럼 '사람'처럼 보였던 것이다. 그리고 그녀는 사라졌고, 지금 다시 되돌아왔다. 그렇다면 이것도 어떤 의미가 있는 게 아닐까, 정말로 영영 되돌아온 것일까.

그의 눈에 힘이 들어갔다.

'살려야 해.'

반드시, 반드시 살려야 했다. 무슨 일이 있어도 정신을 차리게 해야 했다. 들을 말도 많았고, 할 말도 많았다.

하현은 망설임 없이 손을 뻗어 초록색 수술복을 집었고, 주변 사람들은 놀란 표정을 감추지 못했다.

하현은 매사에 신중한 사람이었고, 늘 냉정하고 차가웠다. 특히 인간관계에서 더더욱 날을 세우는 사람이었다.

성장 과정과 사정이 있기 때문이라고 사람들은 대강 이해하고 있었지만 보기만 해도 냉기 풀풀인 사람에게 다가가는 것은 여간 어려운 일이 아니었다. 그런데 그런 그가 '먼저' 움직이고 있는 것이었다.

게다가 생전 처음 보는 환자 때문에 이 복잡한 상황에서 생기는 피해를 감수하고.

사람들이 혼란스러운 듯한 시선으로 그를 바라보았다.

"정 쌤……!"

간호사가 걱정스럽게 그를 불렀고, 옆에서 지켜보고 있던 의사가 그녀를 젖히며 하현의 앞을 막아섰다. 도무지 이해가 되지 않는 듯한 표정이었다.

"선배, 미쳤어요? 본인, 보호자 둘 다 못 받은 환자라고요. 선배답지 않게 왜 이래……"

"지금부터 내가 이 사람 보호자야."

순간 모든 사람들의 시선이 하현에게 꽂혔다. 사람들은 못 들을 것을 들었다는 표정으로 그를 보고 있었고, 특히나 그를 말리던 여자는 어이가 없는 듯한 표정이었다. 여자는 말문이 막힌 표정으로 그를 보다가 거의 화를 내며 말했다.

"미쳤어요, 지금? 맨날 냉정하던 사람이 갑자기 왜 이래요, 정말. 이 여자 진짜 선배가 아는 사람이기라도 해요? 왜 아까부터 귀신을 본 것처럼……"

하현이 웃었다. 한겨울 새벽바람처럼 차가운 웃음이었다. 아는 사람이냐고? 귀신을 본 것 같다고? 그래, 둘 다 맞는 말이었다.

하현의 시선이 자신의 팔을 재차 잡은 의사에게 닿았다. 무표정한 시선이었다.

"잘 아는 사람이야. 그것도 아주 잘."

"지금 대체 무슨……"

"내 애인이라고. 모든 책임은 내가 져, 그러니까 수술 준비하시죠, 임 선생님."

하현은 칼로 긋듯 차갑게 잘라 말하고서 몸을 돌렸다. 더 이상 할 말이 없다는 듯한 표정이었다. 그는 뒤쪽에서 불안하게 자신을 바라보고 있는 사람들에게 말을 던지며 빠르게 발걸음을 옮겼다.

"바로 수술 들어갑니다. 환자 혈액형 확인해서 준비해 주시고, 안에서도 준비해 주세요. 그리고 김 간은 은 교수님께 응급 콜 좀 해 주세요."

"병원장님이요?"

하현은 뜨악하게 자신에게 되묻는 간호사를 향해 고개를 끄덕였다. 아마 그라면 반드시 하라고 했을 테지. 아니, 오히려 스스로 하겠다고 손 걷고 나섰겠지. 그도 연화를 아니까, 전부 다 아니까.

하현은 재차 고개를 끄덕이며 연화에게 흘끗 시선을 두었다.

"네. 학회 끝나셔서 오늘 아침에 귀국하셨을 겁니다. 이것도 같이 전해 주세요, 보름이라고요."

그럼 바로 오실 겁니다, 그 말을 끝으로 하현은 곧바로 안쪽으로 성큼성큼 걸어 들어갔고, 도무지 알 수 없는 말에 얼떨떨해하던 간호사는 그가 시킨 대로 하기로 했다.

하현이 허튼소리를 할 사람도 아닐뿐더러 그의 표정이 매우 진지했기 때문이었다. 또한 은 교수는 이 병원의 원장이었으니, 현장 보고 또한 마땅히 필요한 긴급 상황이었다.

*　　*　　*

새하얀 복도를 걷는 걸음걸음이 가벼웠다. 마치 허공을 밟는 것처럼 가뿐하면서도 빠른 걸음은 흰 복도를 거침없이 걸어갔고, 그가 자동문 앞을 지나는 것과 거의 동시에 스윽, 소리와 함께 문이 옆으로 활짝 열렸다.

그리고 복도에서 딱, 마주친 두 사람의 발걸음이 멈칫했다. 익숙한 얼굴, 익숙한 걸음걸이, 그리고 익숙한 목소리. 하지만 여기서 볼 거라고는 그다지 생각하지 못한 얼굴이었다.

훤칠한 남자의 입에서 얼빠진 목소리가 흘러나왔다.

"……어라, 아버지?"

"네가 여긴 웬일이냐?"

미르는 그 말은 오히려 자신이 해야 한다고 생각했다. 대체 여기는 언제 오셨담. 동에 번쩍, 서에 번쩍하는 게 딱히 귀신만은 아니었다. 산 사람조차 이렇게 놀라게 하는데.

미르가 어이없는 듯한 표정으로 은 교수, 자신의 하늘 같은 아버지를 바라보았다.

"한국엔 언제 오셨어요?"

가신 줄도 몰랐는데. 무슨 상을 타러 가셨다는 걸 인터넷 뉴스로 보고 출국 사실을 알았다.

그 말에 뼈가 있는 걸 아는지 모르는지 은 교수가 대수롭지 않은 표정으로 대꾸했다.

"떨어진 건 네 시간 전, 입국 수속 밟고 나오자마자 콜 와서 공항에서 바로 달려오는 길이다. 그리고 난 아직 내 질문에 대한 답 못 들었는데."

아들내미에게 너무 정 없는 말투 아니에요, 라고 투덜거리며 미르가 자동문의 버튼을 눌렀다. 오래 서 있었더니 인식을 못 하는 모양이었다. 열리는 문 안으로 먼저 걸어 들어가자 은 교수가 빠른 걸음으로 뒤따라왔다.

"아니, 네가 올 곳이 아니니까 그러는 거지. 그렇게 아파도 한 번을 안 오고 응, 심지어는 종합검진도 안 받겠다고 펄쩍펄쩍 뛰는 놈이 여기까지 제 발로 기어들어 왔으면 둘 중 하나 아니겠냐?"

거야 제가 어렸을 적 일 때문에 병원이랑은 좀 척을 진 사람이라, 하고 어색하게 웃던 미르가 고개를 갸웃거렸다. 둘 중 하나?

"뭐랑 뭔데요?"

"진짜 죽을병에 걸렸거나……"

"못 들은 거로 하겠습니다."

아프라고 고사를 지내는 것도 아니구, 투덜거리며 미르가 은 교수의 보폭에 맞춰 나란히 걷기 시작했다.

따각따각, 구두 소리가 복도를 쟁쟁이 울렸다.

"하현이 형이 생각나서요."

"……너희 혹시……"

"아니거든요."

결국, 이라는 말이 나올 것만 같은 촉이 서서 미르가 곧바로 말끝을 잡아챘다.

아니 열려도 너무 열린 게 아니냐는 말이다. 생각이 깨친 사람이라는 건 좋고 감사한 일이지만 요새는 좀 너무하다.

집안사람들도 그렇고 이제 아버지마저도 그렇고, 왜 자꾸만 자신과 하현을 묘한 눈으로 보는 건지. 자신의 마음속엔 여전히 단 한 사람뿐인데.

미르는 한숨이 나올 것만 같아 살짝 숨을 내쉬고서 은 교수를 바라보았다.

"농담 아니에요. 형에게 연락 왔죠?"

은 교수는 그와 시선을 마주하다가 천천히 고개를 끄덕였다. 이렇게까지 진지하면 분명히 뭔가가 있는 것이다. 게다가 미르는 진심으로 병원을 싫어했다. 왜 싫어하는지, 어쩌다가 저렇게 병적으로 거부하게 되었는지 자신이 더 잘 알고 있어서 더는 뭐라고 할 수도 없었다.

신병으로 죽어 가는 아들을 병원에 감금시키다시피 했던 게 바로 자신이었으니까.

안 좋은 묵은 기억이 떠오를 것만 같아 은 교수는 지그시 입술을 깨물었다.

"그래."

그러자 미르가 그럴 줄 알았다는 듯 고개를 끄덕였다. 당연하다는 모습이었다. 그 확신에 어린 모양에 은 교수는 자신의 아들이 정씨 가문의 사람이 되었다는 것을 확실히 실감했다.

게다가 단순히 촉만으로 본가를 벗어나 여기까지 달려올 정도면 보통 일이 아닐 것이었다.

은 교수의 표정이 조금 긴장되었다.

"진짜 정 선생, 아니지 하현이한테 연락 못 받은 거야?"

"전혀요. 제가 여기 온 건 딱 하나 때문이에요."

"하나?"

미르는 복도를 걸으며 고개를 끄덕였다. 이상하리만치 오가는 사람이 없어 오는 내내 단 한 사람도 마주치지 않고 있었다. 심지어는 귀신마저도 보이지 않았다.

그 사실에 미르는 좀 의아한 상태기도 했다. 병원에 오면 영가가 참으로 많을 거라고 생각했다. 그래서 코랑 머리가 아플 각오를 단단히 하고 왔는데 웬걸 아직 단 하나도 마주하지 못한 것이었다.

그리고 곧 미르는 그 이유를 알아냈다. 병원 곳곳에서 느껴지는 부적의 힘과 양이 보통이 아니었다. 하나같이 모두 다 하현의 기운이었다. 그 수를 가늠해 보던 미르가 고개를 살짝 저으며 쓴웃음을 지었다.

'하여간 싫다, 싫다 하면서 할 건 다 한다니까.'

조금이라도 놀라게 하지 않기 위해, 그리고 놀라지 않기 위해 해 놓은 예방 장치들이겠지. 어쩌면 영가 자체를 보기 싫었을 수도 있고.

미르는 '그녀'가 떠난 이후로 본가에 거의 찾아오지 않는 하현을 이해했다. 전 가주가 위독했을 때, 그리고 숨을 거두었을 때가 아마 몇 년 만에 찾아온 걸음이었을 것이었다. 그 후로는 방문한 적이 아직 한 번도 없었다. 정말 단 한 번도.

미르는 두 번째 자동문의 버튼을 누르면서 말을 이었다.

"안채에서 전 가주님께 향을 올려드리고 있는데 갑자기 익숙한 향기가 났어요."

"익숙한 향기라고?"

"네, 복숭아꽃 향기요."

은 교수는 저도 모르게 발걸음을 멈추고 미르를 바라보았다. 다시 들을 일 없을 거라고 생각한 단어가 나왔기 때문이었다.

'복숭아꽃 향기.'

그것이 무엇을 말하는지는 은 교수 자신도 익히 잘 알고 있었다. 모를 리가 없었다. 하현이 여전히 아파하는 이유, 가주가 마지막까지 힘겹게 입술에 올리던 이름, 미르가 여태껏 잊지 못하고 있는 향기.

연화였다.

그의 표정이 달라진 것을 알았을까, 미르가 고개를 끄덕이며 세 번째 자동문을 눌렀다. 아버지와 이야기하면서 오느라 몰랐는데, 지금 그들이 걷고 있는 복도는 직원용 복도였다.

언제부턴가 교수가 그보다 앞서서 걷고 있었고, 보안은 그가 대는 아이디 카드로 매번 통과하는 중이었던 것이었다. 그래서 사람이 없었구나, 그렇게 생각하면서 미르는 이번 역시 수월하게 열리는 문 안으로 들어서며 말했다.

"그래서 하현 형 생각이 났어요. 그 꽃 하면 형이 생각나는 것은, 이제 이건 반사적이거든요."

"귀신같은 놈."

그 말에 미르가 짐짓 충격받은 표정으로 은 교수를 바라보았다.

"아들에게 할 말은 아닌 것 같은데요, 아버지."

은 교수는 퍽이나, 라고 대꾸하면서 걸음을 멈추었다. 목적지에 다 도착했기 때문이었다.

굳게 닫힌 커다란 문 위에는 제 3수술실, 이라고 쓰여 있었고, 오른쪽에 위치한 전광판에는 붉은 글씨로 〈수술 중〉이라고 쓰여 커다랗게 떠 있었다.

그때였다. 저만치 복도를 걸어가던 의사가 문 앞에 서 있는 그들을 보았는지 급한 발걸음으로 다가왔다.

"어떻게 오셨습니까, 이곳은 일반인 통제 구……"

딱딱하게 말하면서 걸어오던 의사의 안색이 확 달라졌다. 은 교수의 얼굴을 확인하자마자 입술이 얼어붙은 그는 거의 90도로 인사했다.

"안녕하십니까. 오신 것을 알았으면 모시러 나갔을 텐데 왜……."

"내가 온 걸 일일이 알려야 하나?"

"아, 아닙니다. 그게 아니라…… 그, 여기까지는 어쩐 일이십니까. 보고받지 못한 일이라……."

"내가 말한 적이 없으니 아는 인간이 없던 거지. 그건 됐고."

헐, 아버지.

평소 보던 모습과, 그리고 하현에게 대하던 모습과 사뭇 아니 굉장히 다른 모습에 미르가 입을 쩍 벌렸다. 그도 그럴 게, 아버지가 일하는 모습은 본 적이 없었으니까. 게다가 굳이 볼 마음도 없었고.

하지만 의사는 아주 당연하게 익숙하다는 듯 까이고 있었고, 아까의 까칠하고 불친절하던 표정은 찾아볼 수 없을 정도로 수그러들어 있는 모양이 조금은 불쌍하기까지 했다.

한편으로는 급한 마음에 미르가 슬쩍 은 교수의 눈치를 보는데 그것과 거의 동시에 은 교수가 고개를 돌려 수술실 문을 턱으로 가리켰다.

"저 안의 상황, 지금 자네가 아는 대로 보고하게."

이 의사에게는 지옥에서 들리는 듯한 명령이었다.

* * *

온통 기계음뿐이었다. 삐삑거리는 소리들, 시끄럽게 울려 대는 진동 소리들, 모니터에서 위아래로 요동치는 초록색 그래프들과 어지럽게 얽혀 있는 굵고 가는 호스들, 전선들.

그리고 그 중앙에 있는 작은 몸, 여린 몸, 꽃 같은 몸, 연화.

하현의 턱에서 굵은 땀방울이 뚝, 떨어졌다. 제발, 제발, 제발, 연화 씨. 제발.

이제야 만났는데, 이제야 돌아왔는데 이렇게 눈앞에서 잃을 수는 없었다. 한 번이라도 뜬 눈을 보고 싶었고, 말을 걸어 보고 싶었다. 적어도, 못해도 손이라도 맞잡고 싶었다. 그러려면 그녀는 살아야 했다. 살려야 했다. 눈을 떠야 했다.

'힘을 내요, 연화 씨. 살아요, 제발.'

하지만 그의 바람을 무참히 끊듯 심장 모니터와 바이털 사인 체크 기계를 보던 간호사가 다급하게 외쳤다.

"환자 상태가 불안정합니다! 혈압이 급속도로 떨어지고 있어요!"

안 돼.

심장이 떨어지는 기분이었다.

만약 가능하다면, 자신의 심장이라도 떼어다가 주고 싶은 심정이었다. 내 심장 가져가요, 연화 씨. 이거라도 가져가요, 제발.

그녀의 말이 떨어지자 모니터를 같이 확인하던 사람들이 분주하게 움직이기 시작했다.

"디피브릴레이터 준비할까요?"

"그보다는 차라리 오픈 카디악이 더 낫지 않겠어요?"

수많은 기계음과 소음 속에서 사람들의 목소리가 어지러이 들려왔다. 머리가 왕왕 울렸다. 아니, 심장이 울리는 듯한 기분이었다.

만약 신이 있다면, 신께서 보고 계시다면, 신이 그녀를 자신에게 도로 돌려보내 주신 것이 맞다면 이러셔선 안 되었다. 이렇게 하셔서는 안 되었다.

다른 것도 아닌 심장 수술인데, 심장 전문의에게 심장 환자를 보내셔서 살리게끔 하라니, 거의 다 죽어 가는 환자를 살려 내라니. 그에게는 너무 잔혹한 시험이었다.

그때였다.

[그래, 내가 반 살려 보냈으니 너 또한 반은 살려야 할 것이야.]

순간 들린 목소리에 하현이 퍼뜩 고개를 들었다. 다시는 들리지 않는 목소리였지만 분명히 들었다. 똑똑히 들었다. 반을 살려 보냈으니 반을 살리라고 하였다.

'영을 살렸으니 몸을 살리는 건 나의 몫이라는 건가.'

그냥 든 생각이지만 하현은 얼추 맞을 것 같다는 생각이 들었다.

연화가 처음 죽었을 때 사인이 심장의 문제라고 했으니, 아마 그때의 몸은 지금 이 몸과 같을 것이었다. 첫 죽음 그대로 반 살려 내었으니 너의 간절함을 담아 나머지도 살려 보라는 시험인 것 같았다.

검게 죽어 있던 하현의 눈이 조금 빛났다. 눈동자에 초록색 수술 천이 보였다. 연화가 보였다.

'……힘내요, 힘을 내요, 연화 씨.'

제발 살아 줘요. 제발 돌아와 줘요. 제발 이번만큼은, 날 떠나지 말아 줘요.

그가 망설이고 있다고 생각한 것일까, 초조하게 모니터를 보고 있던 간호사가 그를 불렀다.

"선생님!"

"메스!"

위험한 일이라는 것을 알았다. 도전, 어쩌면 시도에 가깝다는 말인 것도 알았다. 지금 이 순간에도 연화의 상태는 점점 더 나빠지고 있었고 그에게, 그리고 그녀에게 선택지는 몇 없었다. 그렇다면 조금이라도 더 빨리, 조금이라도 더 확실히 그녀의 심장이 뛰고 있을 때 해야만 했다.

하현은 벌써부터 새어 나오는 땀을 손등으로 눌러 닦으며 연화를 바라보았다.

'연화 씨.'

"선생님, 준비되었습니다!"

희고 매끄러운 피부였다. 보기만 해도 눈부신 피부였다. 가능한 아무런 상처도 생기지 않았으면 하는 아름다운 살결이었다.

그리고 그 백지에 붉은 줄이 길게 그어졌고, 곧바로 울컥, 피가 멍울져 올라왔다.

"석션."

"네."

열린 몸 안에 담겨 있는 심장이 두근두근 뛰고 있었다. 미약하게나마 박동하고 있는 검붉은 것이 너무나도 기특해서, 감사해서 마음이 울렁거렸다. 하지만 하현은 내색하지 않고 조심스레 손을 뻗어 작게 뛰고 있는 연화의 심장을 한 손에 담았다.

마치 묵직한 새가 앉아 있는 것처럼 따뜻하고 작은 박동이었다. 미약하지만 분명한 움직임이었다.

하현은 모니터를 주시하면서 그것을 조심스레 마사지하기 시작했다. 온몸의 모든 정신과 신경을 손에 집중하여 기도하면서 그녀의 것을 두드렸다. 마음으로 노크했다.

'돌아온다고 했습니까, 반드시 온다고 했습니까.'

헤어지기 직전, 그 수많은 별들 사이에서 사라지기 직전 그녀가 자신에게 했던 말이었다. 반드시 돌아올 거라고, 꼭 돌아올 거라고.

이렇게 만날 줄은 몰랐고, 이렇게 자신을 또 아프게 할 줄은 몰랐다. 붉은 것을 가득 담은 하현의 눈이 괴로워졌다.

'내 힘을 다 가져가도 좋습니다.'

그날, 정월 보름을 기하여 하현은 파와의 계약대로 자신의 모든 힘이 사라졌음을 확인했다. 미르에게로 그의 힘이 옮겨진 것이었다. 하지만 다시 차오른 것일까, 아니면 또 다른 하늘의 계획 때문일까, 그 후로 다시 아주 조금이지만 영력이 생겼고, 하현은 더 이상 그것을 무시하지 않기로 했다. 그만 받아들이기로 한 것이다.

그리고 만약에 이 돌아온 힘이, 채워진 힘이 이 사람을 살리는 데 도움이 조금이라도 된다면, 그러기 위해서 돌아온 것이라면 얼마든지 또 넘어가도 상관없었다.

다 주어도, 모두 다 가져가도 상관없었다. 다시 내게 돌아와 주기만 한다면, 저 눈을 뜨고 나를 바라봐 주기만 한다면.

"반응합니다!"

하현도 모니터를 확인했다. 이제껏 일직선으로 그어지던 초록색 선이 파동을 그렸다. 마치 자신의 말을 알아들은 것 같은 모습에, 대답하는 것 같은 모양에 하현이 입술 안쪽을 꽉 깨물었다.

들어 준 겁니까, 내 말을 듣는 겁니까.

하현은 더욱 빨리 그녀의 심장을 마사지하면서 속삭였다.

"나와 함께 살아 줘요, 연화 씨."

그 순간, 심장이 뛰었다.

아기 새처럼 숨쉬던 작은 박동은 서서히 날개를 파닥이듯이 두근두근, 힘을 받아 움직이기 시작했고, 곧 모니터에 초록색 선이 위아래로 호를 그리며 안정적으로 잡혔다.

심장이 뛰었다.

*　*　*

한편 미르는 하늘을 올려다보고 있었다. 아니지, 천장을 올려다보고 있었다.

'새하얗네.'

마치 자신의 머리카락처럼 새하얀 모습에 미르가 머리를 긁적거렸다. 슬슬 색깔 좀 바꿔 볼까, 음, 눈에 더 확 띄는 샛노란 금색으로.

……뭐, 약이 먹히지도 않을 테지만.

이번만큼은 헛소리를 해도 그냥 넘어가 주어야 했다. 그래야 한다고 생각했다. 왜냐면 맨정신으로 또다시 이 병원을 찾아왔기 때문이지.

하지만 어쩌겠는가, 임이 찾아와 주지 않으니 내 발로 올 수밖에. 게다가 하현이 스스로 자초한 감금은 답답하다 못해 조금은 화가 났다.

'누구는 만나고 싶어도 못 만나는데.'

그걸 모를 리가 없는 사람이 저러고 있으니 부러움을 넘어 질투까지 생길 것 같은 마음 상태라 결국 그가 이 자리를 찾아와 버리고 만 것이다.

미르는 끙, 중얼거리고서 재차 손을 들었다. 그리고 이번에는 확실히 문을 두드렸다.

똑똑—

"들어와."

이 형이 누군 줄 알고 이렇게 쉬이 들어오래?

미르는 작게 중얼거리며 문을 힘 있게 열었다. 문 옆에는 〈흉부외과 전문의, 정하현〉이라고 쓰여 있었다.

* * *

오랜만이었다. 사실, 가주의 장례 때 만났으니까 아주 오래는 아니었지만 그 이후로 쭉 안 보고 지냈으니까 이렇게 단둘이 만난 것은 퍽 오랜만인 셈이었다.

사이가 껄끄러워진 건 아니었다. 미르가 새로운 가주가 된 데는 하현의 도움과 지지, 주장이 가장 크게 작용했었다.

다른 사람도 아니고 하현이 앞장서서 주장한 것이 큰 힘이 되었고, 거의 꺼져 가는 촛불 앞에서 가주가 자신의 후계를 미르로 정한다고 공표한 게 결정타가 되었다.

그리고 그렇게 미르가 가주의 양자가 되어 정씨 가문의 계를 잇게 된 이후로 두 사람은 만나지 않게 되었다. 딱히 그러자 한 적은 없지만 자연스럽게 그렇게 되었었다.

하현을 보면 파와 연화가 생각나서, 미르를 보면 연화와 파가 생각나서. 그 암묵적인 이유를 생각하며 두 사람은 얼굴을 마주하고도 퍽 오랫동안 말을 하지 않았다.

그 침묵을 먼저 깨뜨린 건 미르였다.

"……오랜만이네요."

"응."

그도 똑같이 생각하고 있었던 걸까, 고개를 끄덕이는 모습이 묘하게 익숙했다. 만약 거울이 있었다면 우리 둘의 표정이 똑같다는 것을 확인할 수 있을 터였다.

그것이 어쩐지 조금 긴장을 풀어 주는 것만 같아 미르가 천천히 방 안으로 들어서며 문을 닫았다. 달칵, 소리가 유난히 크게 들렸다.

"앉아도 돼요?"

"응."

이 형은 그때나 지금이나 말이 짧다니까.

변한 것 별로 없는 모습에 안심이라도 해야 하나, 미르는 속으로 작게 투덜거렸다.

그러다가 눈을 들어 하현을 바라보았다.

'아니지.'

변하지 않은 게 아니었다. 말투는 비슷했지만 담겨 있는 알맹이가 달랐다. 예전에는 조금 더 둥근 모양이었는데, 차갑긴 해도 베이지는 않을 만큼은 넉넉한 사람이었는데 지금은 손만 갖다 대도 베일 만치 시퍼런 사람이 되었다.

그리고 그것은 다, 저 아가씨 때문이겠지.

미르가 천천히 자리에 앉으며 하현을 바라보았다.

"안 가요?"

어디라고 말하지도 않았고, 무엇을 위하여라고 말하지도 않았다. 그저 단순한 한 마디였지만 하현은 곧바로 알아들었고, 미르도 그의 표정이 달라진 것을 보면서 당연히 그가 알아들었을 거라고 생각했다.

"……."

그럼에도 하현은 아무 말도 하지 않았고, 미르도 그렇게 크게 기대한 것 같지 않은 표정으로 눈을 깜빡였다.

"왜요?"

그토록 살리고 싶어 했으면서, 살리기 위해 큰 위험을 감수하면서까지 모든 것을 다 했으면서 왜 정작 살리고 나서는 머리카락조차도 안 보냐는 말이었다.

하지만 하현은 이번 역시 대답하지 않았고, 미르의 눈이 다시 한번 또 깜빡거렸다.

"형이 먼저 가지 않는다면."

"……?"

먼저 가지 않는다고?

'먼저?'

하현의 표정이 처음으로 달라졌다. 하현이 천천히 시선을 들어 미르를 바라보았고, 미르는 그 주홍색 눈동자에다 대고 또박또박 말해 주었다.

"내가 형보다 먼저 가서 물어볼 거예요."

하현의 눈빛이 미미하게 변했다. 이번 역시 무엇을 물어볼 거라고 말하지는 않았지만 마찬가지로 정확하게 알아들었기 때문이었다.

하현의 입술이 조금 달싹거리더니 오래도록 망설인 한 마디를 흘려보냈다.

"……무서워."

맥락 없이 나온 말이었지만 미르는 정확히 이해했다. 저것은 두 번째 질문에 대한 답이었다. 뒤늦은 대답이었다.

왜 가지 않냐는 말에 무서워서라고 대답한 것이다. 그리고 그 무서움이 무엇인지 조금 알 것 같아 미르는 가만히 있었고, 그의 생각에 긍정이라도 하듯 하현의 말이 이어졌다.

"기억하지 못할까 봐."

다른 사람이라고는 생각하지 않았다. 조금도, 추호도 의심하지 않았다. 분명 연화였고, 분명 그 사람이었다. 떠나기 전과 똑같은 모습의 사람이었다. 물론 외면은 조금 달랐지만. 지금의 연화는 흰 원피스에 긴 생머리였기 때문이었다.

그리고 하현이 말하는 건, 그 조금 '달라진' 연화가 자신을 잊었을까 봐 겁먹었다는 말일 것이다. 자신을 잊었을까 봐, 모르는 사람이라고 할까 봐. 아예 그 기억들을 모두 다 잃었을까 봐.

그때 이후로, 연화가 떠난 이후로 약간의 시간이 흘렀고, 그만큼 자신도 달라졌다.

혹여라도 낯설어하면 어떡하지, 어색해하면 어떡하지. 그대로 멈춰 있었을 연화와 달리 자신의 시간은 흘러갔으니까 달라진 게 당연한데도 불구하고 그 당연한 것이 두려웠고, 그녀에게로 향하는 제 발목을 잡았다. 미르의 고개가 가만가만 끄덕여졌다.

"이해해요."

미르 또한 직접 말을 건 적은 없었다. 하현도 말을 안 걸었는데 자신에게 무슨 자격이 있어서 먼저 연화에게 말을 걸고 인사를 할까 싶어서 병실 문도 열지 않았다.

다만, 유리 너머로 본 적은 있었다. 그리고 놀랐다. 몇 년 전, 하현의 집에서 마지막으로 보았던 때, 이원이 그렇게 되었을 때 봤던 모습과 똑같아서. 다른 거라고는 머리 모양과 입은 옷 정도밖에 없어서. 그래서 자신도 하현이 망설이는 것을 이해했다.

하현의 말이 이어졌다.

"다시는 만나지 못할까 봐 걱정했던 게 생각나지 않을 정도로, 떨려서."

"……."

순간 미르의 시선이 아프게 일그러졌다.

'다시는 만나지 못할까 봐'라는 말이 너무도 깊게 와 닿았기 때문이었다. 이제는 자신의 이야기니까, 자신만의 일이니까.

그에 또다시 조금 부러움이 치미는 것만 같아 미르가 묵묵히 고개를 끄덕였다.

"그것도, 이해해요."

미르는 그 감정이 치밀어 오른 김에 떼를 써 보기로 했다. 억지를 부려 보기로 했다. 만약 언젠가, 기적이라는 게 일어나서 언젠가 다시 그녀를 만나게 된다면 자신도 거칠 과정이니까, 지금은 하현이 그 선행 학습을 하는 것뿐이니까.

미르가 속에서 맴돌던 말을 시원하게 꺼내 말했다.

"만나러 가요."

"……."

"이렇게 내내 무서워하고 두려워하고 피하는 것도 한계가 있어요. 언젠가는 만나야 하고, 저 아가씨도 언젠가는 퇴원하겠죠. 그럼 자신의 보호자를 만나야 하는데 그때까지 내내 피할 생각이에요?"

맞다, 보호자.

하현이 손바닥으로 얼굴을 쓸었다. 그때는 도대체 무슨 생각이었는지, 아무리 다급한 상황이었어도 그렇지 다른 사람들이 봤을 때에는 생전 처음 보는, 말 그대로 초면인 아가씨를 자신의 애인이라고 공표하고 보호자를 자처한 것이었기 때문이었다.

자신이 꼭지가 돌면 그렇게 대책이 없어진다는 것을 인생 처음으로 알게 된 정하현 선생은 그 수술이 끝난 이후에 그야말로 폭탄 질문 포화를 받다가 백기를 들고 도망쳐야만 했다.

그 당시를 회상한 하현은 자신에게 향하는 미르의 말이 백번 맞았기 때문에 그 어떤 반박도 하지 못했고, 그때와 엇비슷한 모양으로 천천히 자리에서 일어났다.

이번 역시 무형의 백기였다.

* * *

방은 따뜻했다.

초가을을 넘겨 어느덧 가을에 완연히 진입했는데도 불구하고 올해 시월의 햇살은 예년 같지 않게 유난히 더 따스했다. 이번 여름 그렇게 쨍하니 덥더니 아직도 해의 열기가 식지 않았나 보다고 하는 말들이 수두룩했다.

당장 일기 예보만 봐도 간혹 초여름 날씨라는 말이 나올 때도 있으니까.

게다가 병실도 남향이어서 아주 해가 잘 드는 쪽이었고, 연화의 자리는 그중 창가 바로 옆쪽이었다. 하얀 면 보에 내리쬔 햇빛이 반짝반짝했다. 그 흰 천에 검은 머리 타래가 길게 늘어뜨려졌다.

"만져 봐도 돼요?"

하얀 얼굴이 가만히 옆을 바라보았다. 거기에는 자그마한 꼬마가 서 있었고, 이제는 퍽 익숙한 그 아이의 얼굴에 까만 눈이 조금 웃었다. 자신과 다르게 길고 긴 머리카락이 신기한 것일까, 아니면 부러운 것일까.

옆자리 이웃이 된 이후로 아이는 언제나 그녀의 머리카락에서 시선을 떼지 못했고, 매번 이렇게 만져도 되냐고 묻고는 했다. 그리고 그때마다 고개는 끄덕여졌다.

이번 역시 끄덕, 대답 대신 돌아오는 긍정에 아이의 표정이 환해지더니 곧바로 그녀의 옆에 가까이 달라붙어서 손으로 결이 좋은 긴 머리카락을 쓰다듬었다.

고사리손이 헤치고 내려갈 때마다 새까맣고 반질한 머리카락이 햇빛에 차르르 반사되었고, 아이는 자그마한 손 하나 가득 머리카락을 쥐더니 서툴게 세 가닥으로 나누었다. 그리고 맨 위부터 조금씩 엮기 시작했다.

어디서 배웠는지, 아니면 자신의 엄마가 해 주었던 것을 기억한 건지 서툴게나마 하나로 땋기 시작한 것이었다.

맨 위에는 조금 울록볼록하고 서툴렀던 것이 아래로 내려갈수록 가지런하게 엮이기 시작했고, 소녀는 이내 마지막 가닥까지 야무지게 땋아 내려서 자신의 손목에 매여 있던 노란 끈으로 요령 있게 묶었다.

끈 사이로 몇 가닥 머리카락이 새어 나왔지만 서투른 손길치고 퍽 예쁜 작품이었다.

소녀는 자신이 해 놓은 게 꽤 마음에 들었는지 긴 그 타래를 이리저리 들어 보며 몇 번이나 살펴보았고, 이내 흰 손을 꼭 잡고 끌었다.

"저기, 저기로 가서 봐요. 같이 봐요."

소녀의 손가락이 향한 곳은 문가에 있는 거울이었다. 저기 가서 같이 보자는 말에 매끈한 두 다리가 천천히 침대 아래로 향했고, 소녀는 신이 나서 슬리퍼를 그 아래에다가 놓아주었다. 그리고 함께 걸어 거울 앞으로 가 섰다.

마르고 아담한 체격, 그리고 핏기없이 새하얗고 작은 얼굴의 긴 머리 여자와 그녀의 허리만치 올 정도로 자그마한 단발머리 소녀 하나.

소녀가 한껏 뿌듯한 표정으로 자신의 작품을 바라보았다.

"봐요, 예쁘죠!"

여자가 고개를 끄덕였다. 흰 손이 가만가만히 자신의 뒷머리를 향해 손을 뻗어 맨 위의 올록볼록한 부분부터 아래 끝까지 찬찬히 만져 보았다. 퍽 그리운 느낌이었다. 그래서 여자는 등 뒤로 늘어진 그것을 어깨 앞으로 끌어 거울에 비쳐 보았다.

이 하얀 환자복만 아니면, 예에 좀 더 어울리는 흰 저고리면 더욱더 예뻐 보였을 텐데. 아쉬웠다.

그리고 문이 열렸다.

* * *

오는 데까지는 오랜 시간이 걸리지 않았다. 그래 봤자 같은 병원이고, 같은 건물이고, 계단 몇 개 올라가면 되는 것이었으니까.

하지만 여기까지 오는 마음을 먹기까지가 문제였다. 망설이고 망설이고 망설이다가 (정신적으로) 엉덩이를 걷어차여 이렇게 오게 된 것이었다. 그러나 하현은 문 앞에서도 열지 못했다.

그것은 망설임 때문이 아니었다. 두려움 때문도 아니었다. 걱정도 아니었다.

몇 년 전, 매일같이 보던 얼굴이 눈앞에서 움직여서, 꿈에서라도 좋으니 한 번이라도 만났으면 하고 소원했던 사람이 서 있어서, 매일 비는데도 불구하고 단 한 번도 나오지 않던 사람이 웃고 있어서. 바로 들어가지 못했다.

문을 열면, 이 손잡이를 비틀어 저 안으로 들어가면 그때처럼 물거품같이 또 사라질까 봐, 그녀에게서 누구세요, 라는 말을 들을까 봐.

'하지만 이제는 괜찮아.'

만약 사라진다면 마지막 인사를 하러 온 것이라고 생각할 수 있을 것 같았다. 그녀에게 누구세요, 라는 말을 듣는다면 당신의 보호자라고, 기억하지 못하는 모든 이야기를 해 주면 될 거라고 생각했다.

허황된 말로 들릴지라도 사실이라고, 당신과 나는 그런 사이였다고.

하현이 문을 열었고, 달칵 작은 소리와 함께 물 흐르듯 쉬이 열린 그 사이로 들어온 이를 눈높이가 다른 두 사람이 바라보았다. 소녀의 눈에 반가운 기색이 스쳤다.

"쌤!"

"잠시 이야기하고 싶어서. 비켜 주겠니?"

함께 있겠다고 떼를 쓸 법도 한데 아이는 두 사람을 번갈아 보더니 이내 고개를 끄덕이고 나비처럼 팔락이며 문밖으로 나갔다.

이내 곧바로 조용해지는 방 안에서 하현은 손으로 문을 눌러 닫았다. 달칵, 소리가 유난히 크게 들렸다. 문을 닫는 손바닥이 떨리고 있었다.

아무런 소리도 없었고, 아무런 말도 없었다. 차라리 누구세요, 어떻게 오셨어요, 무슨 일이신가요. 이런 말이라도 들렸으면 좋겠는데, 그럼 대답이라도 할 텐데 아무 말이 없는 게 더 불안하고 답답했다.

결국 하현은 셀 수 없을 정도로 많이 시뮬레이션 해 봤던 모든 상황을 잊어버리고 말았다. 수없이 연습했던 말을 다 기억할 수가 없었다.

오직 지금 가장 하고 싶은 말, 물어보고 싶은 말, 그것 하나만 머릿속에서 맴돌았고, 혀끝에서 맴돌았다. 그리고 그 말을 숨에 담았다. 가쁜 숨이었다.

"나를, 기억합니까."

말해 놓고도 어이가 없어 스스로 고개를 숙였다. 나를 기억하냐고. 내가 누군지 아냐고. 하지만 지금 머릿속에는 저 말밖에 기억나지 않았다. 그것이 처음이자 끝, 전체를 관통하는 질문이었으니까.

그녀에게는 미친 소리처럼 들릴지도 모른다. 모르는 사람이라고 대답할지도 몰랐다.

하현은 이어지는 침묵을 속으로 셈하며 손을 꽉 쥐었다.

'실망하지 말자. 상처받지 마.'

초침 소리가 유난히 컸고, 그에 맞추어 하나, 둘, 셋 속으로 셈하던 것이 점점 멎어 갔다. 그리고 하현은 천천히 쥐었던 손을 풀었다. 답이 돌아온 것과 마찬가지라고 생각했기 때문이었다.

그때였다.

"돌아왔어요."

하현의 고개가 번쩍 들렸다. 작지만 확실한 목소리가 들렸기 때문이었다. 그제야 자신이 들은 말을 이해한 그의 표정이 멍해졌다. 돌아, 왔다고?

그의 다리가 순간 비틀, 힘을 잃어 휘청했고 그런 그의 팔을 연화가 꼭 잡았다. 흰 얼굴이 눈물로 흠뻑 젖어 있었다.

드디어 만났어. 드디어 말을 할 수 있어.

"당신을 만나게 되면 묶인 혀가 풀릴 것이라고 했어요. 당신을 만나야 내 꽃이 피워질 거라고 했어요. 그리고 당신을 만나야 내 여행이 끝날 것이라고 했어요."

누구의 것인지 모를 눈물이 뚝, 떨어져 흰 바닥을 적셨고 하현은 더 이상 참지 못하고 손을 뻗어 자신의 꽃을 잡았다. 잡고 품에 끌어당겨 그러안았다. 따뜻했다. 포근했다. 파닥거리는 심장 소리가 들렸다.

그 모든 것이 그저 감사해서, 모두가 고마워서 하현은 연화의 흰 목덜미에 얼굴을 묻고 흐느꼈다. 쌓여 있던 모든 걱정, 서러움, 두려움, 원망 그런 것들이 다 녹아내리는 기분이었다.

그런 그에게 폭 안겨 있던 연화가 천천히 팔을 뻗어 하현의 등을 쓸어내렸다. 가만가만 다독였다.

"살려 줘서 고마워요."

"……."

"기다려 줘서…… 고마워요."

눈물이 재차 뚝뚝 떨어졌다. 입 안쪽을 꽉 깨물어 참아 내려고 했지만 기어이 입술 새로 흐느낌이 새어 나와 병실을 작게 메웠다.

"그런, 말을 들었…… 으니까."

돌아온다고, 반드시 돌아온다고 하는 말을 들었으니까 기다리지 않고는 배길 수 없었다. 내 심장을 온전히 다 가져간 사람이어서, 평생을 걸고 기다려도 아깝지 않다고 생각할 만치 단단한 약속이어서. 그래서 기다렸고, 기다림 끝에 꽃이 피었다. 꽃이 왔다.

그리고 연화가 그의 귀에 입을 맞추며 기쁘게 숨을 다하여 속삭였다.

"……멀고 먼 길을 돌고 돌아서."

저 하늘 나라의 노란 달 아래에서 많은 세월을 보내었고, 많은 사람을 보내었고, 많은 고통을 견딘 끝에 찾아온 마지막 날, '너를 보내는 것은 나의 재량이나 너를 살리는 것은 그 아이의 재량이다'라고 했던 말을 기억했다.

그리고 까무룩 정신을 잃고 난 후로 계속해서 들린 목소리는 살아 달라는 말이었다. 살아요, 제발. 살아 줘요.

위와 아래, 양옆이 모두 새까매 어느 방향으로 가야 할지 몰랐다. 눈을 감아도 떠도 똑같이 시커먼 어둠뿐이라 도무지 갈피를 잡을 수가 없었다. 그리고 그때 들린 목소리가 있었다. 이정표 같은 목소리였다.

재차 울리는 그 간절하고도 눈물 나도록 그리운 목소리를 푯대 삼아 고개를 들었고, 새까만 중에 희미하게 떠 있는 반달을 보았다. 하현달을 보았다.

연화는 두 팔을 들어 하현의 목을 천천히 감싸 안고 그의 입술에 자신의 것을 포개었다.

"……나의 달을 찾아 이리 왔어요."

그리고 이어 완연히 하나로 겹쳐지는 입술, 그 두 사람의 뒤로 한낮의 달이 희미하게 구름에 걸쳐 있었다.

보름이었다.

〈도화연가 완결〉